戰龍無畏 3

BLACK POWDER WAR

荒漠奇航

娜歐蜜．諾維克 著　周沛郁 譯

獻給我母親，
相對於她無數的美妙故事，
本書不足以報。

〈推薦序〉

好看到讓人五體投地的《戰龍無畏》

灰鷹

關於《戰龍無畏》這本書的魅力，我有個很「嚇人」的故事分享。

我有位英國朋友P小姐，她任職某大出版社的版權部，常跑亞洲推展業務。該公司專門出圖文書，與文學小說半點沾不上邊，但她卻是個超級重度的科幻/奇幻迷。她是那種早慧的超齡讀者，一歲半就讀完《獅子、女巫、魔衣櫥》。一本五、六百頁的英文小說，她只要幾個小時就能解決，搭一趟長途飛機可能得帶上一箱書才夠「消化」。我或許因爲工作之故，對科幻/奇幻類型的業界資訊掌握較多，可是要論實打實的閱讀功底，我是只有瞠目結舌的份。

有次和P小姐聊起《戰龍無畏》，她說愛死了這套結合拿破崙時代海戰與龍的奇幻小說，正在苦苦等後續幾本推出平裝。是這樣的，當時娜歐蜜．諾維克已經寫好三集的稿子，在英國以精裝書的高規格出版，每年推出一部，精裝出版後至少半年才會推出平裝，所以續集的等待實在曠日廢時。

可是美國出版社的策略不同，他們直接推出小平裝，而且是以一個月一本的速度，迅速出完三本，藉此打響諾維克的名號。說來也巧，我在 Page One 書店買到三本美國版，想到身在英國的P小姐沒有管道又想看續集，便決定趁法蘭克福書展，把書帶去送她。

結束了一整天的會議，我從版權中心走到她位於八號館的公司攤位，請櫃台人員進去通報外找。P小姐笑盈盈走出來，正要打招呼便看到我手上兩本《戰龍無畏》的續集，立即驚叫：「我的老天啊！」隨即跪倒在地，向我連聲說謝，只差沒有磕頭如搗蒜。不只我被嚇傻，現場諸多出版界「專業人士」也都目瞪口呆。

若要P小姐給《戰龍無畏》的好看程度打分數，肯定是破表的吧！

諾維克出道的過程很戲劇化。她在布朗大學讀英國文學，求學期間就提筆創作，活躍於網路上的同人小說社群（fan fiction）。畢業後她在某電腦公司工作，然後到紐約的哥倫比亞大學深造，改讀資訊工程。拿到碩士學位後，她放棄博士研究，投效大名鼎鼎的電腦遊戲公司 BioWare，協助開發「絕冬城之夜」的資料片「黯影之心」（*Neverwinter Nights: Shadows of the Undrentide*）。

一年後，她發現寫程式無法滿足自己。電腦遊戲畢竟是一個講究團隊分工的產業，不像小說作者擁有完全的創作主導權，於是諾維克辭去工作。

差不多就在那時候，她看了羅素．克洛主演的電影《怒海爭鋒》，頗受震撼，便去找派崔克．歐布萊恩（Patrick O'Brian）的原著來讀，想不到一讀無法自拔，短短兩週內啃完二十本大部頭巨著，也埋下《戰龍無畏》歷史背景的種子。另一個重要的靈感來源，則是珍．奧斯汀的作品，尤其是諾維克讀了至少三十遍的《傲慢與偏見》。她特別喜歡書中的時代氛圍、人物的古典談吐和應對禮儀。

我們可以用「安．麥考菲莉（Anne McCaffrey）的《帕恩行星的龍騎士》（*The Dragonriders of Pern*）」加上「派崔克．歐布萊恩的海戰歷史小說」來形容這部作品。她把奇幻元素注入拿破崙時代的英法戰爭，又把兩國交戰的領域從海疆拉高到空中，乘風而行的不是飛機，而是龍：碩大、優雅又兇猛的神話生物。

在諾維克的設定裡，世界各國都有自己的「龍種」，其中最優秀的便是中國龍。這些龍能通人語、具有高度智慧。主角威爾．勞倫斯本是英國海軍艦長，在交戰過程中俘虜法艦一艘，意外在船艙裡找到一枚即將孵化的龍蛋，而且是歐洲人沒有親眼見過的中國帝王龍。威爾將之命名爲「無畏」後沒多久，這一人一龍便乖乖到英國皇家空軍報到，替女王陛下開疆拓土，和法國龍在長空決一死戰。

諾維克最令人激賞之處，在於她把「龍」這個在奇幻小說裡早被寫到爛的物種帶進了全新的文學傳統：講禮儀、重榮譽的十八、九世紀英國海戰文學，以及珍．奧斯汀式的「風尚喜劇」（comedy of manners）。正如蘇珊娜．克拉克在《英倫魔法師》中把魔法師寫成十八世紀愛吵嘴的英國紳士和老學究，放進攝政時期（Regency）的社會文化脈絡。誰想得到英國紳士騎龍打仗是如此地新鮮有趣、好看得令人五體投地呢？

從諾維克的成長軌跡，不難看出她是「血統純正」的奇幻迷：小時候讀《魔戒》，大學時迷《星艦迷航記》、寫同人小說，還參與過奇幻遊戲正宗「龍與地下城」的電腦版開發。對於這個類型的變革與流轉、經典和當代，她是再熟悉不過。當她再把屬於古典文學、歷史小說的元素帶入作品，自然激發出前所未見的火花。

《戰龍無畏》在美國出版後，很快打響名號，讓諾維克成爲近年來走紅最快的奇幻新人女作家。當彼得．傑克森買下電影版權，準備作爲繼《魔戒》之後下一個奇幻史詩大片的題材，更一舉將諾維克推上全球暢銷作家的高峰。

在傳統奇幻逐漸在本地式微，越來越少作品被譯成中文的當下，《戰龍無畏》的面世，實在值得所有奇幻迷鼓掌慶賀。即使不是奇幻迷，我相信也很難抵擋「無畏」的龍格特質和個龍魅力。說不定當續集推出的時候，我們會在書店看到很多人興奮得五體投地呢！

本文作者爲奇幻文學評論者

序章

勞倫斯望著夜裡的花園，無法想像自己回到家的情景。燈籠在揚起的屋角下又金又紅，透過樹叢綻出眩目的光芒，而他身後的笑聲彷彿另一個世界。琴師用僅有一根弦的樂器彈奏出細緻顫抖的樂聲，有如一絲與談話交織的線，而談話本身聽起來也與音樂無異——勞倫斯對中文仍近乎一竅不通，太多人一同加入談話，便無法再掌握耳中隻字片語的意義。無論誰提起他，他都微笑以對，以盛了淡色茶的杯子掩飾他的困惑，一有機會就悄悄溜到平台一角。他躲開別人視線之後，在窗台上放下喝了一半的茶。茶水嘗起來像摻了香水，他渴望地想念加滿牛奶的濃郁紅茶，甚至想念起咖啡來。他上次喝咖啡，已經是兩個月前的事了。

觀月亭立於月山邊突起的一小塊岩石上，以略高的位置俯瞰著廣大的御花園，反而有種不遠不近的怪異感覺，不像一般陽台那麼近，又不像在無畏背上那麼遠，遠到樹木小如火柴，大花園也成了小玩具。他走出亭簷下，來到欄杆旁，雨後的空氣帶著舒服的涼意，勞倫斯在海上多年，不討厭濕氣，臉上的霧氣反而令人愉快，比周遭的事物更親切。風熱心地吹開徘徊不去的雷雨雲層，此時氤氳的水氣慵懶地伏在石徑圓滑的老石頭上，在七分滿的弦月照耀下，石頭顯得灰而潤澤，杏桃落下來砸在鵝卵石上，微風裡滿是熟透的杏桃香。

另一抹燈光在彎曲盤結的老樹間亮著，枝葉後閃過一絲若隱若現的白光，平穩地向人工湖畔移動，還有微弱的腳步聲隨之傳來。勞倫斯一開始看不見什麼，不久便發現有一支怪異的小隊伍走出樹叢外──寥寥幾名僕人被一塊簡單的棺材架和上面裹起的屍體壓彎了腰。他們後面跟著兩個小童，扛著鏟子，不時緊張地回頭。

勞倫斯疑惑地看著，接著樹梢亂顫，讓出路來，龍天蓮跟在僕役後面擠過樹叢，圍著寬大膜狀頭冠的龍頭低垂，雙翅緊收在身旁。她經過之處，細瘦的樹木有的彎開、有的斷裂，在她肩上留下一條楊柳葉。那是她全身唯一的裝飾，其他華麗的紅寶石和金飾都拆了下來，少了珠寶後那白皙透明、褪色般的膚色，令她顯得慘白而無助，紅眼在黑暗中顯得黯然無神。

僕役卸下肩上的擔子，辛苦地在一棵高大的老柳樹旁挖起洞來，汗水在他們蒼白的寬臉上留下一道道污痕。龍天蓮繞著空地邊緣緩緩踱步，低頭扯掉一些生根的樹苗，直直的小樹幹就丟成一堆。除了她之外，唯一的憑弔者只有她身後一位穿深藍長袍的男人，他走路的姿態看來有點眼熟，但勞倫斯看不見他的臉。男人站到墳邊，默默看著僕役挖土。勞倫斯在北京看過長長的送葬隊伍，亡者的親人撕扯衣服，光頭的僧侶手捧香爐，散出冉冉香煙。但此時現場沒有鮮花，也沒有送葬隊伍，這樁在夜裡進行的異事好似流民的葬禮，只不過樹木後半掩著金黃屋頂的皇宮宮殿，而龍天蓮有如乳白色的鬼魂般高大駭人，站著俯望葬禮進行。

屍體入土之前，僕役沒把包裹的布打開，這也難怪，因爲成親王永瑆死去一個多星期了。即使這位親王策畫謀殺，準備篡奪皇弟的王位，葬禮如此安排仍然不尋常。勞倫斯懷疑之前可能禁止他下葬，因此現在只能暗中進行。用布包裹的小小屍首滑落視線外，接著傳來柔柔的砰一聲。龍天蓮一陣悲鳴，幾乎弱到不可聞，那聲音不安地爬上勞倫斯的頸子，消失在樹木的窸窣聲中。勞倫斯背後一片明亮的燈籠光芒，他們雖然不太可能看見他，他卻突然感到自己像冒失的闖入者，然而這時離開卻可能驚擾到他們。

僕役開始塡墓穴了。他們大動作揮動鏟子，將那堆土推回洞裡，進度很快，不久便以鏟子打平地面，除了低垂的柳樹和裸露的土地之外，看不出墳墓在哪兒，柳樹長而下垂的枝葉正遮蔽了墳墓。兩名童子走回林子捧了兩堆腐爛的葉片與松針，覆到墳上，直到裸露的地面完全消失，再也無法與沒動過的地面區別。完成之後，他們遲疑地退到後面站著，沒有人主持適當的儀式，他們不知道該做什麼。龍天蓮也沒給他們指示，只低伏到地上，窩成一團。僕役最後終於扛起鏟子，盡可能繞開白龍，回頭走進樹叢。

藍袍男子走到墳邊，在胸前畫了一個十字，他轉身離開時，整個臉敞在月光下，勞倫斯倏然認出他來——誰也想不到，竟是法國使者德．吉涅。成親王對西方勢力極度反感，對法國、英國與葡萄牙也不友善。在成親王生前，德·吉涅絕對不可能得到他的信賴，龍天蓮也不會忍受與德·吉涅為伴。然而，那法國貴族的高眺身影貨眞價實，雖則如此，卻完全不知他為什麼出現在那兒。德·吉涅又在空地逗留片刻，和龍天蓮說了句話，距離太遠，聽不出說什麼，不過看得出是發問。她沒回答，不發一聲地低低伏著，目光停在隱密的墳上，似乎想把那地方印在記憶中。過了一會兒，德·吉涅優雅地鞠躬告辭，離開了她。

她留在墳邊，一動也不動，急速飄過的雲和樹木拉長的樹影在她身上投下斑紋。成親王死去，勞倫斯不覺得遺憾，卻感到一股同情，這下子應該沒人同她作伴了。他靠著欄杆，站在那兒注視她良久，直到月亮沉得太低，看不見她為止。

音樂奏畢，露台一角又爆出一陣大笑與喝采。

I

第一章

悶滯的熱風懶懶吹向澳門灣，只揚起港裡腐敗的鹹味，臭氣中有著魚屍和暗紅海草的味道，還有龍的排遺、人的排泄物的氣味。但船員仍然在忠誠號欄杆旁挨肩擦背地擠坐著，想呼吸一點流動的空氣。人群中不時有輕微的扭打，前後推擠，但在熱焰的懲罰下立刻便平息。

無畏鬱悶地躺在龍甲板上，望著開闊海面那片白茫茫的霧靄，值班的空軍則半夢半醒地躺在他龐大的陰影裡。勞倫斯坐在無畏彎起的前腿間，沒人看得到，所以甚至不顧尊嚴，脫下了外套。

「我一定可以拉船出港。」過去這星期，無畏這句話已經說過好幾次。風平浪靜時，即使巨大的運龍艦他也拖得動，然而逆風時只會徒然累死他。無畏聽到大好計畫遭到否決，嘆了口氣。

「即使沒風，你也拉不了多遠。」勞倫斯安慰他說，「在開闊的海裡前進幾哩，是有點用處，不過目前不如待在港裡舒服點。忠誠號即使現在能離港，也開得很慢。」

「每次萬事俱備，我們也準備好了，只等風來，好可惜喔。」無畏說，「我好想馬上回到家，有好多事要做啊。」他的尾巴敲著船板發出空洞的聲響，強調自己的話。

「拜託別期望太大。」勞倫斯有點沮喪地說。叫無畏收斂一點總是沒用，這時他也不覺得會有不同。「要有心理準備，無論在這兒，或是回去以後，事情都可能延宕。」

「噢，我會有耐心啦。」無畏說完，勞倫斯剛生出的一點點信心，隨即被他接下來的話驅散了。「不過，我相信海軍部很快就會明白我們的提案有道理。既然龍隊員都有薪水，龍當然也要有薪水才公平。」無畏毫不覺得這和先前那句話有任何牴觸。

勞倫斯從十二歲起就在海上，直到後來的機遇，才讓他從艦長變成龍隊長。他一向極為熟悉海軍部委員會中管理海軍和空軍部的人，而熱心正義並不是那些人的特質。委員會的職位似乎會剝奪當事人一般的品格與美德，把他們變成卑躬屈膝、錙銖必較的政客，幾乎別無例外。中國龍地位優越不少，勞倫斯不得已才認清西方國家對龍有多糟。可是要讓海軍部認同，國家又得花錢，他可不樂觀。

總之，他只暗自希望回到家，回到英倫海峽的職位，投入保家衛國的工作之後，無畏會放棄他的計畫，或至少別那麼囂張。無畏的目的合情合理，勞倫斯沒辦法真的反駁，但是英國畢竟正在打仗，雖然無畏不明白，勞倫斯卻很清楚這時要求政府聽他們的並不恰當——簡直就像叛變。然而他答應要支持無畏了，當然得守信。無畏大可待在中國，享受他身爲天龍應得的富裕與自由，卻爲了勞倫斯，以及改善他同袍的處境而回英國。勞倫斯憂心忡忡，即使有時覺得不說不應該，仍無法直接反對他。

無畏接著說道：「你提議得好，我們確實該從薪水開始爭取。」這句話讓勞倫斯的憂心火上加油，他先前這麼提議，主要因爲這比無畏大部分的想法和緩多了。無畏想要大規模破壞倫敦的部分區域，建造能讓龍使用的寬大街道，還想派出龍代表到議會演說。那樣不只龍隻不容易進到建築裡，還會讓議會所有人類逃之夭夭。「我們能拿到薪水以後，其他的事一定都簡單多了。有薪水就能付錢給人，他們多喜歡錢啊，你幫我請的廚師就是這樣。」難怪他會想到——肉烤焦的煙味濃到蓋過港口的惡臭了。

勞倫斯皺起眉，低頭看了看，廚房位在龍甲板正下方，一道道白煙正沿甲板的木頭縫隙溢出。他向傳令兵招招手：「戴爾，去看看他們下面在做什麼。」

英國的軍需官只需要爲龍準備現宰的牛，無畏愛上了龍吃的中國菜，他們無法應付，因此勞倫斯雇了兩位願意爲重金離開祖國的廚師。新廚師不會說英文，主意卻不少。船上廚師同行相忌，幾乎要和他們開戰了，雙方之間競爭的意味很濃。

戴爾快步走下後甲板的梯子，打開廚房門，滾滾濃煙從門裡冒出，索具上的守望員隨即出聲喊道：「失火了！」輪值軍官驚慌地搖鈴，鈴錘嘎吱磨擦，鐺鐺響起。同時勞倫斯喊著：「全員就位！」並派手下找滅火隊來。

眾人睡意全消，船員跑去拿水桶和提桶，幾個膽子大的人衝進廚房抬出癱軟的身軀——有廚師助手、那兩位中國廚子和一名船上小廝，不過船上的廚師卻不見蹤影。淌著水的水桶很快就接連傳來，水手長在前桅杆以喊聲和杖擊聲定出節奏。水倒進廚房門裡，桶子一個接著一個空了，煙霧卻比之前更濃，從甲板的每個縫隙與接縫滾滾湧出，龍甲板的纜柱熱到燙手，綁在纜柱其中一根鐵杆上的繩子，已經開始冒煙。

小迪格比的腦筋轉得快，集合其他少尉，忍住碰到灼熱鐵柱時手指的痛處，趕忙解開纜繩。其他空軍在欄杆邊汲水潑濕龍甲板，甲板上飄起白色雲狀的蒸氣，開始翹起來的木板上留下一層灰鹽巴。木頭縫間的瀝青熔了，一道道流過甲板，在高熱下冒煙，發出甜而刺鼻的氣味。勞倫斯看過無畏愉快地躺在正午太陽炙烤的石頭上，他這時卻四腳站著，在龍甲板上走來走去，紓解熱度。

萊利艦長在汗流浹背的辛勤人群中，和他們一起來回傳著水桶，大聲鼓舞眾人，聲音中卻有一絲絕望。火燒得太熱了，木頭又因久待在港裡，在高溫下老化，龐大的貨艙裡裝滿回程的貨物，精製的瓷器裝在塞了稻草的箱子裡，還有一捆捆絲綢，修補用的新帆布。只消往下燒四層，存貨就會迅速燃起烈焰，回燒到彈藥庫，把忠誠號炸個精光。

值晨更的人先前在下頭休息，這時被濃煙薰到，掙扎著從下層甲板爬出來，一面張著嘴喘著氣。忠誠號雖然是龐然大物，扣掉快燒起來的龍甲板之後，船首樓和後甲板仍容不下所有人員，因此值晨更的人驚慌中跑出來，便打亂傳水桶的行列。勞倫斯抓住一條粗索爬上甲板的欄杆，在忙亂的人群裡尋找他的隊員。大部分隊員都上龍甲板了，不過還有幾人沒有蹤影——塞洛斯在北京一戰中傷了腿，腿還上著夾板，醫官凱因斯原來應該躲在艙房裡看書。勞倫斯也沒看見另一個傳令兵艾蜜莉．羅蘭。她才剛滿十一歲，一定很難從推擠的男人間鑽出來。

廚房煙囪傳來一聲尖細的水壺鳴，金屬的煙囪帽像結了子的花朵，緩緩垂向甲板。無畏不由得不滿地嘶叫，直直仰起頭，膜狀頭冠攤平貼住脖子。他曲起粗壯的後腿準備一躍而起，一隻前腿還架在欄杆上，心急地喊道：「勞倫斯，你在那裡安全嗎？」

「嗯，我們沒問題，快升空。」勞倫斯說著，一邊揮手要其他隊員下到船首樓。船板要燒透了，他很擔心無畏的安危。他補充道：「火燒穿甲板以後，會比較方便對付。」這段話主要是爲了激勵能聽到的人，其實，龍甲板塌陷的話，他們恐怕無法撲滅大火。

「好，那我就飛起來幫忙。」無畏說著，飛入空中。

幾個人不太擔心船，只在意自己的安危，這時已經在船尾旁放下小艇，希望軍官忙著和火搏鬥，不會注意他們逃走。沒想到無畏繞著船衝到他們上空，完全不理那些人，兩爪抓住小艇，就把小艇當杓子一樣浸到海裡舀起水來，海水和木槳由艇邊落下。他努力維持小艇平衡，飛回船上，倒出裡頭的水。突如其來的大水在船板上嘶嘶沸騰，如曇花一現的瀑布撲落樓梯。

勞倫斯連忙喊道：「拿斧頭來！」他們在難忍的炙熱下揮汗工作，揮砍木板時蒸氣不斷冒出，斧頭在濕淋淋浸滿瀝青的木板上滑開，每個劈出的口子都湧出滾滾煙霧。無畏潑水下來，大家就得努力站穩腳步，不過幸好有水一直倒下來，減緩濃煙，他們才能繼續工作。有幾人就這樣倒在甲板上動也不動，但在分秒必爭之際，根本沒時間把他們抬到後甲板。勞倫斯和他的軍械士普拉特並肩奮戰，參差不齊地揮著斧頭，染黑的汗水在他們襯衫上留下一道道細長的印子，最後，船板發出砲響似的聲音裂開，一大塊龍甲板同時崩下，落入下方飢餓咆哮的烈焰中。

勞倫斯在甲板邊緣踉蹌一陣，還好他的大副葛蘭比把他拉走。勞倫斯和葛蘭比一同蹣跚退開，他快喘不過氣來，呼吸又短又急，眼睛灼熱，幾乎看不見，還差點跌入葛蘭比懷中。葛蘭比拉著他下樓梯下到一半，兩人被另一股大水沖下梯子，撞上船首樓上一座四十二磅臼砲。勞倫斯才爬起身靠上欄杆，就朝船外吐了起來。嘴裡的苦味還蓋不過頭髮和衣服上刺鼻的臭氣。

其他人也逃開龍甲板，因此一陣陣大水可以直接倒向火焰了。無畏抓住潑水的節奏，冒起的煙霧已經緩和許多。水帶著黑色的煤灰流出廚房，漫到後甲板上。勞倫斯只覺得全身發顫，難過不堪，深深喘著氣，卻怎麼吸也吸不飽。萊利用擴音器粗聲喊著命令，嘶嘶作響的濃煙卻幾乎壓過他的聲音。水手長完全喊不出聲了，也沒了杖子，只好徒手推著人排好隊伍，示意他們向艙口去，他們不久便排成一列，抬出下面的傷者。勞倫斯欣慰地看著塞洛斯給人抬了出來。無畏又在剩下的餘燼上潑下一股水，接著萊利的舵手巴森由主艙口抬起頭叫著：「長官，沒再冒煙，艙甲板上方的木頭也不會燙手，應該沒事了。」

船上爆出一陣由衷的歡呼。勞倫斯攙著葛蘭比的手爬起來，開始覺得能呼吸，只不過每次咳著喘氣，還是會咳出黑色的痰。龍甲板上籠罩著一片宛如砲火後的朦朧濃煙，勞倫斯爬上樓梯，發現原來龍甲板所在之處，成了一個開口笑的炭火盆，殘餘的木板邊緣像燒過的紙一樣易碎。殘骸中躺著船上廚師炭灰般的遺體，令人不勝唏噓，他的頭骨焦黑，木腿燒成灰燼，只剩膝蓋處可憐的殘根。

忠誠號上已經沒有空間給無畏降落了，他放下小艇，猶豫地在上空盤旋一陣子，才落到船旁邊的水裡。他游到船邊，抓著欄杆，揚起巨大的頭憂心地看著船內。「沒事吧，勞倫斯？我的隊員都平安嗎？」

「對，我都確認過了。」葛蘭比說著，向勞倫斯點點頭。艾蜜莉一頭黃髮染上斑斑煤灰，從飲水桶抬來一瓶水，水並不新鮮，染上港裡的臭味，喝起來卻比酒美味。

萊利爬上來加入他們，看著殘骸說：「眞慘。保住船眞是謝天謝地，不過我可不敢想像要花多久時間才能出航。」他欣然由勞倫斯手中接過水瓶，深深喝了幾口才傳給葛蘭比，擦擦嘴又說：「眞他媽的遺憾，你們的東西一定都燒掉了。」空軍上級軍官的艙房都靠船首，在廚房上層。

「老天啊，」勞倫斯愣愣地說，「眞不知我的外套怎樣了？」

「四，四天。」裁縫用他有限的英文說著，一面伸出手指比劃，確保對方沒誤解。勞倫斯嘆了口氣說：「好，沒問題。」至少他們不愁沒時間。修好船要兩個月以上，在那之前，他和他屬下都得在岸上歇涼。他又問：「其他的你能修嗎？」

他和裁縫一同看著他帶來當樣板的外套。這下子原先深綠色的外套變黑了，鈕扣上結了一層奇怪的白色，整件衣服都是刺鼻的煙味和海水味。裁縫沒有明白說出來，不過神情卻表明了不可能。他說了聲：「拿著。」接著走回工作室，取出另一件衣物。那件其實不算外套，而是類似中國士兵穿的刺繡夾克，像正面全開的上衣，頸子處是短短的立領。

「噢，這個嘛——」勞倫斯不安地看著上衣。這件絲質衣物的綠色明顯淡很多，縫合處有鮮紅與金色的精細刺繡。只能說，這件上衣比他先前穿的正式長袍樸素一點。

但那天晚上，他與葛蘭比得和東印度公司的專員用餐，他不能打扮不周，也不能裹著來店裡穿的厚外套去。回到岸上的新房間，羅蘭、戴爾說無論有多少錢，在城裡都買不到適合的外套，這時他才慶幸有中國服可穿。也難怪買不到——受人尊敬的紳士不會想穿得像飛行員，而西方人在遠東的勢力範圍裡，他們深綠色的絨布衣又不太受歡迎。

「說不定會帶起流行呢。」葛蘭比安慰中帶著揶揄。他身材瘦長，穿著跟倒楣見習官要來的外套。見習官的房間在下層船艙，衣物都沒受波及。但這件外套的袖子太短，他露了一吋手腕出來，蒼白的雙頰一如往常曬得通紅，這時看來比他的實際年齡——二十六歲還小，不過他的穿著不會讓人非議。勞倫斯的肩膀比他寬很多，沒辦法搶年輕軍官的衣服來穿，萊利雖然慷慨地提議幫忙，但勞倫斯不想穿著藍外套出席，免得看起來像以身爲空軍可恥，想假裝自己還是海軍艦長。

無畏的龍甲板毀了，只好睡在海灘上，惹惱了住在那裡的西方人，他自己也不太高興，因爲海灘有許多煩人的小螃蟹，老是堅持把他當牠們居住的岩石，趁他睡覺時不停想鑽到他身上。勞倫斯和隊員住到海邊一幢寬敞的房子裡，這房子爲當地荷蘭商人所有，商人不想看到門口躺一隻龍，欣然同意把房子讓給他們，和家人搬到更靠城中心的地方。

勞倫斯和葛蘭比前往聚餐路上，停下來和無畏打招呼。至少還有無畏稱讚勞倫斯的新裝扮，覺得色澤很好看，尤其喜歡金黃的鈕扣和繡紋。他用鼻子前前後後探了勞倫斯一圈，好看個仔細，然後說：「配那把劍很帥啊。」寶劍是勞倫斯全身唯一不以爲恥的配件。除此之外，他的襯衫怎麼洗也不可能變體面，幸好能藏在外套下，長褲只能遠遠看，襪子也得靠高筒的赫斯靴遮掩。

他們離開時，無畏正安頓下來吃自己的晚餐，由幾名見習官和隸屬東印度私人軍隊的一隊士兵守護，喬治·史丹頓爵士借這隊士兵給他們，幫忙守衛無畏，只不過不是爲防敵，而是怕來許願的人們太熱情。西方人怕龍而逃離海邊，中國人卻從小和龍比鄰而居，不怕龍。

天龍十分稀有，又很少離開宮殿，他們覺得看到、甚至摸到天龍是莫大的榮幸，相信能帶來好運。

史丹頓安排這頓餐會，不但想讓軍官有點娛樂，也希望掃去災難給他們的煩惱，卻沒想到空軍得為衣著傷透腦筋。勞倫斯不想為這點理由拒絕他慷慨的邀請，因此直到最後都期望能找到更體面的衣服穿。這下子他可慘了，已經準備好要和一同用餐的人分享他大費周章的過程，消遣消遣。

他剛進餐廳時，房裡靜了下來，大家雖然驚訝，還保持禮貌，不過，他才向史丹頓爵士問好，接過一杯酒，四下就響起喃喃低語。一位年長的專員有點選擇性失聰，開門見山地說：「空軍老愛作怪，誰曉得下次會有什麼怪主意。」葛蘭比聽了，壓抑的怒火在眼中閃閃發亮，而說話聲在房間裡共鳴，又讓一些不太有自覺的輕率言論傳到他們耳中。

查塔姆先生才從印度來這兒不久，他在斜對角的窗旁望著勞倫斯，一面和身材高大的葛羅辛派爾先生低聲交談：「他幹嘛穿這樣？」

不過葛羅辛派爾只注意時鐘，一心在想何時要去用餐。「喔？噢，他高興的話，有權穿得像東方的王爺一樣。」他不在意地回頭瞟了一眼，聳聳肩說：「我們不也是嗎？你聞到鹿肉了嗎？我一年沒吃到鹿肉了。」

勞倫斯又驚又怒，向開敞的窗子別過頭。他沒想過別人會這麼看他。他成為皇帝養子，完全僅止於形式，是因為中國堅持天龍的同伴必須和皇室成員有直接關係，為了不讓中國沒面子才這麼做，而英國則樂於用無關痛癢的方式解決俘虜無畏龍蛋的爭議。至少除了勞倫斯之外的人都覺得無關痛癢，可是勞倫斯的父親自大又專橫，聽到兒子被收養，想必火冒三丈。勞倫斯爲了不和無畏分開，除了叛國罪，什麼都願意承擔，沒有因爲這樣的顧慮而裹足不前。不過他可沒料到會得到這麼特別的恭維，居然有人覺得他比起自己的出生，更重視東方人的頭銜，趨炎附勢的表現很可笑。眞是屈辱。

他困窘極了，奇裝異服背後的故事，他雖然樂意拿來當趣聞講，卻不想拿來爲自己開脫，因此嚥下原來要說的話，只簡短回應幾句。他氣得臉色發白，沒發覺怒意讓他露出難看的冷酷臉色，表情甚至有點嚇人，他附近的談話隨之止息。他平常脾氣看起來很好，常年日曬的膚色不會太深，只讓他帶了點溫和的古銅色調，臉上的線條也大多是笑紋，這些特徵此時的對比更大了。在座的人即使沒欠勞倫斯他們一條命，能有現在的財富，也要歸功於出使北京的任務成功，沒讓中英兩國開戰，斷絕中國貿易。勞倫斯爲此可流了不少血，還有個部下丟了性命。他不期待對方感激得五體投地，即使他們眞的這麼感謝，他也會一笑置之。然而，不禮貌地奚落他們，又是另一回事。

「進去用餐吧？」史丹頓爵士提前請大家進去，在餐桌上使盡渾身解術，想破除尷尬的氣氛。管家被派下地窖五、六次，他們喝的酒越來越高級，而史丹頓廚師的食材雖然有限，做出的料理卻讓人驚豔，燉小螃蟹上頭漂亮的炸鯉魚這下子反倒成了食物。餐桌正中央是一道肥肥的烤鹿臀，佐著一缽晶瑩剔透的寶石紅果凍。

大家又開始交談了。勞倫斯當然明白，史丹頓誠心希望他和其他人都很愉快，況且他本來就沒有憤怒到無法平復，喝下正值香醇的勃艮地❶，氣也消了不少。沒人再提外套或皇室相關的事情，吃過幾道菜之後，勞倫斯平靜下來，有胃口吃點誘人的那不勒斯餅乾❷和海綿蛋糕，配上摻白蘭地的柳橙蛋奶凍。談話越漸大聲，也更隨性了，但就在此時，餐廳外傳來一陣喧鬧，接著是一聲尖叫，似乎是女子的叫聲。

全桌沉寂下來，杯子停在半空中，有些人推著椅子要起身。史丹頓有點搖搖晃晃地站起來，道歉說他得失陪一下。但他還來不及去看發生什麼事，門就被人猛然推開，史丹頓的僕人焦急地倒退進餐廳，還用中文喋喋不休抗議著，另一個東方人溫和卻堅定地將他推向一旁。那陌生人身穿著鋪綿夾克，頭上一捲深色羊毛巾上戴著圓頂帽，全身灰撲撲，染上塊塊黃斑，不像一般中國人的衣著。他戴手套的手上停了隻兇狠的老鷹，蓬亂的羽毛金棕相雜，一雙黃眼怒張，咬咬喙，在棲息處挪著步子，巨大的爪子抓透厚厚一大塊護手。

雙方互瞪了一陣子，陌生人開口時，房裡的人更驚訝了，他以字正腔圓的英文說：「各位先生，在下的任務不能耽擱，抱歉打擾你們用餐。這兒有位威廉．勞倫斯隊長嗎？」

勞倫斯太震驚，又有點酒意，一時沒有反應過來，接著才從桌旁起身過去，在老鷹不友善的瞪視下，接過防水布包的包裹，對那人說：「先生，多謝了。」那張削瘦的臉細看之下不只有中國血統，他黑眼睛雖然有點鳳眼，不過更像西方人的眼形，而打亮的柚木般的膚色，主要是太陽的傑作，而非出於天生。

陌生人禮貌地頷首：「很榮幸為您服務。」他沒笑，但由眼神中的一抹光芒看來，大家的反應讓他滿樂的，而且他已經習慣讓人這麼驚訝了。他瞥一眼餐廳裡所有人，向史丹頓微微一鞠躬，便像來的時候一樣突然地離開，與聽到騷動趕來的僕人擦身而過。

「請為薩基先生準備一點吃的。」史丹頓低聲對僕人說完，派他們去招呼他。勞倫斯這時正拿起他的信件。封口的蠟因夏天的熱度而軟化，印上的圖案模糊不清，蠟封壓不碎，也弄不太下來，拉扯起來如軟糖一樣，在他手上留下一絲絲黏稠的蠟。信封裡只有一張紙，是藍登司令親筆的信，內容是正式命令的直接語氣，一眼便能看盡。

刻不容緩，因此你們必須立刻前往伊斯坦堡，去找皇家塞利姆三世號上的阿弗藍‧馬登，取得皇家空軍已協議得到的三顆蛋，盡力保護孵化期間的蛋不受影響，並馬上送達指派的三位軍官手上。他們會在鄧巴❸的掩蔽所等你們。

接著是一貫義正辭嚴的結尾——「若本任務失敗，一律嚴厲懲處。」勞倫斯把信遞給葛蘭比，示意他看完後，傳給來書房找他們的萊利和史丹頓。

葛蘭比交出信之後，說：「勞倫斯，之後的旅程還要好幾個月，我們不能枯坐著等船修理好，得馬上出發才行。」

萊利站在史丹頓肩後讀信，抬起頭問：「可是，還能怎麼去呢？以無畏的體重，港裡的船幾個小時都撐不住，而且海上沒地方休息，不能直直穿越海洋。」

「那裡又不是新斯科細亞，只能從海上過去。」葛蘭比說：「還有陸路啊，我們得改走陸路。」

「少來了。」萊利不耐煩地說。

「有何不可呢？」葛蘭比說：「修理費時還是另一回事，眞正有問題的是走海路要花幾百年才能繞過印度。不如直直穿過中亞——」

「是啊，你還能跳進水裡一路游回英國呢。」萊利說：「越早到越好，可是欲速則不達，至少忠誠號能讓你們到得了目的地。」

勞倫斯心不在焉地聽他們交談，一面讀著信，腦中又有新的想法。命令中一貫的語調和實際的緊急程度不容易分別，然而，龍蛋雖然很久才會孵化，卻很難預測孵化時機，而且不可能永遠等著他們。他對萊利說：「湯姆，航行中也可能天候不好，到巴斯拉❹恐怕要五個月，無論如何，得從那兒飛到伊斯坦堡。」

「然後很可能發現三顆龍蛋變成龍，半點用處都沒有。」葛蘭比說。勞倫斯一問之下，他才肯定地說，蛋一定不久就要孵化了，至少剩下的時間不多，他們不能掉以輕心。他解釋道：「大部分品種最多只會在蛋殼裡待個兩年左右。而孵化期過了一半，才能確定龍孵得出來，所以海軍部買的蛋，一定比那成熟。我們得分秒必爭，天曉得爲什麼不找直布羅陀的人員，要派我們去拿蛋。」

勞倫斯對空軍的駐紮地不太熟悉，還沒想到這個問題，這才驚覺這任務不該派給他們，相較之下直布羅陀近多了。他不安地問：「那裡到伊斯坦堡要多久？」即使途中會經過的海岸線大多被法國掌握，仍然不可能處處有巡邏，單獨的龍要飛過，應該找得到地方休息。

「兩星期。賣力一點，應該更短。」葛蘭比說，「我們即使從陸上去，至少也要兩、三個月。」

史丹頓聽他們的商量，這時插嘴道：「所以從這道命令本身看來，顯然不急囉？信要送到這裡，應該要三個月。再多幾個月也沒差，不然空軍會派更近的去。」

「那也要更近的隊伍能去才行。」勞倫斯擔心地說。英國的龍隻短缺，不論發生哪種危機，都很難挪出一、兩隻龍，更不用說要讓無畏這種重量級的龍花一個月來回了。拿破崙可能又試圖越過英倫海峽侵略，或出兵攻擊地中海的艦隊，因此只剩無畏和幾隻駐在孟買、欽奈❺的龍隻能夠抽身。

勞倫斯思考完各種討厭的可能以後，說道：「不對。我想，我們不能那樣子假設，而且無畏必然可即刻上路，『刻不容緩』的意思不言而喻。如果潮汐和風向都正好，接到這種命令的艦長一定不會在港裡逗留。」

史丹頓發現勞倫斯已經快決定了，連忙說：「隊長，拜託別真的考慮去冒那麼大的險。」萊利仗著和他九年的交情，對他說：「勞倫斯，看在老天份上，你不會真的要幹這種蠢事吧？而且等忠誠號修理好，不叫『在港裡逗留』。走陸路就像等一星期就會天晴，卻直直駛入暴風中。」

葛蘭比抗議道：「講得好像我們去是割脖子自殺一樣。隊伍拉著貨物跋山涉水麻煩又危險，可是有無畏在，誰也不敢找我們碴，而且我們只要晚上有地方落腳就好。」

「還要有足夠的食物，餵一級戰艦那麼大的龍吃。」萊利嗆回去。

史丹頓點點頭，立刻抓住這一點發揮：「你們好像不了解要穿越的區域有多廣大、荒涼。」他在書籍紙張中翻找，找出幾張那裡的地圖給勞倫斯看，羊皮紙上都看得出那兒杳無人煙，一片荒原上，只有幾座孤零零的小鎮穿插其間，高山後蔓延著廣大的沙漠，一張灰撲撲的破損地圖上，在沙漠空蕩蕩的黃色低窪中，還有細瘦的老式字體寫著「三星期沒水喝」。史丹頓說：「抱歉我話說得重，不過走這條路太莽撞，相信海軍部不可能要你們那麼做。」

「可是藍登應該也沒想到，我們得浪費時間逆風走六個月。」葛蘭比說：「的確有人走陸路，早在兩世紀前，馬可孛羅那個傢伙不就走過嗎？」

「是啊，那他之後的費奇和鈕伯利❻呢？」萊利說：「他們也做了這種蠢事，結果碰上五天的暴風雪，三隻龍全在山上折損——」

萊利的語氣越來越尖銳，葛蘭比蒼白的膚色掩不住泛紅。勞倫斯打斷激動的討論，問道：「帶信來的那個傢伙，薩基，是從陸路來的吧？」

「你該不會想學他吧？」史丹頓說：「一個人能去的地方，一群人不一定去得了。他那麼粗野的冒險者以一點點資源就能過活，一群人沒辦法。況且他走陸路，只賭上自己的性命，你得考慮為一隻珍貴無比的龍負起責任。龍的存亡，甚至比這次任務還重要。」

問題到後來仍沒解決。那隻珍貴無比的龍聽勞倫斯提起這件事，說：「噢，我們馬上就出發吧！聽起來好刺激。」傍晚天較涼，無畏神智清醒，尾巴興奮地來回抽動，在沙灘兩旁形成兩道比人稍高的小牆。「蛋裡會是什麼龍呢、會噴火嗎？」

「老天，要是他們肯給我們喀西利龍就好了。」葛蘭比說：「不過應該是一般的中型戰龍，這種買賣是為了幫各個家系加一點新血。」

「我們可以提早多久到家啊？」無畏側著頭，讓一隻眼可以直視勞倫斯放在沙地上的地圖。「喔，其實只要看坐船繞多遠的路就知道了，勞倫斯，而且我又不用像船一樣有風才能前進。我們夏末之前就會到家了。」無畏不太能判斷地圖的比例，估計得太樂觀，他們不可能那麼早回去，不過九月底應該能到英國。這動機強到幾乎讓人顧不得謹慎。

「可是我覺得這樣不行。」勞倫斯說：「他們指派我們乘忠誠號，藍登一定也認為我們會坐忠誠號回去。走絲路有點太急躁了。」他責備無畏，「而且，別想跟我說沒什麼好擔心的。」

「可是怎麼可能有多危險。」無畏一副天不怕、地不怕的樣子，「我又不會讓你一個人去，受到傷害。」

「碰上大軍，你當然能保護我們。」勞倫斯說：「可是山裡的暴風雪連你也鬥不過。」萊利提到倒楣探險隊在喀拉崑崙隘口失蹤的事，讓他心有不安。要是他們碰上致命的暴風雪，勞倫斯完全能想像會有什麼下場：無畏翅膀邊緣被濕雪和冰凍結，隊員沒辦法搆到翼緣清除結冰，最後無畏終究被刺骨的寒風擊垮，飛旋的雪花遮蔽視線，讓他們看不見四周聳立的危險峭壁，而且不斷繞圈打轉，凍僵人的寒冷讓無畏的身體不知不覺變得沉重遲緩——而且找不到藏身處，更無力抵抗冰雪。那樣的情況下，勞倫斯會被迫要他降落，為保全部下性命，要他提早犧牲，不然就要全隊一同緩緩飛向痛苦的毀滅之途。那情境太可怕了，相較之下，在戰場戰死反而讓人安心。

「所以早點動身，就容易越過。」葛蘭比爭論說：「要避開風雪，八月要比十月好。」

「換來在沙漠活活烤焦嗎？」萊利說。

葛蘭比繞著萊利踱步，開口道：「不是我愛說，」但他揶揄的眼神洩露了本意，「這些反對的理由，會不會太婆婆媽媽了——」

「不會。」勞倫斯嚴厲地插嘴，「湯姆，你說得很對，危險的並不是暴風雪，而是我們完全不了解旅程會有什麼困難。先解決這個問題，再來決定去留。」

「你付錢雇那傢伙當嚮導，他當然會說路上很安全。」萊利說：「他可能把你留在前不著村後不著店的地方，求救無門。」

隔天勞倫斯去向史丹頓打聽薩基的住處，史丹頓也想叫勞倫斯打消念頭：「他有時會帶信給我們，有時為東印度公司到印度辦事。父親是位紳士，應該是高級官員，為他的教育下了點工夫，可是那人雖然學會禮貌，還是稱不上可靠。他母親是西藏或尼泊爾之類的原住民，他這輩子大部分時間都待在蠻荒之地。」

稍晚，勞倫斯和葛蘭比小心翼翼地走過澳門的偏僻小巷。先前下過雨，雨水流過排水溝，沉積的穢物上飄著薄薄一層綠水。葛蘭比說：「我個人覺得，嚮導是半個英國人，好過聽不懂說什麼的嚮導。而且沒什麼好抱怨的，薩基要不是那麼像吉普賽人，對我們就沒用了。」

他們走了一陣子，終於找到薩基的臨時住所。那是間華人區的二層樓殘破小屋，屋頂低垂，幾乎全由兩側鄰居的屋牆支撐，那兒的房子全都像酒醉的老人一樣挨在一塊兒。房東皺皺眉頭，才咕咕噥噥地帶他們進去。

薩基坐在房子中庭，拿盤裡一片片生肉餵老鷹吃，他左手手指布滿先前餵食時鷹喙粗魯啄出的白色疤痕，有些新傷還在淌血，但他完全不以為意。他回答勞倫斯的疑問說：「對，我是走陸路。不過不建議你那樣走，隊長，和海上航行比起來，那種旅程並不舒適。」他手上的事一刻也沒停，又拿起一條肉給老鷹，老鷹從他指間奪走肉，怒瞪著他們，吞下肉時，肉帶血的末端還從牠的喙間垂下，搖來晃去。

勞倫斯不曉得該怎麼稱呼他。他不是高級僕從，不是紳士，也不是本地人，他談吐文雅，和他亂糟糟的衣著、周圍破舊的環境成了奇異的對比。不過他外表古怪，又帶了隻兇惡的老鷹，也許找不到更好的地方住。他對自己不東不西的特殊身分毫不讓步，態度中帶了一點傲慢，勞倫斯自己通常對剛認識的人會更有禮貌。大家視他為僕役，和他保持距離，他的表現幾乎刻意在反抗別人的態度。

不過薩基仍詳細地回答他們那堆問題。餵完老鷹，薩基將牠放到一邊，罩上罩子讓牠休息，之後，他居然打開旅途中使用的裝備，讓他們見識必備的工具：一個沙漠用的特製帳棚，有毛皮襯裡，邊緣一排等距的小洞，洞緣以皮革強化。依他解釋，是用來和小帳棚快速綁在一起，拉起帆布，在沙暴或下雪、下冰雹時遮蔽駱駝或龍隻（後者需要比較多帳棚）。其他的裝備有上蠟防水的皮革做成小而實用的皮水袋，一只小錫杯以繩子繫在水袋上，杯身中央和接近杯口的地方都刻有刻度，一個簡單的小羅盤固定在木座上，一本厚厚的日誌，上面全是手繪的小地圖，圖上以乾淨的小字記下方位。

看得出東西常在使用，保養得宜，他顯然對這工作很在行，而且不像萊利擔心得對顧客太熱情推銷。勞倫斯最後才問起他願不願意當嚮導，薩基說：「我沒想過要回伊斯坦堡，沒什麼理由去那兒。」

「你在其他地方有事嗎？」葛蘭比問，「少了你，我們要去伊斯坦堡一定辛苦，你還能爲國效力呢！」

勞倫斯加了句：「而且爲了答謝你的辛勞，會給你很好的報酬。」

「這樣嗎？沒問題。」薩基會心一笑。

「但願你們別給維吾爾族割了喉。」萊利悲觀地說。他在午餐時又試著勸他們留下來，但徒勞無功。「勞倫斯，你明天會來船上和我用餐吧？」他問著，一面踏進平底船。「一言爲定。我會送生皮和船上的鍛造爐來。」萊利的喊聲壓過船槳入水的聲音，飄盪而來。

無畏有點憤憤不平地說：「我才不會讓任何人割了你的喉嚨。不過我眞想看看維吾爾族，是一種龍嗎？」

「大概是鳥吧。」葛蘭比說。勞倫斯半信半疑，但自己也不確定，因此不想爭辯。

結果，隔天薩基說：「那是人類部族。」

「噢，那就不好玩了。」無畏已經看過人類了，有些失望。他又期待地問：「他們很勇猛嗎？」

薩基向他解釋一堆旅途中可能遇到的趣事，像猛烈的沙暴，冰凍的高山隘口。終於結束冗長的審問時，他問勞倫斯：「你的錢夠買三十頭駱駝嗎？」

「我們要用飛的，無畏會載我們。」勞倫斯迷糊了，心想薩基也許搞錯了。

「只能飛到敦煌。」薩基平靜地說，「然後就得買駱駝了。一頭駱駝能爲他這麼大的龍帶一天份的水，而且他也能吃駱駝。」

「需要這樣嗎？」勞倫斯不想損失那麼多時間，他原先打算快速飛過沙漠。「必要的話，無畏一天可以飛一百多哩，路上一定能找到水吧。」

「在塔克拉馬干找不到。」薩基說，「商隊的路徑衰微，城市也隨之沒落。綠洲大多消失了，我們即使能爲自己和駱駝找到足夠的水源，水也是鹹的。你不想讓他冒著渴死的危險，就要自己帶水。」

這話說完，自然沒什麼好爭了，勞倫斯只好找史丹頓爵士求助。他離開英國時沒預料他得用現金買三十隻駱駝，還要支付橫越陸地的旅程。他要給史丹頓支票，卻遭到拒絕：「拜託，只是點小錢。等一切談完辦妥，相信你的任務可以讓我兌現五萬英磅。只是恐怕會讓你加速步入毀滅。勞倫斯，很抱歉我得提件事——信有沒有可能是僞造的呢？我不想讓你無故懷疑，不過你決定要走以後，我就一直甩不掉這個念頭。」

勞倫斯訝異地望著他，只見史丹頓繼續說：「別忘了，假使那命令是眞的，一定是你出使中國成功的消息傳回英國之前就寫下了——說不定到現在他們還不知道你成功的事。協商才剛完成，要是談到一半，你和無畏突然離去，會有什麼影響呢？一開始就得偷偷溜出中國，而這麼嚴重的侮辱，一定會掀起戰爭。很難想像海軍部會發出這樣的命令。」

勞倫斯派人拿信，並且請葛蘭比過來。他們在面東的窗旁，就著強烈的陽光重新檢視那封信。「我不敢說我的判斷一定對，不過看起來是藍登的筆跡。」葛蘭比猶豫地說，把信遞回去。

勞倫斯也這麼覺得，字跡歪歪扭扭，他沒跟史丹頓說這其實很尋常。空軍七歲就入伍，最優秀的人通常十歲就當上傳令兵，爲了實際訓練，時常犧牲學習。他堅持手下的軍校生得寫一手好字，練習數學的三角學，常讓他們怨聲載道。

「總之，誰會想幹這種麻煩事？」葛蘭比說，「待在北京那個法國大使德．吉涅比我們還早離開，現在應該已經在回法國的半路上了。何況他也明白，協商已經完成了。」

「也許是消息沒那麼靈通的法國間諜。」史丹頓說，「說不定知道你最近任務成功，想誘你落入陷阱，沙漠裡的土匪一定很樂意拿他們的錢攻擊你。忠誠號損壞，你行程被迫延期，一定焦躁不安，消息正好這時候傳來，太巧合了。」

他們走回住處的路上，葛蘭比說：「坦白說，雖然有這麼多勸阻，情勢悲觀，我個人還是想走。」隊員已經開始瘋狂地忙著收拾、準備，包裹雜亂地在沙灘上堆起。「有危險是理所當然，我們又不是照顧腹痛嬰兒的保母。龍本來就該飛翔，在岸上、甲板上再蹲九個月，他的戰鬥能力就完了。」

勞倫斯看著在做怪的年輕軍官說：「半數的孩子也是。只不過他們大概已經給寵壞了。」他們突然得開始工作，不太安分，勞倫斯總覺得職勤中的人員不該這麼嘈雜喧鬧。

葛蘭比厲聲喊道：「艾倫！顧好你他媽的鞍帶，不然就把鞍帶拆掉。」倒楣的年輕少尉沒有扣好飛行鞍具，長長的鐵鎖皮帶拖在身後，每次其他隊員和他擦身而過，他就有被絆倒的危險。

鞍具長費羅斯和他的鞍具員還在處理火災損壞的飛行索具，一堆皮帶結了鹽巴，乾乾硬硬，不然就是爛掉、燒毀，需要更換，還有些扣環受熱扭曲，軍械士普拉特在簡易的鍛造爐上氣喘吁吁，正在把扣環打直敲平。

他們讓無畏戴上鞍具，無畏說：「讓我試試。」接著便揚起一陣螫人的沙霧，一躍升空。他繞了一小圈之後降落，指示人員說：「左邊的肩帶請繫緊一點，臀部下的皮帶放長一點。」調整十來次以後，他終於心滿意足。

他們將鞍具放到旁邊，讓他吃午餐。午餐是隻帶角的巨牛，剖成兩半烤過，綴上一堆外皮烤黑的紅椒和青椒，還有不少香菇，他在開普敦那兒愛上了菇類。這時勞倫斯也讓部下用餐，自己划船到忠誠號，和萊利吃上最後一頓。這一餐雖然愉快，過程卻很安靜，酒也喝不多。餐後勞倫斯給萊利幾封寫給母親和珍．羅蘭的信，公文則之前就給過他了。

萊利看著勞倫斯爬下船邊，說道：「一帆風順。」他回到岸邊，太陽已然低斜，藏到城裡樓房後了。無畏把最後幾根骨頭啃乾淨，隊員從屋裡走了出來。他們再次爲無畏裝上鞍具，他說：「沒問題。」於是隊員爬上龍，用鐵鎖將個人鞍具扣上無畏的大鞍具。

薩基頭上的帽子扣在繫於下巴的皮帶上，輕易地爬上無畏，安頓在勞倫斯的位置附近，接近無畏頸根處。老鷹戴著頭罩，裝在小籠裡，綁在他胸前。忠誠號猛然發出雷鳴似的砲火聲——是正式的禮砲。無畏歡喜地大吼回應，只見船的主桅上綻出信號旗：「一路順風。」肌肉和肌腱倏然隆起，吸入的空氣深深湧入皮下，氣囊脹滿，無畏便升入空中，讓港口與城市由他們下方退去。

譯註：

❶：勃艮地（Burgundy），法國勃艮地地區產的葡萄酒。

❷：那不勒斯餅乾，類似蛋白杏仁餅，其中的杏仁換爲松子。

❸：鄧巴（Dunbar），位於愛丁堡東方的城市。

❹：巴斯拉（Basra），位於今伊拉克南部的大港都。

❺：欽奈（Madras），印度東南部大城。

❻：費奇（Ralph Fitch）和鈕伯利（John Newbery），二者皆爲英國商人，於一五八三年組成商隊，由地中海東部地區及兩河流域出發，經印度北部到達印度後，再至馬來西亞，最後由波斯灣返國。鈕伯利於回程中過世。

第二章

他們飛快離開。無畏頭一次不受速度慢的同伴拖累，很高興能有機會伸展翅膀。勞倫斯一開始雖然有點擔心，但無畏沒有操勞過度的跡象，肩膀的肌肉沒發熱，幾天以後，勞倫斯就讓他自己隨心所欲決定速度了。每次降落在稍具規模的市鎮找東西吃，就有困惑又好奇的官員急忙跑出來見他們。勞倫斯好幾次得穿上皇上賜的厚重金龍袍，讓他們問話和要求文件的程序簡化成不斷鞠躬作揖，這套衣服至少不像克難的綠外套讓他覺得衣著不合宜。後來他們盡可能避開有人住的地方，直接跟田野間的牧人買無畏的食物，晚上則睡在偏僻的寺廟或路旁的亭子裡，有一次還住進了廢棄的崗哨，那間屋子的屋頂早垮了，但牆壁還大多完好。他們將帳棚連在一起，在殘骸上拉起來遮蔽，用碎裂的桁樑引火。

薩基沉默寡言，帶路時通常只伸出手指點點無畏鞍具上的羅盤，讓勞倫斯告訴無畏方向。不過，那晚他們坐在室外的火邊，他卻應勞倫斯要求在塵土上畫出路徑。無畏興致勃勃地低頭看著。薩基說：「向北去，沿武當山飛到洛陽。然後轉向西，飛向古都西安。」勞倫斯完全不懂這些外國地名，每個城市在每張地圖上的拼音都不同，薩基瞟了一眼那些地圖，無意解釋。然而隨著無畏一哩哩飛去，勞倫斯還能依照每天太陽與星辰升起的位置不同，判斷他們的進度。

他們經過一個個村鎮，無畏急速飄過的影子下，總有孩童跟著在地上跑，揮著手，尖著嗓子發出模糊的叫喊，直到遠遠落在後頭。河川在他們身下蜿蜒，左側有古老的山巒陰鬱聳立，因苔蘚而染上綠暈，揮之不去的雲霧環繞。經過的龍都避開他們，而且尊敬地降低高度，讓路給無畏。唯一的例外是隻灰獵犬般修長的玉龍。那隻驛龍原先飛的高空空氣稀薄寒冷，其他龍都無法忍受，他開心地降下來打招呼，像蜂鳥似的在無畏頭旁飛來飛去，又倏然竄高飛走。

他們繼續北行，夜裡不再悶熱，變得溫暖舒適，即使沒遇上大批放牧的牲畜，也很容易獵到東西，其他人也能吃到不錯的食物。離西安不到一天時，他們提早休息，在一座小湖旁紮營，大家一邊烤三隻漂亮的鹿當他們和無畏的午餐，一邊吃餅乾和當地農夫帶來的新鮮水果。葛蘭比叫羅蘭和戴爾坐下來，就著火光練字，勞倫斯則費心考驗他們在三角學用了多少心。他們都在強風吹襲的空中以石板練習。練習本身就是一大挑戰，不過他很慶幸他們計算出直角三角型的斜邊，不再比其他兩邊短了。

無畏一脫掉鞍具就跳進湖裡。那座湖處處有山上的溪水流入，湖底是一層光滑的圓石。

八月將近尾聲，湖水有點淺，無畏還是想辦法把水潑到背上，興奮地在小卵石上扭動嬉戲。「眞痛快，不過該吃飯了吧？」他說著爬上岸，意有所指地看著烤鹿肉，廚師對他們的傑作還不滿意，揮舞巨大的烤肉鉤威脅他走開。

無畏輕輕嘆口氣，抖開翅膀，在大家頭上灑下一陣水珠，火焰嘶嘶作響。他窩在岸上勞倫斯身旁說：「眞高興我們沒等著走海路，要飛多快就多快，一哩一哩直直飛去，眞好。」說完打了個呵欠。

勞倫斯垂下頭。在英國當然不能這樣飛，前一星期的飛行，就夠他們從英格蘭島的一端飛到另一端了。他改變話題說：「洗澡洗得愉快嗎？」

「當然囉，石頭很棒。」無畏憂愁地說：「不過不像和龍清美在一起那麼舒服。」龍清美是隻迷人的帝王龍，是無畏在北京時親密的伴侶。從他們啓程開始，勞倫斯就擔心無畏爲她暗自難過，不過無畏冒出這句話似乎沒頭沒腦，語氣聽起來也不像相思寂寞。這時葛蘭比說了聲：「噢，天啊！」隨即站起來向營地另一邊大喊，「菲利斯先生！菲利斯先生，麻煩叫那些男生把水倒掉，去溪裡重新提水來。」

勞倫斯這才明白發生什麼事，羞紅了臉說：「無畏！」

「啊？」無畏疑惑地看著他，「你不覺得嗎？和珍在一起，要比自己——」

勞倫斯連忙起身，說：「葛蘭比先生，請叫大家來用餐了。」他匆匆離開，裝作沒聽到。葛蘭比忍著笑回答：「遵命，長官。」

西安是座古城，是中國從前的王都，城裡充滿昔日光輝的記憶，通往城裡的大路野草蔓生，孤寂的人車零星散布。他們低飛過護城河內的灰磚城牆，漆黑的佛塔空蕩蕩地立著，只有幾名穿制服的衛兵，和兩、三隻紅龍慵懶地打呵欠。由天上看，街道將城市切割成棋盤狀的方格，各有十來種不同模樣的寺廟，清真寺塔頂緊挨著佛塔尖尖的屋頂，看起來不太搭調。路旁綴著瘦瘦的白楊，百年老松樹掛著一束束纖細針葉。最大的佛寺前，巡撫在大理石廣場恭迎他們，地方官穿著官袍向他們鞠躬。看來他們飛來的消息傳得比他們快，應該是那隻玉龍信差帶來的。渭河畔的老亭子下望搖曳的麥田，他們在亭裡用餐，享用濃濁熱湯和羊肉串，烤鉤插著三隻羊，準備烤給無畏。他們動身時，巡撫向他們道別，折斷柳枝以祈求平安歸來。

兩天之後，他們睡在天水❶的紅色石窟中。石窟裡滿是菩薩像，由牆上探出頭手，沉默的臉上不帶笑容，衣物垂墜著永恆的石頭皺褶，洞穴外大雨落下。他們繼續飛行時，紀念石像在濃霧中目送他們離去。他們沿著河川或支流飛入山區，狹窄的道路沒比無畏的翼長多少。無畏開心地高速飛過這一切，讓自己達到極限，翼尖幾乎快擦上山坡側冒出的畸型樹苗。不過，一天早上，狹路呼嘯著吹來一陣怪風，無畏翅膀正巧向上揮動，差點被吹得撞在石頭上。

他粗魯地厲聲尖叫，使勁在風中曲折地轉向，在幾乎垂直的山坡上站住腳步。矮小的青綠樹苗和野草不足以讓土石支撐他的體重，鬆軟的頁岩和岩石立即坍下去。無畏出於反射，想振翅重新飛到空中，卻讓坍塌加速了，葛蘭比連忙用擴音器喊著：「翅膀收起來！」無畏緊緊收起翅膀，掙扎著抓著地面爬下鬆蝕的山坡，笨拙地橫在溪床上停下來，腹側不斷起伏。

勞倫斯解開他的鐵鎖扣環，立刻對葛蘭比說：「下令紮營。」他爬下去，幾乎無法控制地滑落好幾次，勉強手抓鞍具，才再爬二十呎，趕到無畏的頭旁。無畏垂著頭，觸鬚和膜狀的頭冠都因氣喘不停而抖動，腳也在顫抖，卻仍撐著讓可憐的龍腹員和地勤人員跌跌撞撞地下龍，他們全被無畏驚惶滑下坡揚起的灰色塵埃覆了一身，差點沒窒息。

出發雖然不到一小時，所有人卻都很高興能停下來休息，大家都和無畏不約而同地倒在灰撲撲的黃草岸上。凱因斯咕噥著爬過無畏肩膀，檢查翅膀的關節，勞倫斯焦急地問無畏：「確定身上都不會痛嗎？」

「不會，我很好。」無畏看起來沒受傷，倒是很困窘，不過有些沙石卡在爪子周圍隆起的皮膚裡。他欣然在溪裡洗洗腳，抬起腳讓他們擦乾。他閉上眼，靠著頭想打打盹兒，似乎哪兒也不想去。勞倫斯問他要不要去打獵，他卻說比較想睡覺：「我昨天吃得很好，不太餓。」幾小時後，薩基回來，給了無畏幾隻老鷹獵到的兔子——他離開時居然沒人發現，其實不太算「回來」。兔子通常只夠他塞牙縫，但中國廚子拿鹹的豬肥肉、大頭菜和一些青菜燉兔肉，無畏胃口夠好，連肉帶骨吃個精光，不餓的說法不攻自破。

隔天早上，無畏仍然有點羞愧。他以後腿立起，拚命伸直脖子，用舌頭探著空氣，想弄清風向。他隨後發現鞍具出了問題，卻說不清問題在哪，花了好一陣子調整幾次才弄好。他渴了，水放了一夜，混濁得不能喝，他們只好堆起石頭，建起臨時水壩，做出深一點的池子。勞倫斯開始懷疑，是不是該在他們滑下來後就堅持直接起飛，幸好這時無畏突然說：「好了，走吧！」等大家都就位，他便起飛。

勞倫斯坐的位置感覺得到他肩膀很緊張，不過飛了一會兒，緊張便消失了。無畏這次仍然比較小心，在山區都慢慢飛行。三天之後，他們才飛越黃河。黃褐色的河水滿是泥沙，看起來不像條河，倒像一道在移動的泥漿，翠綠岸邊團團青草探到水面上。他們向河上經過的駁船買了束生絲，過濾河水來喝，即使這樣，茶水中還是有一股澀澀的土味。

幾天之後，黃河已經在遠遠的身後，山巒也在那天下午，突然縮減成小丘和矮樹叢生的台地。他們在窩瓦河畔的營地已能看到褐色的沙漠。葛蘭比說：「眞沒想到我看到沙漠，會高興到想親吻沙子。整個歐洲丟到這國家裡，也會消失得無影無蹤吧。」

「這些地圖全都不對。」勞倫斯說著，又在日誌上記下日期和他猜測橫越過的哩程。照地圖看的話，他們已經快到莫斯科了。他們的嚮導來火邊加入他們，勞倫斯對他說：「薩基先生，你明天能陪我去買駱駝吧？」

「我們還沒到塔克拉馬干。」薩基說：「這是戈壁沙漠，我們只繞過沙漠邊緣，會有足夠的水，目前不需要駱駝。」他沒注意到他們聽了不高興，又補充道：「不過爲了接下來幾天做準備，還是先買點肉比較好。」

「不管是什麼旅程，經過一個沙漠就夠了。」葛蘭比說：「照這速度下去，我們最早也要聖誕節才到得了伊斯坦堡。」

薩基挑起一邊眉毛說：「我們兩個星期飛了超過兩千哩，這樣的速度，你們還不滿意嗎？」他說完，鑽進補給帳棚檢查他們的存糧。

「當然夠快了，可是所有人都在老家等著我們，快也沒用。」葛蘭比不快地說。勞倫斯驚訝地看著他，他臉微微紅了，又說：「抱歉那麼沒禮貌，只是我母親和兄弟都住在新堡。」

勞倫斯默默地點頭。那座城市約在艾丁堡掩蔽所和密得堡❷那間比較小的掩蔽所之間，生產的煤炭品質爲英國之冠。如果拿破崙決定轟炸沿岸，新堡自然是好目標，而且那裡空軍兵力稀疏，不易防守。

葛蘭比從沒提過他的家庭，勞倫斯出於禮貌，沒再追問，不過無畏只顧滿足好奇心，鍥而不捨地問：「你有很多兄弟嗎？他們在哪些龍上工作？」

「他們不是空軍。」葛蘭比有點刻意地說：「我父親是煤炭商，兩個哥哥現在在叔叔手下做事。」

「噢，也是很有趣的工作吧。」無畏沒聽懂，眞心同情地說。從前勞倫斯也不了解——葛蘭比的母親是寡婦，叔叔自己一定有兒子要養，葛蘭比可能因爲家裡養不了他，才進入空軍。只要供給七歲的男童一點錢，就能保證他將來有事做，即使不是人人都能接受的工作也好。而他的家人則省了下一間房間和餐桌上的一張嘴。而且空軍只怕沒人來，不像海軍要有影響力或家族關係才能有那樣的職位。

「那裡一定會有砲艇駐守。」勞倫斯有技巧地轉換話題。「有人說他們正試著用康格利夫❸的火箭防禦空中轟炸呢！」

「應該能趕走法國人吧。我們自己讓城市燒起來，他們何必還再攻擊我們？」葛蘭比試圖重拾他平日的幽默，可是過一會兒便離開衆人，拿著他的小鋪蓋去亭子一角睡覺了。

又飛了五天後，他們來到嘉裕關。這關口是荒涼大地上的荒涼要塞，建築用的堅硬黃磚可能就是周圍的沙燒成的。嘉裕關外牆大約有無畏的三倍高，幾乎兩呎厚，是中國的中心和近代征服西域之間最後一個哨站。守關的守衛不悅地繃著臉，滿臉雜亂、沒整理的鬍子，裹住刀柄的皮革卻因常用而堅硬磨光。勞倫斯覺得他們比中國其他地方站崗哨的懶散守衛還要像眞的軍人。他們細細觀察無畏的膜狀頭冠，生怕無畏是冒牌貨，最後其中一人甚至拉了一下頭冠的棘，惹得他哼一聲，揚起頭冠來。他們之後比較小心，不過仍堅持檢查一行人所有的行李。

勞倫斯在北京買的那個絕美的花瓶也帶在身上，沒留在船上，他們對那花瓶大驚小怪一番，提出政府管制出口貨品法規裡繁冗的條文，研究物品，彼此爭論，也和薩基吵了半天，要勞倫斯拿出他從沒得到過的購買收據。勞倫斯被惹煩了，說道：「看在老天份上，那不是要賣的商品，是要給家父的禮物。」他們聽到翻譯，總算滿意了。勞倫斯嚴密監視他們把花瓶包起來，花瓶歷經暴動，遇過火災，旅行三千哩仍然毫髮無傷，他可不想在這時候失去。他成為飛行員，阿連德勳爵已經很不高興了，聽到他被收養的事，一定會憤慨不已。勳爵是著名的收藏家，勞倫斯覺得送花瓶是最好的和解機會。

檢查拖到早上過了一半才結束，不過他們全都無意在這消沉的地方多待一晚。這兒曾是旅程歡喜結束之處，商隊抵達安全的目的地，踏上返鄉之途的起點，此時只是遭流放者離開國境前的最後一站，悲痛的氣氛徘徊不去。

「我們可以在一天最熱的時候來臨前，到達玉門關。」薩基說，無畏聽了，由要塞的水池裡大口喝著水。他們由唯一的出口離開，那是條寬大的通道由內院穿過前方的城垛，通道中的燈籠發出微弱的噼啪聲響，火光偶爾在牆上閃爍，牆上幾乎塗滿墨跡，有些地方還有龍爪的刻痕，留下離開前最後的訊息，祈求皇帝仁慈，希望有朝一日重回家園。這些痕跡有新有舊，通道末端新的刻痕蓋過其他淡去的字體，無畏停了下來，輕聲翻譯給勞倫斯聽：

我和你的墳相距萬里，
還有萬里的旅程。
我展開翅膀步入無情的太陽下。

離開深深的通道，陽光的確無情，地面乾裂，沙土和小卵石散布。一路上，兩位中國廚子看起來一點也沒有思鄉之情，前一晚卻越發沉默鬱悶。他們在通道準備裝備，兩人卻走到一段距離外，各拿起一顆小卵石擲向牆邊。在勞倫斯看來，這樣表現敵意還眞奇怪。金超的石子彈回，但鞏肅投的另一顆石子卻滑了開來，由斜斜的牆面滾落地上。他淺淺倒抽一口氣，立刻跑到勞倫斯身邊吐出一連串的道歉。勞倫斯的中文不會幾個字，但仍然猜得出意思——他不想再前進了。

「他說小卵石沒回來，代表他再也不會回到中國了。」無畏翻譯道。金超顯然恰恰相反，十分篤定，已經拿起他的香料箱和廚具跟其他裝備一起包到無畏身上。

「拜託，這是沒根據的迷信。」勞倫斯對鞏肅說：「你特別跟我保證過願意離開中國，我預付你六個月的薪水。你開始工作還不到一個月，就要違反合約，別期待我爲了這段旅程給你更多錢。」

鞏肅繼續喃喃道歉，說他的錢都留給家鄉的母親，他說他母親一貧如洗，無依無靠，只不過這位壯碩驚人的女士和她另外十一個兒子曾到澳門為鞏肅送別。勞倫斯最後還是說：「好吧，我會多給些錢讓你上路。你最好跟我們一起來，走陸路回家除了要旅費，還得花上漫長的時間。相信你放任自己那樣妄想，馬上就會後悔。」其實兩個廚師中，勞倫斯還寧願金超走。他向來愛吵架，只要地勤人員沒照他認為適合的方式處理他的食材，就會用中文咒罵他們。勞倫斯曉得有些人已經開始私下問無畏，他說的一些話是什麼意思，金超說的很多話恐怕都不禮貌，要是這樣，情況可能變得很為難。

鞏肅動搖了，猶豫不決，勞倫斯又說：「也許那預兆是指你會很喜歡英國，在那裡定居。我相信擔心這種預兆或想逃避命運，不會有什麼好處。」這段話起了作用，鞏肅又想了想，終於爬上龍。實在太蠢了，勞倫斯搖搖頭，轉身向無畏說：「眞是胡來。」

「喔，是啊。」無畏心虛地嚇了一跳，假裝自己沒看著附近一塊約略半人高的大圓石，要是把那塊石頭丟到牆上，守衛準會戒備地蜂湧而出，以為他們受攻城武器攻擊。他有點憂愁地說：「勞倫斯，我們有一天會回來的，對吧？」他離開的不但是世上唯一同族的少數幾隻天龍、皇宮裡的奢華生活，還有龍在中國的自由。中國對龍與人幾乎無異，龍的自由對他們而言，當然稀鬆平常。

勞倫斯回中國的動機沒那麼強，他自己沒有半點欲望想回來，對他來說，中國只是令他深感焦慮又充滿危險的地方，聚了一堆外國政客，何況他還有點說不出的嫉妒。但他仍然靜靜地說：「等戰爭結束，你何時想回來就回來吧。」他一手放到無畏腿上安慰他，等著隊員幫他裝備鞍具。

譯註：

❶：天水，位於今甘肅省東南，爲甘肅第二大城，昔日絲路的要道。城東南方的石窟雕有大量佛像。

❷：密得堡（Middlesbrough），位於英格蘭東北，北約克郡的城市。

❸：康格利夫（Sir William Congreve，一七二三～一八二八），英國發明家，爲發明火箭砲的先驅。

第三章

他們黎明離開敦煌的綠洲，駱駝不甘願地越過沙丘，鈴鐺發出不滿的噪音，毛亂的平足踩散了沙丘丘脊清楚分隔向陽、背陽的界線，沙丘一側純白，一側全是陰影，像筆墨捕捉到的海浪一樣印在淡駝色的沙上。商隊的路徑一條條向南北分出支路，交匯處堆著一堆堆骨頭，頂上放著醒目的駱駝頭骨。薩基讓領隊的駱駝轉向南，駱駝背上的乘客仍然笨手笨腳，不會駕馭。不過駱駝曉得該做什麼，長長的隊伍於是跟著向南走。無畏像隻不成比例的牧羊犬一樣在後頭踱步，他和駱駝離了一段距離好讓牠們放心，但不會太遠，方便制止駱駝朝原路逃脫。

勞倫斯預期烈日可怕，然而沙漠緯度雖然高，卻依然炎熱，中午時分，全身才被汗水濕透，日落後一小時卻凍得刺骨，夜裡水桶會結起一層白霜。老鷹吃褐斑蜥蜴和小老鼠塡肚子，平常只能見到這些動物在石頭下不安亂竄的身影。駱駝的數量每天因無畏而減少一頭，其他的人拿茶配肉乾吃，細細的硬肉乾要嚼上個把小時，粗茶和燕麥粉、烤麥胚粉混合成粗糙卻營養的麥糊。水桶裡的水是留給無畏的，人喝的是自己背的水，每一、兩天在小小的破井裡補充通常帶鹽的水，或是到長滿檉柳的淺池塘裝水，泥巴裡還泡著腐爛的檉柳根，盛出的水偏黃混濁，又帶苦味，即使煮沸過也難以入口。

每天早上，勞倫斯和無畏載薩基飛在駱駝前一段距離，探查最佳路徑，不過總是會有微微發光的霧靄讓地平線變形，遮蔽他們的視線。南方的天山似乎飄浮在模糊的海市蜃樓上，突出的藍色山脈好像由地表割離，完全立於另一個平面上。

無畏雖然喜歡飛翔，卻說看起來好孤獨。太陽的熱度或許影響了讓龍能飛行的氣囊，因此他的浮力特別好，輕易就能飄在空中。

無畏和勞倫斯白天時常一起停下來，由勞倫斯讀書給無畏聽，或無畏唸他寫的詩。他在北京迷上作詩，那裡認為這種事比起打仗更適合天龍。等太陽下沉一點，他們便起飛，跟著黃昏裡哀傷的駱駝鈴聲趕上護送隊。

他們降落時，葛蘭比來見勞倫斯，說道：「長官，有個傢伙不見了，是那個廚師。」

他們立刻又起飛搜尋，但找不到那可憐人的蹤影，風是忙碌的僕役，駱駝才踩上足印，幾乎馬上就被抹去，因此失蹤十分鐘就等於再也找不到。無畏慢慢飛著，傾聽有沒有駱駝鈴聲，卻徒勞無功。夜幕就要低垂，沙丘拉長的影子糊成一片黑暗。星辰緩緩現身，空中一彎細細銀月。無畏難過地說：「勞倫斯，我看不到什麼。」

「我們明天再找。」勞倫斯安慰他，但其實希望渺茫。他們再次落在帳棚旁，勞倫斯爬下龍背，來到營地圍聚等待的人群間，搖了搖頭。他欣然接受一杯濃茶，在搖曳的小營火旁暖暖凍僵的手腳。

薩基聳聳肩轉身，說：「損失一匹駱駝比較可惜。」這話雖然冷酷，卻很實際。金超沒人喜歡，鞏肅雖是他的同胞，也是舊識，卻只嘆了口氣，就帶無畏到烤好的駱駝旁。這天的駱駝為了換換口味，加了茶葉在窯裡燒。

他們經過的少數幾個綠洲城市，其實只是小地方，對陌生人的態度倒不是不友善，而是十分驚訝。那兒的市集步調懶散而緩慢，頭戴圓頂小黑帽的男人在陰影中抽菸、喝香料茶，好奇地望著他們，薩基不時和他們用中文和其他語言交換幾個詞。街道並沒有妥善維護，路上大多覆著沙，嵌鐵的車輪在路面留下古老的溝痕。他們買了一袋袋杏仁和水果乾、杏桃乾和葡萄乾，在清澈的深井盛滿水袋，繼續上路。

夜未深，駱駝開始悲吟，這是最初的警兆，守夜的部下來叫勞倫斯時，星辰正被湧來的低沉雲霧吞沒。

薩基說：「讓無畏吃飽喝足，可能會持續一陣子。」幾名地勤人員撬起兩側平坦的木桶，從裡面鼓鼓的皮袋上拂去濕涼的木屑，無畏低下頭，讓他們把冰混著水倒進他嘴裡。他緊緊闔上雙顎，揚起頭吞下水，這動作已經練習了快一星期，此時沒濺出半滴。解除重擔的駱駝轉轉眼睛，徒勞無功地掙扎著，不想和同伴分開。普拉特和他的副手都是大塊頭，拉著那隻駱駝到帳棚後，鞏肅拔刀劃過牠的咽喉，熟練地拿碗接住湧出的鮮血，無畏已經吃膩駱駝了，興致缺缺地開動。

還有大概十五匹駱駝要遮蔽，葛蘭比指揮見習官和少尉藏駱駝，地勤人員則將帳棚固定得更牢靠。一層層細沙已經被吹動，刮過沙丘表面，即使大家拉起衣領，用領巾包住口鼻，沙粒仍然刺痛他們的臉和雙手。他們在駱駝包圍下掙扎推擠，鑲毛的厚帳棚在寒冷的晚上雖然舒適，這時卻悶熱不堪，就連他們爲遮蔽無畏而做的薄皮帳，也悶得令人窒息。

接著沙塵暴就向他們撲來。沙塵暴的聲音和雨聲一點也不像，不停地嘶吼怒襲向帳棚的皮面。那聲音無法聽而不聞，忽而暴起暴落，由尖聲轉至低聲再變尖，他們能睡的時間很短，又睡得不安穩，不少人累出了黑眼圈。帳棚裡不敢點太多燈，日落之後，勞倫斯在幾乎伸手不見五指的黑暗裡坐到無畏身邊，聽著狂風怒嚎。

「有人說卡拉布倫風是妖風。」薩基在暗中說。他正在裁皮革給老鷹做新的繫腳帶。這隻老鷹正乖乖待在籠子裡，頭埋到肩下。「仔細聽的話，可以聽到它們的聲音。」風中的確聽得見低聲悲鳴，好像以異國語言在低喃。

「我聽不懂。」無畏不怕鬼怪，並不擔心，好奇地問：「那是什麼語言啊？」

「不是人或龍的語言。」薩基嚴肅地說。少尉注意聽著，年紀大的隊員假裝沒在聽，而羅蘭和戴爾爬得更靠近，睜大了眼睛。「聽太久的人會受迷惑而迷路，再也找不到正確的路。」

「嗯，」無畏半信半疑地說，「我倒要看看哪隻鬼怪吃得了我。」那樣的鬼怪一定是龐然大物。

薩基嘴角忍著笑：「所以它們才不敢打擾我們，你這麼大隻的龍在沙漠很少見。」大夥兒緊緊挨向無畏，沒有人想出去。

過了一陣子，大部分的人都昏昏欲睡，半夢半醒時，無畏輕聲問薩基：「你聽過龍有自己的語言嗎？我一直以為我們只能跟人類學語言。」

「有一種龍語叫度爾撒語，」薩基說，「有些人類發不出的音。龍能模仿人聲，人比較難模仿龍。」

「噢？你能教我嗎？」無畏興奮地問。一般的龍在孵化期和幼年期才容易學語言，天龍長大後卻還能保有這能力。

薩基說：「度爾撒語沒什麼用，只有帕米爾高原和喀拉崑崙山這些山區的龍才會說。」

「沒關係。」無畏說，「等我們回英國就會很有用了。勞倫斯，我們發明了自己的語言，政府就不能說我們只是動物了。」他說完看著勞倫斯，等他表示認同。

「有點頭腦的人，絕對不會說你們是動物。」勞倫斯正說著，薩基卻哼著笑了一聲打斷他。

「恰恰相反。」他說，「你們說的話不是英文，他們更會覺得你們是動物，至少是沒什麼大不了的生物，還不如把腔調練文雅一點。」他最後幾個字的發音大變，慢調斯理的說話方式太時髦，與當下情境格格不入。

無畏學著他唸了幾遍，半信半疑地說：「這樣講話好奇怪喔。唸字的方式也有影響，太不可思議了。要從頭學一遍該怎麼唸，好麻煩。可以雇翻譯來把話講得體嗎？」

「可以啊，這種人叫律師。」薩基說著自顧自地輕聲笑起來。

薩基笑完，勞倫斯冷冷地說：「最好不要模仿這種腔調。你頂多能讓龐德街❶的人印象深刻，可是他們一看到你就逃走了。」

「沒錯。還是把勞倫斯隊長當模範比較好。」薩基說著向勞倫斯點點頭，「他說話的樣子就是名副其實的紳士，相信不論什麼官員都會同意。」

暗中看不到他的表情，不過勞倫斯覺得自己被偷偷消遣了一番，他即使沒有惡意，仍然激怒了勞倫斯。勞倫斯有點冷淡地說道：「薩基先生，看來你對這有點研究。」

薩基聽了聳聳肩說：「必要的時候自然就會了，不過辛苦一點。人們一心阻止我擁有應得的權益，其實讓我擁有那些權益，就能輕易打發我。」他又向無畏說：「想要維護你的權益，恐怕會進展得很慢，有權力和特權的人通常不愛和別人分享。」

薩基的話和勞倫斯先前說過很多次的並沒有不同，但其中深含一股實在的譏諷，聽起來更有說服力。無畏說：「我不懂他們爲什麼不想公正一點。」無畏的話語中帶著遲疑與困惑，勞倫斯這才發覺，他並不喜歡無畏聽進自己的話。

薩基說：「正義的代價很大，所以才稀有，專屬於有錢有勢買得起正義的人。」

勞倫斯忍不住說：「世上某些角落的確是這樣。謝天謝地，我們英國有法律，也能限制人的權力，不致於產生獨裁者。」

「或者是把獨裁的權力一點一點分散到比較多人手裡。」薩基說，「我不覺得中國的系統比較差，一個暴君能做的壞事有限，眞的很差的話，也可能被推翻，議會裡一百個腐敗的議員可能做出更多不公不義的事，而且更難根除。」

抱怨腐敗或提出合理的改革方案是一回事，可是他不該把英國政治系統和絕對專制混爲一談。勞倫斯義憤塡膺，已經顧不得禮貌，問他道：「那你覺得拿破崙算好還是壞？」

薩基問：「是指他個人，他這個君主，還是政府的系統？據我所知，整體來說，法國不公義的事不會比其他地方多。他們決定對平民好，對貴族和富人不公，的確異想天開，不過我並不覺得這樣一定比較糟，而且看來也不會長久。其他方面呢，長官，就由您判斷了。戰場上要跟隨誰好呢？仁慈的英王喬治，還是科西嘉島來的砲兵少尉？」

「我會選納爾遜勳爵。」勞倫斯說，「當然他和拿破崙一樣重視榮譽，但是他以他的天賦報效國家與君王，優雅地接受他們賦與他的報酬，而且沒有自立爲獨裁者。」

「這例子眞了不起，應該沒有爭議吧。如果我讓你們幻想破滅的話，眞不好意思。」這時已經能看到薩基似笑非笑的淡淡表情，外面亮多了。他又說：「沙塵暴大概會暫停一下。我去巡一下駱駝。」他說著，棉頭巾在臉上繞了幾層，外面緊緊戴著帽子，拉起手套和斗篷，由帳棚前蓋鑽了出去。

無畏等薩基離開以後，繼續講他眞正關心的重點：「勞倫斯，可是我們龍這麼多，政府一定得聽我們的。」

「他們會聽的。」勞倫斯還憋著怒氣，想也沒想就回答，說完馬上後悔，而無畏一心想破除疑慮，聽了他的話，立刻高興起來，「我就知道。」結果這番談話無論削減過他多少期待，這下子都前功盡棄了。

沙塵暴又持續了一天，風勢強勁，吹了一陣子以後，便在帳棚的皮革上留下小洞，他們盡力從帳棚內側縫補，但是塵土從所有裂縫裡鑽進來，鑽進他們衣服和食物中，吃著冷肉乾時沙沙的很討厭。無畏嘆著氣，不時甩動龍皮，由肩膀和雙翅上抖下一道道沙子瀑布。在這之前，帳棚的地上已經有厚厚一層沙了。

勞倫斯不曉得沙塵暴什麼時候停的，宜人的靜默緩緩籠罩，衆人沒入連日來第一次眞正的睡夢中。吵醒他的是帳棚外老鷹一聲殘暴滿足的啼叫。他跌跌撞撞出了帳棚，發現老鷹正由一隻駱駝身上撕下生肉吃。駱駝斷了頸子，橫躺在營火坑的餘燼上，胸廓白色的肋骨已經快被沙子磨乾淨了。

「有個帳棚沒撐住。」薩基站在他身後說。勞倫斯剛開始還不明白他的意思，轉過身，才看到有八隻駱駝鬆鬆栓在一堆儲存的草料旁，太久沒動的腿僵了，站得搖搖擺擺，牠們躲的那個帳棚還在，不過一側積了一堆沙，歪歪斜斜。另一個帳棚裡只剩地上深深插著兩根鐵樁，幾條褐色的皮帶綁在上面，隨風拍打。

「其他的駱駝呢？」勞倫斯恐慌了起來。他立刻乘無畏升空，讓其他人向四面八方分頭叫喚尋找，卻徒勞無功。風抹去了一切，沒留下一點足印蹤跡，連半片該死的駱駝皮都沒有。

他們在中午的時候放棄了，絕望地開始拔營。他們丟了七隻駱駝，還有為了讓駱駝荷重安分一點，讓牠們背著水桶。勞倫斯擦擦眉頭，憂心地問薩基：「我們在且末❷能多買些駱駝嗎？」他們三天前離開那座城，記得街上看到的牲畜不多。

「很難。」薩基說，「這裡駱駝很寶貴，很珍惜駱駝，要賣健康的給人當食物吃，恐怕有人會反對。我認為不應該回頭。」他看了勞倫斯露出猶豫的表情，又說：「當時要三十匹駱駝，是刻意提高數量，以免任何意外，我沒料到會這麼糟糕，不過還是能撐到克里雅河❸。我們得分配駱駝，在綠洲盡量裝滿無畏的水桶，我們盡量少帶一點，路上會很辛苦，可是一定到得了。」

勞倫斯很不想再浪費時間，所以這麼做的誘惑太大了。回且末要三天，在那裡要再收集牲畜很可能會耽擱很久，同時還得在不習慣餵養龍的城鎮裡，爲無畏張羅食物和飲水，一定得花上一個多星期。薩基似乎很有信心，然而——然而——

勞倫斯拉著葛蘭比到帳棚後私下討論。勞倫斯認爲他們的任務最好盡量保密，也不想讓大家知道歐洲的情況而窮著急，因此沒讓其他隊員知道他們的目的，他們只曉得走陸路是爲了不在港裡耽誤太久。

「一星期的時間，就能把蛋搬到什麼地方的掩蔽所了。」葛蘭比焦急地說，「像是直布羅陀，或是馬爾他的基地——一星期之差，可能決定成敗。我發誓，我們之中任何人爲了冒這個險，都願意飢渴交迫兩倍長的時間，何況薩基也沒說水眞的可能用完。」

勞倫斯猛然問：「你眞的相信他的判斷，不會不安嗎？」

「比起我們的判斷，他當然更可靠。」葛蘭比說，「怎麼這麼問？」

勞倫斯不知道該怎麼描述自己不安的感覺，說實在，他不太明白自己在擔憂什麼。「大概是不喜歡全權把性命交在他手上吧。」他說，「以現有的補給，再走幾天就回不了且末了，要是他錯了——」

「到目前爲止，他的建議都不錯，」葛蘭比有些遲疑地說，「只是，有時候他眞的滿怪的。」

「沙塵暴的時候，他出過帳棚一次，去了很久。」勞倫斯輕聲說，「是颳到一半，第一天之後的事——他說他去巡駱駝。」

他們默默地站了一會兒，接著葛蘭比建議：「我們大概看不出駱駝死多久吧？」他們想查看一下，但太遲了，聳肅已經把剩下的屍體切開叉在火上烤，上下都烤成褐色，並沒有給他們答覆。

他們問無畏的意見，無畏說：「我也覺得回頭去很可惜。我兩天吃一次沒關係。」他壓低聲音又說：「而且吃的又是駱駝。」

勞倫斯雖然心有疑慮，仍然說：「好，繼續走吧。」無畏吃過之後，他們便繼續邁進。沙塵暴之後，四周的景物更加淒涼，灌木和植物都被拔走，連散布地上的彩色小圓石都吹光了，眼睛所見全是沙土。即使有糟糕的路標也好，然而只有羅盤和薩基的直覺引導他們的腳步。

接下來的日子漫長乾涸，像沙塵暴一樣單調又恐怖，他們腳下踩過一哩哩的沙漠，沙漠中沒有任何生命的跡象，就連頹倒的老井也沒看到。大部分隊員都騎在無畏身上，後面跟著短短一小串駱駝。隨著日子過去，無畏的頭開始低垂，他喝的水也減爲平日的一半。

迪格比張著乾裂的嘴脣，伸手指著說：「長官，我看到那裡有黑黑的東西，不過很小。」

勞倫斯什麼也沒看到。天色不早了，太陽由沙漠中歪曲的小石塊與灌木殘幹投下長長的怪影子，不過迪格比年輕，眼睛很利，是他最可靠的守望員。他沒有吹牛，不久之後，他們全看到那個圓圓的黑塊，不過尺寸太小，不可能是井口。薩基在一旁停住駱駝，低下頭看，勞倫斯從無畏頭上滑下來，走了過去。那是一只遺失的水桶蓋，沒頭沒腦地躺在沙地上，與那天早晨的營地相隔了三十哩空蕩蕩的沙漠。

* * *

「把配給吃掉。」勞倫斯看著羅蘭和戴爾，嚴肅地說。他們肉乾才吃了一半就放下來，雖然還會餓，但是乾乾的嘴巴嚼久了很難過，這時每一小口水都得由無畏的水桶裡搶過來。又過了漫長的一天，他們還找不到水井。無畏生吃駱駝，才不會在烹煮過程中失去任何水分。駱駝只剩七匹了。

兩天之後，他們蹣跚地經過一座乾裂的灌溉渠道，聽薩基的建議，隨渠道向北走去，希望源頭還有一點水。枯死的果樹、乾癟扭曲的樹幹還垂在渠道邊，細而糾結的枝條伸向已不存在的水源，摸起來像紙張一樣又乾又輕。繼續下去，城市漸漸在沙漠的塵霧中成形：沙土中突出的破碎木材受到多年風蝕，成了尖銳的木樁，泥巴和枝條做成的磚碎裂成塊，殘存的建築被沙漠吞噬。曾經賦與城市生命的河床，如今滿是細沙，放眼望去，沒有一點生機，沙丘頂上攀著幾株褐色的沙漠小草，全給駱駝飢餓地吃掉。

再走一天，他們就不可能回頭。「這部分沙漠恐怕不太好，不過我們很快就會找到水。」薩基又抱了堆破裂的舊木頭到營火邊。「幸好有找到城市，我們現在一定在商隊的舊路上了。」

乾燥老化的木材燒得又熱又急，他們的火發出爆裂聲，明亮地跳躍，在城市的廢墟殘燼中，光與熱給人撫慰。但勞倫斯仍然若有所思地走到一旁。路徑沒有記號，方圓幾哩內什麼也看不到，他的地圖派不上用場，而他看到無畏又餓又渴，耐性也消了大半。無畏向他保證：「別擔心，勞倫斯，我很好。」眼睛卻不住地看著剩下的駱駝。他每天很快就累了，尾巴常常拖在地上，勞倫斯看了就心疼。無畏不想飛，只跟在駱駝後面走，不時就要躺下休息。

早上回頭的話，無畏可以盡量吃喝，那他們甚至可以讓他載兩個水桶，多宰一隻駱駝讓他帶著，試著飛去且末。無畏輕裝出發，帶夠食物飲水的話，勞倫斯判斷兩天就能飛到。他可以帶最年輕的隊員──羅蘭、戴爾和幾個少尉用走的會拖慢其他人的速度，讓無畏背著，需要的水和食物又少。他不想拋下其他人，不過據他估計，只要他們每天能走二十哩，最後四匹駱駝背的水剛好能讓他們走回且末。

到時候錢就是問題了。即使找得到一大隊駱駝，他的銀子也不夠買，不過也許找得到誰肯冒險接受他開的高額支票，不然他們或許能用勞力換取。那個沙漠城市似乎沒有龍，無畏的力量可以快速完成很多苦差事。再不然，他還能從劍柄撬起黃金和寶石，以後再鑲上；有人肯出價，他也能賣了那個瓷花瓶。天曉得那樣會延誤多久，即使不要一個月，也要好幾個星期，還要冒不少風險。勞倫斯值完更之後，仍然猶豫不決，鬱悶地去睡覺，大清早黎明之前被葛蘭比搖醒來：「無畏聽到什麼聲音，他覺得是馬。」

陽光匍匐在城外低矮的沙丘頂上，離他們好一段距離的地方，有一小群人騎著粗毛的矮種馬。勞倫斯和葛蘭比觀察的當兒，又有五、六個人配著短彎刀或弓箭，騎著馬上沙丘頂加入他們。「他們是想攻擊營地，綁住駱駝腳。」勞倫斯恨恨地說。「迪格比，集合羅蘭、戴爾和其他少尉留在駱駝旁邊，別讓牠們跑掉。叫大家守在補給品旁。」他又對葛蘭比說：「退到那裡的破牆旁邊。」

無畏一點也不緊張，以後腳坐了起來，期待地說：「我們要打仗了嗎？馬看起來好好吃。」

「我打算讓他們看到我們備戰，不過不先進攻。」勞倫斯說，「他們還沒威脅到我們，而且最好能出錢請他們幫忙，不要和他們打。我們會派人舉休戰旗出去。薩基在哪裡？」

薩基不見了，老鷹也沒了蹤影，而且少了一隻駱駝。沒有人記得看過他離開。勞倫斯雖然已經懷疑他了，自己的反應卻超過預期，最初只覺得完全錯愕，接著轉爲冷冷的暴怒，然後開始恐懼——他們被帶得太遠了，偷走那匹駱駝，他們便回不了且末。或許是前一晚明亮的火光招來對方不友善的注意。

他好不容易才說出口：「好吧。葛蘭比，有誰懂一點中文的，請他們跟我一起拿休戰旗出去，看看能不能讓他們了解我們的意思。」

葛蘭比立刻抗議道：「你不能自己去。」不過，接下來的突發狀況讓他們沒必要爭論了。騎士倏然一同調頭騎走，矮種馬欣然嘶鳴，消失在座座沙丘中。

「噢。」無畏前腳落回地面，失望地說。其餘的人仍然警戒著，遲疑地在那兒站了一陣子，但騎士沒有再出現。

「勞倫斯，」葛蘭比輕聲說，「我想他們很熟悉這塊地方，我們不熟，他們打算打劫我們，若他們有點腦袋的話，會先離開等今晚再來。我們紮營之後，他們會趁我們不備來襲，甚至傷害無畏。不應該就這麼讓他們溜走。」

「是啊，」勞倫斯說，「再說那些馬沒帶很多水。」

微凹的柔軟蹄印形成向西又向南的一串足跡，帶著他們小心翼翼地前進，爬過連綿的山丘，途中微微的熱風吹拂著他們的臉，駱駝發出低沉渴望的呻吟，自動加快了腳步。爬上另一道坡時，意外出現了一小排白楊樹搖曳的樹頂，吸引著他們爬過丘頂。

這個綠洲藏在隱密的凹隙中，看起來就像一小個鹹水池塘，幾乎都是泥巴，即使如此，仍然極為誘人。騎士聚在綠洲遠端的邊緣，無畏接近時，他們的矮種馬緊張地轉動眼睛，來回踱步。薩基和失蹤的駱駝立於他們之間，他向他們騎來，似乎沒有犯錯的自覺，對勞倫斯說：「他們說看到你們，眞高興你們想到要跟過來。」

「高興？眞的嗎？」勞倫斯說。

薩基聽聞楞了一下。他看著勞倫斯，嘴角微微翹起，接著說：「跟我來。」他帶著緊抓槍劍的一行人繞過池塘彎曲的岸邊，一座生草的沙丘旁，倚著一大間瘦長泥磚造的圓頂形建築，和黃草同樣是草桿蒼白的顏色。圓頂屋只有一個拱形的入口，對面牆上開了小小的窗子，窗口射入一道陽光，在波光粼粼的黑漆水面上躍動。薩基說：「你可以把圓頂水井的開口拓寬讓他喝水，可是要小心別讓屋頂垮下來。」

勞倫斯讓人背對著無畏，向綠洲另一端的騎士守衛，讓幾名個子高的見習官幫軍械士普拉特工作。他們用他沉重的木槌和幾支撬桿，很快就由參差不齊的開口敲下一些磚頭。無畏歡喜地要喝水時，大小剛好讓他的口鼻探進去。大口大口的水嚥下喉嚨，抬起頭時鼻頭還濕淋淋的，他毫不浪費，伸出細長分叉的舌頭舔得連水珠也不剩，然後輕鬆地說：「好涼好喝啊。」

薩基說：「冬天裡會把雪塡進去，很多都已經廢棄空掉了，不過我想這裡應該還能找到。這些人是于闐來的，我們在往和闐的路上，四天之內就會到達城裡，所以無畏可以盡情吃，不用限制食物了。」

「謝謝，不過還是謹愼一點比較好。」勞倫斯說，「請幫我問這些人願不願意賣我們一些牲畜。無畏一定很想換換口味。」

有隻矮種馬瘸了腿，馬主說可以用五兩銀子換他的馬。薩基說：「他不可能輕易把馬帶回家，出這個價錢太誇張了。」不過勞倫斯看著無畏開心地撕咬他這餐的肉，就覺得值得了。賣家坐上另一名騎士的馬背後，似乎對交易的結果也很滿意，只是沒那麼喜形於色。兩人和其他四、五人隨即離開綠洲，帶著一陣塵霧向南騎去。其餘的騎士留了下來，在小火上煮茶，偷偷地瞥著池塘這頭的無畏。無畏這時愛睏地癱在白楊樹蔭下，睡夢中偶爾打一陣酣，除此之外懶得動彈。騎士可能在擔心自己的坐騎，不過勞倫斯有點怕自己花錢太不小心，讓騎士覺得他們有錢，計畫打劫他們。於是他要屬下加緊巡邏，去水井的人都得結伴而行。

幸好天色暗下來的時候，騎士拔營離開了，他們沿路揚起塵土，塵土如霧氣般映著消逝中的微光，留滯不散。勞倫斯自己最後才到圓頂的井旁，跪在井邊捧起清涼的水直接喝下，那水比他在沙漠中喝過的都還新鮮純淨，只是因爲貯在泥磚遮蔽下，因此帶了微微的土味。他將濕濕的手放到臉上和頸後，皮膚上聚積的塵土把手染得又褐又黃。他又喝了幾次，享受滴滴清水，這才起身監督他們紮營。

水桶再次又滿又沉，只有駱駝不太滿意，不過就連牠們心情也不差，不像平常一樣又踢腳又噴唾沫，靜靜地任人牽著擺布，急著低下頭享用水井旁鮮嫩的綠灌叢。大家的士氣都很高昂，涼爽的夜晚，年輕的孩子甚至拿枯樹枝充當球棒，捲起的襪子當球，玩了起來。進沙漠之前，勞倫斯雖然下令把所有容器倒空裝水，不過他確信有些傳來傳去的水罐裡，裝的是比水更烈的東西。晚餐是肉乾燉穀物，還加了水旁的某種野洋蔥，聳肅說那是可以吃的，肉乾這樣可口多了。

薩基拿了他那一份，在稍遠處搭起他的帳棚，只對老鷹輕聲細語。老鷹這時已經吃完它那幾隻肥滋滋的粗心老鼠，罩著頭套，乖乖棲在他手上。孤單的情勢不全是他自己造成的，勞倫斯雖然沒跟屬下說他起疑，但薩基那天早上失蹤時他勃然大怒，因此不言而喻，總之他那樣消失，沒人有好印象。他甚至可能是刻意讓他們走上絕境——他們沒有碰巧跟上那些騎士的足跡，就不可能自己找到綠洲。另一種可能也沒好到哪兒去——騎走一匹駱駝，帶著夠他一個人撐很久的水，只求自保，丟下前途未卜的眾人。他發現了綠洲，可能會回到他們身邊，只不過勞倫斯不敢相信他拋下他們，只是為了去偵查——不交代隻字片語？不帶任何同伴？——他的行為即使有點道理，仍然令人不滿。

該拿他怎麼辦的問題，同樣令人拿不定主意。他們不能沒有嚮導，勞倫斯不相信沒有可靠的嚮導能繼續前進，卻想不出上哪兒找別人來。至少任何必要的事，都得到于闐才能做決定，薩基也許有意對他們那麼過分，但證據不足，勞倫斯不能把這些人丟在沙漠裡。就這樣，薩基獨自坐了一陣子，沒人搭理。等大家準備就寢，勞倫斯和葛蘭比悄悄多派一個人守駱駝，只讓屬下覺得這麼做是為了提防騎士回來。

日落之後，蚊子包圍著他們大聲地嗡嗡叫，即使用手矇住耳朵，也擋不住牠們的低吟。頭一聲意外的咆哮幾乎讓人鬆了口氣。先是清晰的人聲吆喝，接著馬匹伴著駱駝怒吼，衝過營地中央，騎士的喊聲壓過勞倫斯的命令，還手持長長的樹枝耙過地面，營火餘燼四散。

無畏由帳棚後坐起身大吼，駱駝更瘋狂地扯著繩子，不少矮種馬驚慌嘶叫逃竄。勞倫斯聽到四處響起槍聲，槍口白炙的火光在黑暗中十分刺眼。勞倫斯喊道：「混帳，別浪費子彈！」艾倫蒼白而恐懼，顫抖的手中拿著手槍，正由帳棚中蹣跚出來，勞倫斯抓住艾倫說：「放下槍，你又不能——」他隨即接住落下的槍，男孩癱軟地滑落地上，肩上一個乾淨的彈孔湧出血來。

「凱因斯！」勞倫斯叫著，將暈厥的男孩丟進龍醫官的懷裡。他拔出自己的劍衝向駱駝，看守駱駝的人跌跌撞撞，手足無措，一臉醉夢中剛醒來的迷糊樣，身旁地上滾著幾只空罐子。迪格比抓著駱駝的牽繩，努力不讓這些牲畜後退，差不多被牠們吊著拖跑，他是唯一派得上用場的人，只不過他年輕高瘦，體重連讓牠們低下頭都不太夠，因此他幾乎是拉著韁繩被甩來甩去，一頭留長蓬亂的美髮在空中搖曳。

一名騎士被嚇壞的坐騎拋下，在地上站穩了腳步。要是他拿到韁繩，切斷繩索，鬆開的駱駝會驚恐地直直衝過營地，幫那夥人一個大忙。接著馬上的騎士就能將牠們趕在一起帶走，消失在四周山丘的起伏之中。

值更的見習官索耶一手摸索手槍，扳起槍的撞槌，另一手揉著惺忪睡眼，卻被地上的男人舉起彎刀砍倒，說時遲那時快，薩基由索耶無力的手上拿走手槍，射中男人胸前，男人倒下，他另一手又拿了把長刀。一名騎士砍向他的頭，他壓低身子躲過，冷靜地剖開那匹馬的肚子。馬兒尖叫扭動著倒地，馬上人被壓在地上，哀號聲幾乎跟馬一樣響亮，勞倫斯出鞘的劍揮了一下又一下，抹去他們的聲音。

「勞倫斯、勞倫斯，快過來！」無畏叫著，在暗中撲向一頂放補給的帳棚，亮紅的餘燼微微閃爍，正好照出帳棚旁移動的黑影，以及退後踏步噴著鼻子的馬兒。無畏出爪攻擊，撕裂了帆布，帳棚倒在一具身軀上。其他騎士突然開始撤退，由堅硬營地逃向鬆軟黃沙上，蹄子碰碰落地的聲音變得模糊微弱，只有蚊子再次唱起他們的歌。

他們解決了五人兩馬，自己折損了一名叫麥當諾的見習官。他腹部被彎刀刺中，正躺在臨時的吊床上輕聲喘氣。小艾倫也受傷了，馬群轟然跑過時，他帳棚的室友哈利在慌亂中開槍打中了他。哈利在一邊低泣，最後凱因斯以他坦率的方式告訴那孩子說：「拜託別再像澆花器一樣哭哭啼啼了，最好練練槍法，那樣開槍誰也殺不死。」說完便叫他為他的少尉同伴剪繃帶。

凱因斯低聲對勞倫斯說：「麥當諾壯得很，可是別抱太大的期望。」黎明前幾個小時，麥當諾嘎嘎地哽咽了一陣便嚥了氣。無畏在離水池不遠、白楊樹蔭下的乾土中為他挖了一個墳，墳深到沙塵暴也不會讓他曝屍於外。其他人的屍體他們淺淺地埋在一起。騎士身上的東西還不足以抵過他們流的血，只有幾個小鍋子，一袋穀物，幾張毯子，還有座帳棚被無畏毀了。

「他們未必會再次來襲，不過最好盡快移動。」薩基說，「若他們帶假消息回和闐，我們可能會受到不友善的迎接。」

勞倫斯不知該拿薩基怎麼辦才好，他若是叛徒，不是無恥到極點，就是行爲太矛盾，也可能完全被誤會了。打鬥中，四面八方都是驚惶的牲畜，還有一心想打劫的攻擊者，他在勞倫斯身旁挺身而出，絕非懦夫。他大可以偷偷溜走，甚至讓土匪爲所欲爲，自己在混亂中搶走一匹駱駝。當然，即使手裡有劍時勇敢，也不代表品格好壞。勞倫斯想到這個念頭，只覺得自己不知感激，很尷尬。

不過，沒必要的話，他不會再冒險了。照薩基說的，他們再走四天能平安到于闐，那很好，但如果薩基保證的事沒實現，勞倫斯也不想讓他們餓肚子。幸好無畏吞下兩匹死馬之後，剩下的駱駝可以輕易多撐幾天。第三天下午，他載著勞倫斯升空，看見遠方克里雅河細如緞帶，在夕陽中閃爍著銀白的光芒，截斷沙漠，戴上一條細長濃密的嫩綠冠冕。

那天晚上，無畏開心地吃著駱駝，大夥兒都盡情喝個飽。隔天早上走不久，就到了農田。農田四周都種了寬寬一道比人高的大麻，一排排又方又正，固定沙丘。接近這個沙漠大城時，還有大叢大叢的桑樹，枝葉在微風的細語中沙沙作響。

市場分成獨立的幾個區塊。一區滿是色彩華麗的馬車，馬車既是運輸工具又是店鋪，許多拉車的騾子或粗毛矮種小馬還戴著搖曳的彩色羽毛。其他區則在白楊木架上，以飄逸的棉布搭起帳棚店面，小龍戴著閃閃發亮的鮮豔寶石，蜷曲在帳棚間陪著商人，好奇地抬頭看著無畏走過。無畏一樣好奇地打量他們，眼中帶著羨慕的光輝。「只是錫片和玻璃而已，並不值錢。」勞倫斯連忙說道，希望搶在無畏想到那樣打扮之前，讓他打消主意。

「是喔，可是真漂亮。」無畏惋惜地在一套誇張的飾品前徘徊不去，那東西很像紫紅與黃銅色相間的冠冕，還有玻璃珠鍊披垂在頸上。

當地人的面孔就像之前遇上的騎士一樣，不像東方人，倒像土耳其人，他們在沙漠的太陽下曬成棕褐色，只有回教婦女除了雙手雙腳之外都不能讓人看，戴著沉沉的面紗。其他婦女只遮著臉，和男人一樣帶著小方帽，帽上奢華地繡著彩色絲線。她們張著黑眼睛望著勞倫斯一行人，毫不掩飾好奇。勞倫斯轉過身對杜恩和哈克萊這兩個精力旺盛的步槍手擺出嚴厲的表情，他們正舉起手向街對面的一對年輕女子送飛吻，被勞倫斯發現，心虛地嚇了一跳。

市場處處是交易的貨品：滿是各種穀類、稀有香料和水果乾的地上立著一袋袋結實的棉帆布，一匹匹絲綢上色彩繽紛的圖案不是花朵或其他圖形，十分抽象。箱子堆成寶庫，釘上的一條條金光閃閃的黃銅，有如鍍金。光亮的銅罐掛在空中，錐形的白水瓶半埋在土裡隔熱。最特別的是有許多木架上展示著刀劍，數量令人驚嘆。刀柄雕刻精細，有些還鑲嵌寶石，又彎又長的刀刃顯得十分兇狠。

剛開始穿過市場街道時，他們十分謹慎，盯著暗處看，不過並沒有人埋伏其中。當地人僅是在攤子後笑著對他們招手，連龍都向他們招攬生意。無畏已經開始跟薩基學龍語了，有些龍用笛聲一般的清晰聲音對他們叫，無畏不時停下來，試著用學到的一點龍語回應。無畏經過的時候，不時有中國血統的商人從鋪子裡出來，尊敬地對無畏拜倒在地，卻對其餘的人投以疑惑的目光。

薩基熟練地帶他們穿過龍市區，繞過一小座漆繪美麗的清眞寺，寺前的廣場滿是男人，也有幾隻龍，全都俯臥在柔軟的禮拜墊上。他們最後來到市場外圍一座舒適的亭子。那座亭子大到連無畏也進得去，高瘦的木柱支撐著帆布亭頂，四角都有楊木遮蔭。勞倫斯的銀兩不斷減縮，他用銀子買了羊當無畏的午餐，還爲大家買了羊肉加洋蔥、無子葡萄乾的豐盛肉飯，配上又扁又圓的烤麵包，一片片厚厚的多汁西瓜給人啃到只剩淡綠果皮。

沒剩幾隻的駱駝被牽到別處，大夥兒開始安頓在亭子周圍，準備枕著舒服的毯子和墊子打盹兒，薩基說：「我們明天可以把其他駱駝賣了。」他說著，拿鞏肅幫無畏做午餐時丟掉的羊肝餵老鷹。「這裡到喀什噶爾之間的綠洲相隔都不遠，只要帶一天所需的水就好。」

眞是天大的好消息。勞倫斯身心舒暢，又因安然到達城裡而大大鬆了口氣，打算破例原諒薩基。再找嚮導得花時間，空地周圍的白楊木異口同聲地低語著時間不多了，開始轉爲金黃的葉子預告了秋天即將來臨。薩基將老鷹放回籠裡蓋上罩子，讓牠晚上休息，勞倫斯等他處裡完，對這位嚮導說：「陪我走走吧。」他們一同往市場的巷子裡走了一小段路。商人正開始打包，捲起袋緣，遮好乾貨。

街道繁忙擁擠，但用英語交談就能保有隱私。勞倫斯停在附近的陰影裡，轉身向薩基，只見他的神色平靜，禮貌地帶著疑問的表情。勞倫斯開口道：「我要跟你說什麼，你大概有概念了吧。」

「隊長，很抱歉，我不曉得，麻煩解釋一下。」薩基說，「或許這樣比較好，免得誤會，您盡可以對我坦白，用不著顧忌。」

勞倫斯頓了一下。薩基的話聽來仍然有點狡黠譏諷的意味，他不是笨蛋，四天來所有人都避著他，他一定察覺了。於是勞倫斯以更直接的語氣說：「沒問題。到目前為止，你帶路帶得很成功，我很感激。可是你不說一聲就把我們丟在沙漠裡，我很不高興。」

他看見薩基挑起眉頭，又接著說：「我不要聽藉口。不知該不該相信藉口的時候，藉口這種東西根本沒用。我只要你保證，以後未經允許不能離開我們的營地，別再不經知會就離開。」

過了半晌，薩基若有所思地說：「很抱歉讓您不滿。我不想讓您為了責任感，勉強繼續您眼中的壞交易。要的話，我很願意在這裡分道揚鑣。一、兩個星期，最多三個星期，您就可以找到本地的嚮導，應該不算太久，一定會比坐忠誠號更快回到英國。」

他這麼回答，把該做的保證避得一乾二淨，激怒了勞倫斯：他們可不能輕易浪費三星期，一個星期也不行！何況這麼估計可能根本太樂觀了。他們和本地人的語言和風俗都不通，本地的語言比較接近土耳其文，不太像中文，勞倫斯甚至不確定這裡算中國領土，還是哪個小汗國。

怒火、新生的疑慮和正要脫口而出的回答全悶悶地哽在喉裡，他克制住自己，冷冷地說：「不行，不能浪費時間。你應該很清楚才對。」薩基說話時語調溫和，聽不出不對勁之處，卻反而顯得奇怪，而他臉上又帶著瞭然的神色，似乎明白他們爲什麼如此急迫。藍登司令的信還安全地藏在勞倫斯行李中，然而他想起拿到信時，紅蠟封髒污軟化，走過這段路途，把蠟封撬起來再封回去，並非難事。

薩基聽了勞倫斯意在言外的指控，表情一點也沒變，他只低頭輕聲說：「如您所願。」便轉身走回亭子去。

譯註：

❶：**龐德街**（Bond Street），位於倫敦市中心，十八世紀起即爲時尚購物中心。

❷：且末（cherchen），位於今新疆省南方，古城位於塔克拉馬干沙漠東南緣。

❸：**克里雅河**（Keriya river）源於崑崙山脈，注入新疆塔里木盆地之塔克拉馬干沙漠，消失其中。

第四章

紅色乾枯的山脈看似直接從沙漠平原摺起，峭壁上有一道道白色或黃褐色的寬大紋路，直切入地面，不見山腳。山脈頑固地堅立遠方，無畏以平穩的速度飛了一整天，看起來沒有靠近分毫，遙不可及的山巒向上拔高，最後兩側形成陡落的峽谷谷壁。短短十分鐘的飛行中，天空與沙漠就消失在他們身後，勞倫斯猛然發覺紅色山脈其實才是山腳，上方還有高聳的白頂山峰。

他們在高山中的開闊草地紮營，草地周圍疊峰環繞，地上散生海綠的小草，黃花立在塵土上，有如旗幟。薩基和牧人在他們圓椎頂小屋裡談牛的價錢，長角黑牛額前掛著鮮紅流蘇，憂心地望著他們。晚上，有幾枚白色雪花靜靜落下，在夜空裡閃閃發光，他們在大皮盆裡溶雪給無畏喝。

偶爾會有遙遠微弱的龍叫聲傳來，無畏聽了會豎起頭冠，他們遠遠看過一對野龍追逐彼此的尾巴盤旋而上，歡喜地尖叫，最後消失在山的另一側。薩基要他們在眼前矇上頭巾，擋住刺眼的光線，就連無畏也得聽話照做，細細的白絹布纏在他頭上當眼罩，模樣怪異。雖然有預防措失，頭幾天他們的臉依然泛紅曬傷。

薩基說：「我們得帶著食物通過伊爾克什坦❶。」他們在荒廢的舊要塞外紮營時，他離開了，將近一個小時後領著三名當地人，趕來一群肥肥的短腿豬。

「你打算帶活的牲畜？」葛蘭比驚奇地問，「牠們會叫啞嗓子，活活嚇死耶。」

不過豬看到無畏，居然仍昏昏欲睡，無動於衷，無畏甚至過去用鼻子拱了拱其中一頭，那頭豬打個呵欠，一屁股坐在雪地裡。另一頭豬一直想走進要塞的磚牆裡，顧牠的人得一再把牠拖回來。「我在牠們飼料裡放了鴉片。」薩基回應勞倫斯的疑問，「紮營的時候會讓藥效散去，我們休息以後再讓他吃，其他的重新下藥。」

勞倫斯聽了有點擔心，不相信薩基隨便的保證。他小心地看著無畏吃下第一頭豬，豬全程都很清醒，踢動掙扎，無畏用餐後也沒有瘋狂繞圈亂飛的跡象，不過的確睡得比較熟，呼聲震天。

隘口太高，他們飛過時已經在雲層之上了，大地遠遠在下方，只有周圍的山峰為伴。無畏不時氣喘吁吁，只要山坡能停，就要降落休息，起飛時在雪上留下龍身的形狀。那天一直有一種緊張感，無畏飛行時不停四下張望，發出不安的隆隆聲，停下來在半空中振翅。

通過隘口之後，他們在兩座巨峰之間風雪不侵的一個谷地安頓下來，準備過夜，在峭壁底固定營帳，豬隻用枝葉和繩子圍起來，讓牠們在其中自由走動。無畏在他那側的山谷來回踱步幾次，最後坐下來時，尾巴還在左右揮動。勞倫斯拿著茶，過去在他身旁坐下。無畏猶豫地說：「好像也沒聽到什麼，可是總覺得應該要聽到一點聲音。」

「我們這裡位置很好，至少不會被突襲。」勞倫斯說，「派人值更了，別因爲這樣睡不著。」

「我們在很高的山裡。」薩基突然插嘴，勞倫斯沒聽到這位嚮導走過來，嚇了一跳。薩基又說：「你可能只覺得有點不一樣，呼吸比較辛苦。其實空氣變稀薄了。」

「所以才那麼難吸氣嗎？」無畏說完，突然用後腿立了起來，豬也開始尖叫狂奔，幾乎有一打花色體型各異的龍俯衝向他們。大部分的龍熟練地落在峭壁上，攀住壁面，瞟著帳棚看。那些龍臉光滑機靈，長得有點像人。最大的三頭龍降落在無畏和臨時搭建的畜欄旁，以後腿坐起挑釁。

這些龍都不大，領頭的那隻比黃色收割者小一點，全身淡灰，帶著褐斑，一道暗紅的斑紋由一側的臉延伸到頸部，頭的周圍長了許多棘狀的角。他豎起棘角，露齒嘶叫。兩隻夥伴體型稍大，一隻是深淺不一的亮藍色，另一隻體色深灰。三隻龍身上都有嚴重的齒痕和爪痕，是身經百戰的證據。

無畏比他們三隻加起來還重，他挺直坐著，頭冠寬寬立起，像荷葉邊一樣圍在頭旁，發出小小的咆哮聲回應——警告他們。野龍與世隔絕，很可能只覺得天龍是大型的龍，沒有特別可怕，卻不知神風才是天龍最危險的武器，可以用無形之力打碎石頭、木頭或骨頭。無畏這時沒用神風對付他們，但咆哮聲中仍帶了那樣的意味，勞倫斯的骨骼也隨之撼動。野龍在無畏面前退縮了，紅斑首領的棘角貼到頭上，他們有如一群驚慌的鳥兒一飛而起，逃出谷地。

「唉。我什麼都還沒做耶。」無畏有點失望，茫然地說。他的吼叫聲仍在他們頭上的群山間轟轟作響，疊成接連不斷的雷鳴，幾乎比原來的吼聲還大。白色山峰的坡面隨巨響顫動，發出咻咻的聲音由岩石上鬆開，一整片冰雪輕輕滑落，一時間還維持著原來的形狀，緩慢優雅地下滑，接著便像被蛛網劃過表面一樣碎裂，潰散成滾滾雪霧，沿著山坡向營地直奔而下。

勞倫斯意識到危機，卻無能爲力，只覺得自己像個船長，在船樑末端看到一股會將船打橫的大浪，除了眼睜睜地看著事情發生，他什麼也不能做。野龍立刻飛逃而開，但雪崩來得太快，幾隻倒楣的野龍被捲了下去。營地就搭在雪崩的路徑上，薩基對營地旁的人大喊：「快離開！離開峭壁下！」但就在他叫喊的同時，崩落的大片積雪由坡上灑下，掃過營地，翻滾的雪怒吼著奔騰過綠色的谷底。

最先來的是一股冰冷的空氣，強到幾乎像有實體存在。勞倫斯被撲到無畏龐大的身子上，在薩基踉蹌向後時抓住他的手臂，接著雪霧便一湧而上，掩蔽了世界，他感覺像猛然被面朝下丟進深雪裡壓制住，四周滿是怪異朦朧的藍色，耳中則迴響著陣陣鼓動聲。勞倫斯張開嘴想呼吸，卻吸不到空氣，雪花和冰片銳利如刀，割著他的臉，肺因胸口和四肢的壓力而沉重，兩臂直直向後壓，肩膀疼痛。

可怕的重量來得快，去得快。他以站姿被緊埋在及膝的雪中，臉上和肩膀的積雪較薄，形成一片冰殼。他奮力掙脫雙臂，用僵住的手笨拙地挖掉口鼻中的雪，肺部燃燒的感覺直到吸進第一口冰冷刺人的空氣。無畏在他身邊，黑色的身子幾乎變白了，就像下霜後的玻璃窗一樣。無畏噴著氣搖掉身上的雪。

薩基即時在雪霧中轉身，情況稍微好一點，已經開始從雪裡拔出腳來了。「快，快！不然就遲了！」他粗啞地說著，開始掙扎越過谷地走向帳棚，或是一度有帳棚的地方。那兒只有大大一堆雪，雪深十呎以上。

勞倫斯由雪裡掙脫，跟著他過去，半路看到雪上冒出馬丁稻草黃的頭髮，停下來把這位見習官拉了出來。他離他們不遠，卻被撲在地上，因此埋得比較深。他們一同賣力走過一堆堆的雪，雪大多又軟又濕，其中沒有冰塊或岩石，不過仍然重得可怕。

無畏著急地跟在後面，向著他們的方向大口咬起積雪，只不過得小心用爪子。他們立刻發現一隻野龍正瘋狂地掙扎著想重獲自由。她是隻藍白相間的傢伙，比灰斑龍大不了多少。

無畏由頸背抓住她，將她由雪中拉鬆，搖掉身上的積雪。他們在她身下發現一座半毀的帳棚，裡頭有幾個喘著氣、青一塊紫一塊的人。

無畏剛把野龍放下，她就想逃走，但無畏又抓住她，用破破的龍語混著常見的怒意對她嘶嘶說話。她非常驚訝，以笛般的聲音回答。他又嘶嘶喊著，這次她羞紅了臉，開始幫忙挖掘，她的爪子比較小，適合複雜的工作，把人挖出來。坡底正下方找到的另一隻野龍情況很糟，那隻龍體型稍大，橘色和黃色、粉紅相間，一邊的翅膀拉傷，歪得很厲害，救他出來之後，他只會發出駭人的慟哭聲，縮著身子伏在地上顫抖。

他們挖出凱因斯時，他說：「媽的，怎麼這麼久才來。」他鎮定地坐在急救帳棚等待，一旁的艾倫嚇壞了，把頭埋在吊床裡。「來吧，這次你也能派上用場了。」凱因斯對艾倫說完，就在他手上堆滿繃帶和刀子，拉他到那頭可憐的動物身邊。那隻龍緊張地嘶叫，想趕走他們，最後無畏轉過頭罵了他一句，他這才伏下身子讓凱因斯爲所欲爲，只在龍醫官把斷掉的棘移回原位時嗚咽幾聲。

葛蘭比被找到時失去意識，嘴唇發紫，幾乎頭上腳下被倒埋著。勞倫斯和馬丁一起小心地抬他到空地上，和三名步槍手躺在一起，用好不容易挖起的一只帳棚布蓋住。杜恩、哈克萊和李格斯上尉三人都全身蒼白，無法動彈。艾蜜莉．羅蘭和戴爾抓住了彼此的手，無畏把上層的雪都掃掉之後，她幾乎用游的鑽出雪中，鬆脫了自己的頭呼救，直到他們來救出她和戴爾。

幾乎過了半小時之後，勞倫斯問道：「菲利斯先生，大家都獲救了吧？」他的眼皮被雪刮傷，手擦過後染上了血。

「是的，長官。」菲利斯低聲說。貝勒斯伍上尉是最後被找到的人，剛挖出來，已經因爲頸骨斷裂喪生了。

勞倫斯楞楞地點點頭，又說：「我們得爲受傷的人蓋上東西，想辦法建個避難處。」他回頭找薩基，才發現嚮導在不遠處低著頭，手上捧著老鷹動也不動的小小身軀。

野龍在無畏的嚴厲目光下，帶著他們來到山壁上一處結著冰雪的寒冷山洞。他們向內走去，通道越漸溫暖，最後豁然開朗，通到一個寬敞的大洞穴。洞穴中央有一池熱騰騰的溫泉，還有一個粗糙的凹溝，讓新融的雪流入池中。幾隻野龍正在洞穴旁打盹兒，那隻紅斑的領袖蜷曲在高起的平台上，若有所思地嚼著一根羊腿骨。

無畏背著受傷的龍，後面跟著其他的龍鑽進石洞中，洞裡所有的龍都嚇了一跳，發出微微的嘶鳴。但那隻藍白小龍啼著說服他們，一會兒後，幾隻龍過來幫傷龍爬下無畏。

薩基走上前，以口哨或用手吹出哨音，模仿他們的語言說話，並且指向洞穴的通道。無畏理直氣壯地堅持道：「可是牠們是我的豬耶。」

薩基訝異地抬起頭對他說：「豬一定都被雪崩壓死了，放著只會腐爛掉，而且太多了，你一隻龍吃不完。」

無畏說：「那又怎麼樣。」他仍然大張著頭冠，看著其他龍，尤其是紅斑龍的眼神中帶著敵意。他們在注視下不安地騷動著，翅膀微微一開一闔，斜眼瞥著無畏。

勞倫斯把手放到無畏腿上，輕聲說：「親愛的，看看他們的處境吧。他們一定餓壞了，不然絕不會想攻擊你。爲了讓我們在這裡藏身而把他們趕出自己家，太壞心了，要是我們希望他們友善，就應該分他們食物。」

「噢。」無畏思考著，頭冠漸漸彎了下來貼到頸上。野龍的確看起來很餓，龍皮緊包著結實的筋肉，削瘦的臉上睜著明亮的眼睛，許多龍看起來都有痼疾或舊傷。無畏終於讓步了：「唉，是他們先惹事的，不過我不想那麼壞心。」他向他們自我介紹，他們剛開始的驚訝表情轉爲謹慎又有點壓抑的興奮。紅斑龍簡短地叫了聲，便帶著其他四、五隻龍鬧哄哄地離開。

不久，他們就帶著死豬回來，專注地瞪眼，好奇地看著鞏肅殺豬。薩基試著跟他們要木頭，數隻比較小的龍飛了出去，拖著幾棵灰白風化的小松樹回來，帶著疑問的表情交出來。鞏肅快速升起噼啪作響的火，煙由縫隙冒出，飄到洞穴上的凹處。豬烤得可口極了。葛蘭比醒過來，含糊地說：「有豬肋排嗎？」勞倫斯放心多了。他不久就坐起身喝茶，不過雖然讓他盡量靠近火邊坐，他的手仍會發抖，得由人幫忙拿杯子。

隊員全都有點咳嗽、打噴嚏，男孩子特別嚴重，凱因斯說：「我們得讓他們泡進水裡，一定要保持胸口暖和。」

勞倫斯不加思索地同意，結果驚駭地看著艾蜜莉和其他年輕軍官一起泡澡，完全沒想到要穿衣服，也不知要矜持。勞倫斯匆忙叫她出來，爲她裹上毯子，堅持地說：「妳不能和其他人一起洗。」

「爲什麼不能？」她一臉沮喪，困惑地抬頭望著他。

「老天啊。」勞倫斯喃喃說道，接著堅決地告訴她，「對，因爲很不恰當。妳就要變成年輕小姐了。」

「噢。」她不以爲意地說：「母親跟我說過了，可是我還沒有月經，反正我也不要跟他們之中任何人上床。」勞倫斯完全說不過她，無奈地派點工作打發她，然後逃回無畏身邊。

烤豬要翻身了，鞏肅也在燉豬腸、豬雜和豬腳，還有野龍拿給他們的東西中愼選出的配料。野龍有自己收集的水果（來源不全合法）、一些青菜和當地的根莖類，還有爛袋子裡一大堆大頭菜，另一袋裡有穀物，顯然拿了以後才發現不能吃。

無畏在和紅斑首領談話，進步很快，越來越流利了。無畏跟勞倫斯說：「他叫阿爾喀迪。」勞倫斯向那隻龍一鞠躬。無畏又說：「他說很抱歉那時候騷擾我們。」

阿爾喀迪優雅地低下頭說了些歡迎的客套話，看起來並沒有很後悔，勞倫斯很清楚他們對下一批旅人也會這麼「友善」。「無畏，請告訴他，這種行爲實在很危險。」勞倫斯說，

「他們再這樣攔路搶劫，最後很可能遭人射殺，這樣會激怒民眾，懸賞他們的頭。」

無畏又和阿爾喀迪討論一會兒，遲疑地說：「他說那只是過路費而已。大家都不介意交出過路費，不過他們當然不應該跟我收。」阿爾喀迪這時以有點受傷的語調插了句話，難倒了無畏，他搔搔額頭說：「上一隻跟我很像的沒有異議，給了他們兩頭上好的母牛，要他們帶她和她的僕役通過隘口。」

「跟你很像？」勞倫斯楞楞地問。全世界像無畏的龍只有八隻，全都在五千哩之外的北京。即便如此，他的體色仍然近乎獨一無二，他一身純黑，只有翼緣有些珠光的斑點。大部分的龍都像野龍一樣全身色彩繽紛。

無畏又問了問，然後說：「他說她跟我很像，只不過全身是白的，有一對紅眼。」無畏的頭冠又立了起來，鼻翼泛紅。阿爾喀迪警戒地緩緩退開。

勞倫斯問道：「她帶著多少人？是什麼人？他看到她過山區之後往哪裡飛了嗎？」他剎時納悶又焦急：照這描述，絕對能確定那隻龍的身分一定是龍天蓮，那隻天龍的體色因爲出生時不幸的意外而褪成白色。她心中一定記恨著他們這些仇敵。她做出驚人的決定，離開中國，勞倫斯覺得她一定心懷不軌。

無畏說：「還有別的龍載著人，跟他們一起飛。」阿爾喀迪喚著那隻藍白小龍，小龍名叫葛爾妮，她熟悉那附近的土耳其方言，也會說龍語，當時爲那群龍當翻譯，因此能說多一點訊息。

這個消息糟到不能再糟了。龍天蓮和一個法國人一起旅行，照描述來看，想必是德．吉涅大使。依葛爾妮所說，龍天蓮能和德．吉涅對話，已經會說法文了。她應該正飛往法國，除此之外，她沒別的理由這樣旅行。

他們匆忙討論時，葛蘭比安撫道：「她不會讓他們眞的利用她。她沒有隊員或隊長，他們不能就這麼把她丟到前線，而且我們讓無畏戴鞍具，中國就大驚小怪，她不可能讓他們給她戴鞍具的。」

「至少能用她繁殖。」勞倫斯嚴肅地說，「不過我相信拿破崙一定會好好利用她。去馬德拉途中，你看過無畏的能耐──一擊就弄沉一艘四十八門砲的護航艦。說不定對一級艦也有效。」海軍的木船殼仍是英國最堅強的防禦，比軍艦碎弱的商船，載的則是她的生命泉源，龍天蓮代表的威脅，可能改變英倫海峽的勢力平衡。

「我不怕龍天蓮。」無畏依舊怒氣沖沖。「成親王死了，我一點也不覺得遺憾。他不該試圖謀害你，她不想讓他死，就不該讓他殺人。」

勞倫斯搖搖頭。龍天蓮不會接受這種想法。她幽魂似的怪異體色受中國人排斥，她的世界完全依靠成親王而轉動，人與龍之間的聯結甚至比一般龍和他們同伴的聯結還強，因此絕不會原諒成親王之死。她那麼驕傲，蔑視西方的一切，勞倫斯從沒想過她會這樣離鄉背井。仇恨和報復的念頭若能驅使她至今，她一定不會就此罷休。

譯註：

❶：伊爾克什坦（Irkeshtam），現今吉爾吉斯南部的村落。

第五章

「再拖延就完了。」勞倫斯說。薩基用白色石頭當粉筆，在洞穴平滑的地上畫出他們剩下的旅程，那條路徑避開大城市，帶他們繼續沿彎曲的路線穿過野地，繞過大沙漠外圍，經過金色的撒馬爾罕❶，取道伊斯法罕❷與德黑蘭之間，越過古老的巴格達。

薩基說：「我們得花更多時間打獵。」不過相較之下，代價不大。給波斯總督盤問或招待都會花更多時間，勞倫斯不想冒險。沒經過同意就偷偷摸摸溜過外國的鄉間，不夠光明正大，實在有點討厭，被抓到就算不會怎樣，也夠丟人了。不過他相信只要他們小心點，以無畏的速度，應該不會被發現。

勞倫斯原來想多留一天，讓雪崩中受傷的人在陸地休養。然而龍天蓮顯然正往法國飛去，不是到英倫海峽興風作浪，就是去對付地中海的艦隊。她這招出其不意，海軍和商船隊一定完全沒防備，而且她白色的體色不在船上任何的龍圖鑑上，船長不曉得她是噴火龍之類該提防的龍隻，因此船隻看到她也不會警覺。她比無畏年長許多，雖然沒受過作戰訓練，但動作敏捷優雅，運用神風的技巧可能更純熟，他一想到拿破崙手上有如此致命的武器，貼近地瞄準英國的心臟，就不禁顫慄。

「我們早上出發。」他說完從地上站起來，才看到旁邊有一群不滿的龍聽眾，薩基畫地圖時，野龍好奇地聚了過來，詢問過無畏之後，憤然發現自己的群山不過是區劃廣大的中國、波斯和鄂圖曼土耳其帝國之間的山型記號。

「我剛剛跟他們說，我們是遠從英國到中國去的。」無畏沾沾自喜地說：「還繞過了非洲呢！他們都沒離開過山區附近。」

無畏又用很自豪的態度對他們說了些話。他旅行過半個地球，在中國的皇宮裡受過款待，自己還完成了幾項榮譽之舉，的確有些經驗可以吹噓。除了這些冒險之外，他鑲著寶石的胸飾和爪套也讓沒打扮的野龍羨慕。無畏不知說了什麼之後，勞倫斯甚至發現他自己成了他們瞪大眼睛打量欣賞的對象。

他很高興無畏在不受人影響時，看到自然狀況下的龍是怎麼生活——野龍的境況，和中國龍養尊處優的情況是很巧妙的對比，相較之下，英國龍看起來沒那麼糟了。勞倫斯很慶幸無畏明確地覺得自己比他們優越，不過這樣刺激他們，引他們嫉妒，甚至產生敵意，恐怕不太明智。

無畏繼續說著，野龍開始交頭接耳，以猜疑的眼光瞟著自己的領袖阿爾喀迪。阿爾喀迪明白他在他們眼中不再那麼崇高，豎起他頸子上那圈棘發起火來。

「無畏！」勞倫斯不曉得該說什麼，還是打了岔，就在無畏疑惑地看向他那一剎那，阿爾咯迪代他發難了。阿爾咯迪挺起胸膛，以誇張的語調宣布了什麼事，其他野龍聽了隨即興奮起來。

「噢。」無畏望著紅斑龍，尾巴猶疑地抽了一下。

「怎麼了？」勞倫斯警覺地問。

無畏解釋道：「他說他要跟我們去伊斯坦堡，去見蘇丹。」

勞倫斯原來擔心對方會挑戰無畏，這個好主意沒那麼激烈，但仍然不太明智。和阿爾咯迪爭論沒有用，沒辦法讓他打消念頭，而其他許多龍也開始堅持要跟去了。薩基不久就放棄說服，聳著肩走開說：「算了吧。不攻擊他們，幾乎沒辦法阻止他們跟來。」

幾乎所有野龍跟他們一起出發，只留下幾隻太懶或興致缺缺的不想跟來，雪崩裡救出來那隻斷翅膀的小龍站在洞口目送他們離去，難過地小聲啼叫。野龍又吵又激動，很難相處，動不動就在空中爭執起來，兩、三隻龍前後翻滾在一起，狂亂地嘶叫抓扒，直到阿爾咯迪或他大個子的副手衝向他們，將他們撞開，爭鬥的龍大聲抗議一番，便暗自生悶氣去了。

這種事發生了第三次之後，勞倫斯絕望地說：「這群馬戲團跟著我們，經過鄉間的時候一定會被發現。」尖叫的回聲仍飄盪在山峰之間。

「他們應該沒幾天就膩了，回家去吧。」葛蘭比說：「我沒聽過野龍想接近人多的地方，除非是去偷食物，我敢說一離開他們的領域，他們就變膽小了。」

那天下午，地貌完全變了，山巒倏然削減為小丘，覆碗似的穹蒼下，地平線平滑起伏的灰濛濛綠色曲線清晰了起來，野龍果然越來越緊張。他們在營地邊低語，不安地挨著翅膀聚在一起，打獵時根本沒幫上什麼忙。夜幕低垂，附近幾哩外的村中，五、六間農舍橙色燈光在遠處微微亮起。早晨來臨，幾隻野龍同意這地方一定是伊斯坦堡，和他們想像的差太多，所以決定要回家了。

「可是那才不是伊斯坦堡。」無畏憤憤不平地說。勞倫斯連忙暗示他別干涉，他這才平靜下來。

他們就這麼擺脫了大半的同伴，鬆了一口氣。只有最年輕、最愛冒險的野龍留下，其中最主要的是小葛爾妮。她在低地孵化，對這塊異土稍稍熟悉一點，很高興她在同伴中有了新地位。她大聲宣告自己完全不害怕，還嘲笑回頭的那些龍。其他幾隻龍聽了她的嘲弄，決定繼續前進。可惜那是野龍間最趾高氣昂的爭論了。

只要有同族留下，阿爾喀迪就不願意回頭。無畏說了太多栩栩如生的故事，講到寶藏、盛宴和高潮迭起的戰爭，這下子，野龍的領袖顯然擔心他從前的對手將來載譽而返，即使功績不是真的，也可能挑戰他的地位。他的副手的戰鬥能力都贏過他，因此他的地位倒不是靠武勇得到的，而是靠魅力與機智。如此一來，要保有地位更困難了。

不過他的表現並不熱切，只高傲地虛張聲勢，掩飾自己的緊張。勞倫斯只希望他很快就會說服其他龍離開。他的副手是莫爾那和琳吉，據勞倫斯所知，他們即使沒有阿爾喀迪陪著，也想留在家鄉。深灰色的琳吉甚至冒險把她的想法告訴首領，只惹得阿爾喀迪勃然大怒，奮力拍打她的頭，喋喋不休的話不用翻譯，也知道是一陣咒罵。

那天下午，群山已經縮小爲遠方藍色的壯麗景觀，他緊緊挨著勞倫斯一行人以求慰藉，其他野龍也靠在他們旁邊，無畏試圖跟他們交談，但他們有點心不在焉。無畏失望地過來安頓在勞倫斯身旁，對他說：「他們沒什麼冒險精神嘛！老是問我食物的事，問蘇丹什麼時候會設宴款待他們，會給他們什麼東西，還有何時能回家。一副非常自由、高興去哪就去哪的樣子。」

「親愛的，肚子很餓的時候，志向很難比肚子高。」勞倫斯說，「他們擁有的那種自由就是這樣：飢餓和被殺害的自由，沒有人會嚮往。」他抓住機會繼續說：「而且人和龍也可能明智地選擇犧牲一點自己的自由，爲大衆謀福利，改善他們自己與其他同伴的境況。」

無畏嘆了口氣，沒有爭論，只是不滿地拱著他的午餐，後來莫爾那發現這一幕，小心地作勢要拿無畏快放棄的肉來吃，結果無畏咆哮地趕走他，三大口就把剩下的肉都吞了。

隔天天氣很好，廣大的天空晴朗無雲，大大挫了他們旅伴的志氣，勞倫斯確信，那天下午其餘的龍就會調轉尾巴回家去。但他們只演出一場失敗的追獵，勞倫斯被迫派薩基和一些部下尋找附近的農場，買些牛來代替。

那些帶角的褐色巨獸給人拖進營地，恐懼地嗚叫，可憐極了。野龍睜著圓眼看，得到四隻牛一起分食的時候，更是不敢置信，狼吞虎嚥地吃得樂昏頭。解決牛隻之後，小隻的龍仰臥地上，翅膀笨拙地伸出來，四肢在脹大的身軀上彎著，臉上帶著幸福的表情。阿爾喀迪奮力塞下將近一整隻牛，四肢軟軟地癱在身邊。勞倫斯難過地想到他們從沒吃過牛肉，而農場養的牛特別肥美。野龍習慣吃山羊和山地綿羊過活，偶爾偷隻豬來吃，這些牛肉在英國最高級的餐桌上也稱得上佳餚，對野龍而言想必極爲美味。

無畏開心地說：「不，我相信蘇丹會給我們更好的東西吃。」此話既出，大勢已定。伊斯坦堡聽起來像天堂一樣透出玫瑰色的光芒，他們的決心無法動搖了。

勞倫斯無奈地認輸說：「唉，我們最好盡量趁夜裡走。至少我們很像編隊，看到我們的平民，應該會認爲我們是當地的空軍吧。」

野龍克服了恐懼，總算派上用場了。其中一隻灰褐色有黃綠紋的小傢伙赫塔茲，竟是他們在夏日金黃草原上的最佳獵手，可以在長草中壓低身子，躲在下風處，其他龍以吼聲將逃竄的動物趕出森林和山丘。倒楣的野獸幾乎直直跑向他，而他一擊就能撂倒五、六隻。

無畏不怕人，但野龍和勞倫斯他們一樣擔心人類的蹤跡。阿爾喀迪的警告讓他們逃過一劫，沒被波斯的騎兵隊發現，所有龍才剛躲到丘陵後，軍隊便騎過坡頂，進入他們的視線中。勞倫斯躺著躲了好一陣子，在騎兵慢慢經過時聽著旗幟拍打、馬勒叮噹響，直到聲音完全消失在遠方，暮色變濃，他們才再次冒險升空。

在那之後，野龍的首領變得沾沾自喜。那天下午無畏還在吃東西時，阿爾喀迪就抓住機會搶回風頭，在他手下面前投入地表演了半天，又說故事又起舞，其他的龍不時發出悅耳的聲音附和。勞倫斯剛開始以爲他在表演狩獵或某種差不多殘暴的活動，重現當年的成就。

無畏放下他的第二頭鹿，興致勃勃地聽著，不久就開始插入自己的描述。勞倫斯想不透無畏爲什麼能加油添醋，於是問道：「他在說什麼啊？」

「好精采喔，」無畏興奮地轉身向他說：「故事是說一群龍在隱密的山洞裡找到一大堆寶藏，寶藏屬於一隻死去的老龍，龍爭吵著瓜分寶藏，最強壯的那兩隻決鬥了好幾次，因爲他們旗鼓相當，而且其實不想打架，只想和對方交配。可是雙方都不曉得對方的意思，所以覺得自己贏得寶藏的話，就能送給對方。對方爲了得到寶藏，就會答應和他們交配。另外有隻龍個子雖小，卻很聰明，對大家耍了手段，一點點偷走了寶藏。另一對龍——公龍和母龍對他們分到的寶藏起了爭執，母龍忙著孵蛋，沒空幫公龍對抗其他龍以得到更大份的寶藏，結果公龍不想和她分，於是母龍生氣了，帶走龍蛋躲了起來。公龍後悔之後卻找不到她，還有另一頭公龍也想和她交配，找到了她，願意和她分他的財寶——」

無畏說得簡要，勞倫斯仍然聽得頭昏腦脹，眞不曉得無畏怎麼沒被弄混，這故事哪有什麼好玩的，總之，無畏和野龍的確興奮地欣賞整個複雜的故事。葛爾妮和赫塔茲還一度爲了接下來的劇情走向大打出手，揮打對方的頭，結果莫爾那不滿故事被打斷，揍了他們一記，對他們咻咻叫，才讓他們聽話。

阿爾喀迪最後終於趴了下來，高興地喘著氣，其他龍全都以尾擊地，發出哨鳴聲讚揚，無畏用爪子敲著大岩石，以中國龍的方式捧場。

「我得記住，回家有了像中國的寫字板後，再寫下來。」無畏心滿意足地嘆道：「我跟百合、巨無霸說過《幾何原本》裡的內容，他們不覺得有趣，可是一定會覺得這故事好玩多了。我們說不定能出版呢，勞倫斯，可以嗎？」

「你得先教其他龍讀書才行。」勞倫斯說。

幾名隊員正設法學度爾撒語，野龍很聰明，通常能猜出比手畫腳的意思，但不喜歡的事，他們就會裝作不明白，像是從舒服的地方移開讓隊員搭帳棚，或是傍晚打盹兒時被叫醒再飛一段路。不見得每次都能找到無畏和薩基翻譯，因此負責紮營的年輕軍官為了自保，只好學著跟他們說話。看著他們對龍吹口哨、哼著龍語，實在很滑稽。

勞倫斯和薩基事情討論到一半，聽到一陣責罵聲，只見葛蘭比嚴厲地說：「迪格比，夠了，別再讓我發現你鼓勵他們接近你。」勞倫斯訝異地抬起頭，那孩子雖然才剛十三歲，卻是少尉中最穩重的，據勞倫斯的經驗，從來不用給他警告。

迪格比答道：「我會的，長官，我是說，長官，我不會再犯了。」他結結巴巴，滿臉通紅，連忙走開到營地另一側找事忙。

葛蘭比加入他們，說：「噢，沒什麼大問題，他只是特別為那個大傢伙莫爾那留幾塊食物，其他孩子也幫他們喜歡的龍留。他們自然喜歡假裝自己是隊長，可是最好別把野龍當寵物，餵野龍吃東西，他們也不會變溫馴。」

「不過他們看起來的確學了點禮貌，我還以爲野龍完全不受控制。」勞倫斯說。

「沒有無畏的話，的確會無法控制。」葛蘭比說，「只有他才能讓他們聽話。」

「是嗎？看來只要自制有好處，他們就會表現得不錯。」薩基有點冷漠地說，「這種態度很合理吧。沒好處的話，我想哪隻龍都不會聽話的。」

他們遠遠就看到閃耀的金角灣❸。這座城鋪張地在河岸蔓延，每座山丘上都像冠冕般頂著清眞寺尖塔，以及回教寺院光滑閃亮的大理石圓頂，有藍、有灰也有粉紅，四周是房屋的陶瓦屋頂，以及絲柏狹窄的綠色葉片。鐮形的河流傾入遼闊的博斯普魯斯海峽，深色的海峽向兩側延伸，在勞倫斯的望遠鏡中閃閃發光。不過他只注意著最遠端的海岸，那是歐洲的第一抹形影。

他的隊員都又累又餓，接近城市之後，要避開聚落難多了，十天以來，他們只白天停下來，吃點冷食，睡一頓難受又不安穩的午覺，龍則飛去打獵，直接生吃抓到的少許獵物。他們爬到另一排山丘上，看見海峽亞洲這一側寬廣的岸邊牧了一大群灰牛，阿爾喀迪興奮地發出一聲嗜血的咆哮，倏然衝向牠們。

「不行，不行，那些牛不能吃！」無畏遲了一步，其他野龍也開心地喊著，竄出追向倉惶鳴叫的牛群。平原南端有一面泥灰與石塊建起的低矮城牆，牆後幾隻龍飾著亮眼的土耳其軍徽章，抬起頭進入他們視線中。

「唉，行行好。」勞倫斯說道。土耳其龍躍入空中，憤怒地衝向野龍，野龍忙到沒注意自己身處險境，他們抓住了一頭又一頭牛，因突如其來的大餐而樂瘋了，互相比較戰利品，甚至當場停下來開始吃牛。好在這個動作救了他們一命。土耳其龍撲向野龍時，他們在地上留下十幾頭癱倒或死去的牛隻，連忙跳開，剛巧躲去襲來的尖牙利爪。

阿爾喀迪和其他龍直直衝回無畏旁邊尋求庇護，慌亂地躲在他身後，對土耳其龍尖叫挑釁，土耳其龍俯衝完向上攀升，怒吼著追來。

勞倫斯向他的信號官透納喊：「升起國旗，向左側鳴槍。」於是英國國旗清脆地啪一聲展開。他們離家許久，國旗顏色依然鮮豔，折線處卻有白色的褶痕。

土耳其守衛龍飛近時減緩速度，張牙舞爪，戰意仍在，卻略顯遲疑。他們不過是中型龍，不比野龍大多少，飛近之後，無畏寬大的翅翼在五隻土耳其龍身上投下長長的陰影。他們顯然不習慣勞動，腿前的肥肉都擠出一層層奇怪的隆起。葛蘭比不以爲然地說：「眞丟人。」土耳其龍頭一次憤怒俯衝之後，就有點氣喘了，連腹側都明顯地起伏。勞倫斯心想，他們身處首都，平日只要看守牛群，根本沒什麼事做。

「開火！」李格斯喊道。他和另一位步槍手之前被埋在雪裡，還沒完全恢復，不時會在不恰當的時機打噴嚏，因此槍響參差不齊，不過仍達到目的，讓迎面而來的龍隻慢了下來。

領隊的隊長將擴音器拿到嘴邊，對他們說了些話。勞倫斯終於鬆了口氣。

「他要我們降落。」薩基的翻譯過於簡短，勞倫斯皺起眉頭，他才補充道：「他還罵我們一堆難聽的話，要全部翻譯出來嗎？」

「憑什麼要我先降落，飛到他們下方？」無畏不滿地哼一聲，硬仰著頭緊盯著上方的龍。勞倫斯也不願處於劣勢，但誰教冒犯人的是他們這方。幾頭牛踉蹌站起來，茫然顫抖，然而大多數的牛動也不動，顯然都死了。這樣濫殺牛隻，要是不找英國駐當地的大使幫忙，勞倫斯不曉得自己有沒有辦法賠償得了。也難怪土耳其隊長堅持他們讓步。

無畏嚴厲地對野龍說了些話，最後甚至低吼一聲，他們才肯在他身旁降落，那聲吼叫嚇得剩下的牛隻跑得更遠。阿爾喀迪和其他龍滿不情願、悶悶不樂地降落，在地上很不自在，翅膀半張，煩躁不安。

「我們沒跟土耳其人打招呼，實在不該讓他們跟到這麼近的地方。」勞倫斯憂心地看著他們。「不該相信他們在人群或牛隻之中能守規矩。」

「我不覺得是阿爾喀迪或其他龍的錯。」無畏護著朋友說，「要是不了解財產的觀念，連我也不覺得抓走那些牛有什麼不對。」他頓了一下，放低聲音說：「而且龍不希望牛被搶走，就不該待在視線外，放著牛不管。」

野龍也降落了，但土耳其龍仍然沒著陸，在他們上空緩緩繞圈盤旋，刻意宣告他們高度的優勢。無畏看著他們炫耀，噴著鼻子，微微氣紅了臉，膜狀頭冠開始展開。他憤憤地說：

「眞沒禮貌。好討厭喔，我們一定能打贏他們。那樣子拍翅膀眞像小鳥。」

「趕走這幾隻，馬上就得對付其他上百隻龍，而且其他的龍可不一樣，這幾隻不能作戰，但土耳其空軍並非等閒之輩。」勞倫斯說，「耐心點，他們很快就厭了。」其實勞倫斯他們停在滿覆塵土又炙人的地上，烈日當頭，地面又灼熱不堪，帶的水所剩無幾，他自己也不太耐煩。

野龍的愧疚沒持續多久，不一會兒就開始望著殺死的牛喃喃低聲交談，雖然聽不清說話的內容，不過語調的意思很明顯，無畏也不滿地說：「不快點吃的話，那些牛只會壞掉。」

勞倫斯聽了緊張起來，說道：「要讓土耳其的傢伙覺得你們不在意才行。」無畏聽到這妙計，開心地大聲向野龍低語，他們就這麼懶洋洋地趴在草地上，還刻意打著呵欠，幾隻小龍甚至無禮地用鼻子哼起調子。野龍全忙著演戲，土耳其龍很快就不想白費力氣，於是盤旋而下，降落在他們對面。領頭的龍卸下他的隊長，勞倫斯這下又煩惱了，他可不想解釋或道歉，在當時情況下，也難怪他這麼想。

土耳其隊長名叫厄特根，不僅激動地懷疑他們，行爲舉止也很冒犯人，勞倫斯向他鞠躬，他只微微點頭回應，手擱在劍柄上，以土耳其文冷冷說話。

厄特根和薩基簡短地交談一會兒後，又用口音濃厚，還過得去的法文重複道：「說明一下吧，這樣惡意攻擊是怎麼回事？」勞倫斯的法文破得可憐，不過至少能擺出要溝通的樣子。他努力擠出解釋，但厄特根大爲冒犯的表情或疑心一點也沒軟化，轉而像審問似地，開始叫勞倫斯說出他的軍階、他們的任務和飛行的路線，甚至他的資金狀況，最後勞倫斯自己也沒了耐性。

「厄特根啊，你覺得我們是三十個危險的瘋子，決定用七隻龍對伊斯坦堡的銅牆鐵壁發動攻擊嗎？」勞倫斯說，「讓我們在這麼熱的地方枯等沒什麼用。派你部下傳話給英國駐此地的大使，一定能得到滿意的答覆。」

「這可不成，他死了。」厄特根說。

「死了？」勞倫斯滿腹懷疑，楞楞地問，才知道厄特根堅稱阿布斯納大使先生一星期前才因爲打獵意外過世，不過細節並不清楚。

目前在伊斯坦堡並沒其他英國代表，勞倫斯震驚極了：「先生，沒有我方的代表，看來在下必須自己表示誠意了。」他說著，一面心想該怎麼安置無畏，接著解釋道：「我是爲了我們兩國間的協議而來，刻不容緩。」

「任務這麼重要，你們政府就該找個好一點的使者。」厄特根無禮地說：「蘇丹忙得很，不能讓每個想敲敲吉兆門❹的傢伙都去打擾他或他的大臣。而且你不可能是從英國來的。」

厄特根刻意露出敵意，刁難的話說完便顯出得意之色。勞倫斯冷冷地答道：「先生，您這樣沒禮貌，不只冒犯了我，也對貴國蘇丹不敬。您該不會眞以爲這番話是我們捏造的吧？」

厄特根說：「你和這群危險的畜牲、烏合之衆從波斯來，難道我該相信你們是英國的使者？」

無畏還在蛋裡時，在法國巡防艦上待過幾個月，因此法文流利，勞倫斯還沒機會反駁，他就探著龐然大頭憤怒插嘴：「我們才不是畜牲，我朋友只是不曉得那些牛是你們的。他們不會傷害人，而且他們千里迢迢飛來，也是爲了見蘇丹。」

無畏的頭冠展開直立，背後的翅膀稍稍揚起，投下長長的黑影，他對土耳其隊長露出一呎長的鋸齒狀利牙，聳肩時肌腱明顯隆起。厄特根的龍細細地尖叫了聲，猛然向前一撲，但其他土耳其龍看到無畏兇猛的樣子，都不由得退縮，沒有龍支援他，連厄特根也不禁退後一步，躲向激動的坐騎伸出的前腿間。

厄特根一時沒說話，勞倫斯趁機說：「我們就別再爭了。薩基先生和我的大副會和您部下進城，其他人則留在這裡。您也許還不相信在下是正式代表，不過大使職員對我們造訪做的安排，蘇丹和他大臣一定會滿意，他們一定會幫我補償王室損失的牲畜。就如無畏所言，我們沒有惡意，牲畜死傷只是意外。」

厄特根顯然不喜歡勞倫斯的提議，但無畏在他們頭上虎視眈眈，他不知怎麼拒絕。他吞吞吐吐一陣子，才無力地說：「應該是吧。」無畏聽了，又怒得大吼一聲，土耳其龍退得更遠了。就在此時，勞倫斯耳邊傳來龍的咆哮嘶叫，阿爾喀迪和野龍全都一躍而起，拍著翅膀，擺動尾巴，伸爪揮舞，放聲號叫。土耳其龍也開始振翅大吼，準備升空。駭人的噪音中無法發號施令，他們頭上還有無畏坐挺身子發出可怕的刺耳長嘯，震耳欲聾。

土耳其龍嘶叫著跌坐在地，翅膀交纏，因驚覺的反射而朝空中與彼此撕咬。混亂中，野龍抓住機會衝向死牛，從土耳其龍面前奪走牛隻，轉頭逃走。阿爾喀迪才升空，其他龍便搶在他之前倉惶飛走，阿爾喀迪左右爪抓住牛的前肢，向無畏點頭道謝，接著這群龍便一溜煙飛走，呈一道線直向群山安全的懷抱。

震驚中的靜默維持不到半分鐘，仍在地上的厄特根爆出一連串結結巴巴的土耳其文，勞倫斯又羞又窘，覺得自己還是別聽懂得好。他自己也想斃了那群土匪。土耳其隊長早想找個理由不承認他們，野龍還讓勞倫斯在土耳其隊長和自己部下面前顯得像騙子。

厄特根先前頑固，取而代之的卻是發自內心、激烈的憤慨。他火冒三丈，一顆顆又大又圓的汗珠由額前滾落鬍鬚中，滔滔不絕地以土耳其文和法文交雜怒罵。

「我們會讓你們見識見識這裡怎麼對付入侵者，賊龍宰了蘇丹的牛，我們就宰了你們曝屍。」他說完，向土耳其龍大手一揮。

「我才不會讓你們傷害勞倫斯或我的隊員！」無畏激動地說，胸膛吸氣膨脹起來，土耳其龍都露出緊張兮兮的表情。勞倫斯之前就發現，其他龍即使還沒見識過神風的威力，但會直覺到危險，因此曉得要怕無畏的怒吼。然而他們的騎士並不明白，勞倫斯認爲龍仍會聽從攻擊的命令。無畏即使能自己打倒六隻一隊的龍，他們的勝利也得不償失。

「無畏，夠了，坐下！」勞倫斯說著，尷尬地對厄特根說，「先生，我已經說過，野龍並不聽從我的指揮，我保證過會彌補你們的損失。我想未經貴國政府同意，您不會眞的要開戰，而我們本身並沒有敵意。」

勞倫斯用彆腳的法文講完，薩基居然爲他翻譯成土耳其文大聲說出來，好讓其他土耳其飛行員聽得到。他們不安地你看我、我看你，厄特根狠狠瞪他們一眼，眼神中滿是怒意與挫折，接著火大地說：「你們有種就留下來。」他翻身上龍，喊出命令，於是整隊一同飛回一段距離之外，在通往城市路邊的果樹樹蔭下安頓好，其中最小隻的龍躍入空中，精力充沛地急飛向城市，一下就小到見不到蹤影，消失於霧靄之中。

「他們可不會爲我們帶什麼好消息去。」葛蘭比用勞倫斯的望遠鏡看著龍隻離開。

勞倫斯冷冷地說：「是我們自做自受吧。」

無畏心懷愧疚地抓抓地面，反駁道：「他們也不太友善啊。」

他們得退後好一段距離才有地方掩護，躲離守衛龍的視線，勞倫斯可不打算這麼做。幸好兩個矮丘間有塊地方可以在土裡插竿子，繫上帆布，爲傷患遮蔭。「可惜他們沒留一、兩頭牛下來。」無畏不捨地望著野龍離去的方向。

「要是當初有耐心一點，你和他們都會有東西吃，而且身分是客人，不是小偷。」勞倫斯的耐性快被磨光了。無畏垂著頭沒爭辯，勞倫斯藉口要用望遠鏡眺望城市的方向，起身走開。景象沒什麼不同，不過牧人這時趕著牛隻到紮營的土耳其龍旁邊，讓他們吃，人員也在用餐了。勞倫斯放下望遠鏡，別過身去。他把他那份水給了咳不停的杜恩，自己口乾舌燥，嘴脣龜裂。這時天色已晚，不適合去找飲水食糧，不過他隔天早上就得派人去打獵、找水源。這麼做的風險很高，在異國有人盤查的話，他們沒辦法回應。但如果土耳其人冥頑不靈，他還不曉得接下來該怎麼做。

勞倫斯回到他們臨時營地之後，葛蘭比說：「要不要繞著城市，從歐洲那一側再試一次？」

「他們為防俄羅斯入侵，在北方山丘上有瞭望台，除非花一個小時繞過去，否則一定驚動全城。」

他們爭論懸而未決，卻因故中止，迪格比伸手指著遠方，說：「長官，有人來了。」城裡飛來一隻信差龍，旁邊有兩隻重量級的傢伙護衛。低垂的日頭照花他們的體色，但勞倫斯看到他們襯著天空的剪影，前額長著一雙巨角，如刺的窄棘沿著彎曲的身形豎立——是喀西利龍。在此之前，他看過一次喀西利龍。尼日河的東方號上，那頭龍的身影映著滾滾灰煙，點燃了東方號的彈藥，將千人的巨船燒得一乾二淨。

「讓所有傷患上龍，卸下所有彈藥。」他嚴厲地說。無畏即使沒逃開，受點燒傷沒有大礙，但他腹部索具裡的火藥粉和燃燒彈只要倒楣沾到一點火舌，他的命運就會跟那艘不幸的法國旗艦如出一轍。

他們以加倍的速度搬下圓形炸彈，在地上堆成小小的金字塔，凱因斯則將最嚴重的傷患縛到腹部鞍具上，帆布、布料和剩下的皮料都丟在地上隨風翻騰。葛蘭比提議道：「勞倫斯，姑且聽聽我的勸，我們還不曉得他們打什麼主意，你先上龍去。」勞倫斯不耐煩地否決了。不過他仍命令其他人員登龍，只有他和葛蘭比站在無畏身旁的地上。

那一對喀西利龍在不遠處著陸，伸出叉狀的舌頭探著空氣，鮮豔的腥紅龍皮上綠斑帶著黑緣，有如豹紋。雙方的距離很近，勞倫斯甚至聽得到他們身體透出一陣隆隆聲，低沉微弱有如貓咪呼嚕叫和茶壺嘶嘶鳴，襯著未暗去的天空，他還能看見背脊兩側的窄棘冉冉冒出絲絲蒸氣。

厄特根隊長壞心地露出得意之色，瞇著眼走向他們。信差龍身上爬下兩名黑奴，小心地幫另一人由龍肩上穩穩走下來。那人攙著他們的手，踏到地上擱的一只小摺梯上，身上一襲裝飾華麗、繡上五彩絲線的土耳其長袍，白頭巾包住頭髮，還插上羽毛。厄特根在他面前深深一鞠躬，告訴勞倫斯他是大臣哈珊．穆斯塔法帕夏。勞倫斯隱約記得帕夏是頭銜而不是姓，指的是高級官員。

請高官來總好過直接動武。厄特根介紹完畢，勞倫斯尷尬地開口說：「長官，容在下道歉……」

「免了，免了！夠了吧，別再提這件事。」穆斯塔法的法文遠比勞倫斯流利，口才壓過呑呑吐吐的勞倫斯。他熱情地伸手握起勞倫斯的手，厄特根兩頰通紅、怒目而視，但穆斯塔法揮揮手阻止他們道歉或解釋，說道：「你眞倒楣，給那些討厭的畜牲騙了。不過就像我們學者說的，野生的龍就像惡魔的僕人，不識先知穆罕默德。」

無畏聽了大怒，然而勞倫斯好不容易鬆了口氣，沒心情爭吵。「長官，感謝您，您太仁慈了。在下已經辜負您的好意，怎敢再麻煩——」

「什麼話！」穆斯塔法毫不在意，「隊長，我們當然歡迎你，你遠道而來啊。跟我們進城吧，願蘇丹平安，他慷慨下令讓你們住進皇宮。我們幫你們備妥房間，也爲你的龍準備了涼爽的花園。旅途勞累，要好好休息以補充精神，別再想不開心的誤會了。」

「您的建議比我的任務吸引人多了。」勞倫斯說：「很感謝能讓我們吃點東西，可是我們不能在此逗留，必須盡快啓程，我們是照協議來拿龍蛋的，要立刻將蛋帶回英國。」

穆斯塔法的笑容一時間動搖了，他雙手仍緊包著勞倫斯的手，叫道：「隊長，您該不會白跑了一趟吧？要知道，我們不能把蛋交給你。」

譯註：

❶：撒馬爾罕（Samarkand），爲今烏茲別克斯坦東南部的大城，地處古代絲路與中東的交界。

❷：伊斯法罕（Isfahan），位於今日的伊朗，爲文化古都。

❸：金角灣（Golden Horn），位於伊斯坦堡的天然港灣，也是昔時重要的商業與軍事據點。

❹：吉兆門（Gate of Felicity），爲鄂圖曼皇宮裡的宮門，門後爲第三大庭，有蘇丹接待使者用的謁見室。

II

第六章

小小的象牙噴泉由數個開口中噴出一片涼快的水霧，凝在低垂池上的柳橙葉與果實上頭，成熟的果實輕顫，陣陣飄香。無畏大吃一頓，昏昏欲睡地躺在涼亭欄杆下的皇宮園子裡，身上光影片片。小傳令兵幫他清理完身子，窩在他身旁睡了。房間美得像童話故事，寶石藍和白色的瓷磚鋪滿地板到天花板間的整面牆壁，窗板鑲著珠母貝，窗座包著天鵝絨，地上堆的厚地毯帶著千萬種紅色色調，房間中央的矮檯子立著一只高及一人的彩繪花瓶，瓶身滿是花與藤。勞倫斯恨不得把那瓶子擲到房間另一端，丟個粉碎。

「太過分了。」葛蘭比邊走邊罵個不停，「用一堆藉口哄我們，又無恥地阿諛奉承，幾乎還指控亞茅斯那個可憐蟲是小偷——」

稍早，穆斯塔法滿口道歉，遺憾萬分。他解釋說，因爲出現新狀況，事情延遲了，土英兩國並未簽下協議，而英國大使意外身亡時，也還沒付款給他們。情況很不尋常，勞倫斯聽了他的理由，滿腹懷疑，要求立刻帶他們到大使住處找他屬下。穆斯塔法有點不安，承認大使死後，屬下全都火速去了維也納，只有他的秘書詹姆士．亞茅斯消失無蹤。

穆斯塔法攤著手說：「不是說他人品不端正，不過金子可是很大的誘惑。」他在暗示什麼，顯而易見。「隊長，眞對不起，可是你要了解，錯不在我們。」

「我半個字也不相信，不可能。」葛蘭比憤憤地說，「協議還沒談成，他們不可能送信到中國，叫我們來——」

「沒錯，太詭異了。」勞倫斯同意道，「只要協議有一點不確定，藍登的命令就會大爲不同，他們一定想違約，又要盡量保住顏面。」

勞倫斯提出質疑，穆斯塔法總是微笑以對，重複道歉，再次提出邀請，隊員又髒又累，目前沒別的對策，勞倫斯只好接受了，心想他們在城裡安頓好，也好找出眞相，想辦法彌補。

他和部下被帶到內庭兩座精巧的涼亭裡，亭子旁是豐茂的草地，亭子大到無畏能在草地上休息。宮殿蟠踞在博斯普魯斯海峽入海處，和黃金角之間狹長的爪狀地帶，他們降落時，四面八方都是無邊美景：一望無際的海平面與水面上船隻的熙來攘往。勞倫斯這才醒悟，他們一腳踏進了鍍金的籠子裡。宮殿周圍的風景之所以無與倫比，是因爲宮殿所在的丘陵被高牆環繞，牆上無窗，完全阻隔與外界的聯繫。他們房間雖然能俯望大海，窗外卻裝了鐵欄杆。

從空中看，涼亭似乎和蔓延的宮殿建築相連，然而，二者之間其實只有開放式的遮頂迴廊，而所有能通到宮殿中的門窗都上了鎖，禁止進入，蓋上窗板黑漆漆的，不讓他們一窺究竟。平台階梯上有許多黑奴守衛，園子裡，喀西利龍曲著身子蜷成一團團，瞇著閃亮亮黃眼注視無畏。

穆斯塔法好客地歡迎他們，確定他們確確實實被關起來，空洞地承諾馬上會回來，接著就不見蹤影。在那之後，聽到三次穆斯林召集禮拜的喊聲，並把自己漂亮的監牢仔細探索了兩遍，穆斯塔法仍沒回來。他們想到涼亭下的園子裡跟無畏講話，守衛並無異議，然而勞倫斯指著他們身後通向他處的鋪石步道，他們卻搖頭禁止。

皇宮近在眼前，他們能由平台和窗邊看盡宮內的生活，卻不得越雷池一步，實在令人挫折。宮裡的人忙碌來去，大臣裹著高高的頭巾，僕人端著盤子，年輕侍從帶著籃子或信籤來回狂奔，甚至有位黑衣長鬍子，貌似醫生的男士進了不遠處他自己的亭子裡。許多人好奇地看著牆這頭的勞倫斯和他隊員，男孩都慢下腳步，望著那幾隻坐在園子中的龍，不過叫他們都沒反應，只謹慎地快步離去。

「看啊！那邊的是女人嗎？」杜恩、哈克萊和波提斯上半身幾乎都趴在涼亭欄杆上，推擠搶著望遠鏡，不顧身下二十呎處是硬邦邦的石板地，一心只想看到園子對面一景。一位大臣正和女人說話——不過那人臉上的薄絲巾顏色太深，從頭包到肩膀，只看得到雙眼，根本無從確定她不是男人或猩猩。天氣雖熱，她裙外卻披了一件長袍，露出腳上鑲寶石的拖鞋，長袍前方深深的口袋連雙手也遮去了。

勞倫斯嚴厲地喚著：「波提斯先生！」這位年紀稍長的見習官正把手指放到嘴邊，準備吹口哨。「你沒什麼事好做的話，就幫無畏挖個新糞坑，等他方便完再幫他填上。現在就去！」波提斯羞赧地溜走，杜恩和哈克萊隨即放下望遠鏡裝無辜。薩基靜靜地從他們手上接過望遠鏡，這時勞倫斯正開口說：「至於你們兩位——」不料，連薩基也拿起望遠鏡看戴著面紗的女人。勞倫斯又氣又難過，咬著牙說：「先生，拜託你別跟著對宮女拋媚眼。」

「她不是後宮的妃子。」薩基說，「後宮在南面的高牆之後，裡面的女嬪禁止到外面來。隊長，她若是後宮的宮女，我們能看的地方還更少呢。」他驀然由望遠鏡旁抬起頭，只見女人轉過身來看他們，她全身沒被長袍蓋住的地方，只有那一小道白皙的肌膚，卻足以露出一雙黑眼。

幸好她沒叫出聲。不一會兒，她和大臣就走出他們視線外。薩基闔起望遠鏡交還勞倫斯，毫不在意地走開，勞倫斯的手握緊鏡筒，待薩基離去之後，對杜恩和哈克萊說：「你們去幫忙貝爾先生，他正在處理新的皮革。」他不想讓他們成為薩基的代罪羔羊，只好努力忍耐，不給他們更重的懲罰。

他們心懷感激地跑走，勞倫斯又一次在亭裡來回踱步，走到遠端俯望城市和金角灣。天色漸深，這天晚上穆斯塔法是不會來了。

最後一次召集禮拜時，葛蘭比來到他身旁，說道：「今天就浪費掉了。」遠近清真寺喚拜人拉著嗓子召集禮拜的喊聲交混，其中一個聲音聽起來很近，想必來自隔開他們庭院和後宮的石磚高牆後。

清晨，呼喚聲叫起了勞倫斯。他開著窗板睡覺，好讓涼風吹入，而且夜裡抬頭就能看到外面，確定無畏在宮牆燈籠怪異的光芒下安全熟睡著。他們又聽了五次喚拜聲，仍然沒有消息。沒人來訪，沒傳來隻字片語，沒任何跡象能證明有人知道他們來，僅有幾名僕人安靜迅速地送來午餐，他們沒來得及問話，僕人就離開了。

薩基應勞倫斯要求，試著用土耳其文說服守衛，但守衛口齒不清地聳聳肩，對他們張開口，只見舌頭已被殘忍地割去。請守衛送信，守衛都堅持地搖頭，不知是不願離開崗位，還是奉令隔離他們。

黑夜逐漸降臨，葛蘭比問道：「他們收賄賂嗎？要是有幾個人能出去就好了。這座該死的城裡一定有人曉得大使的職員發生了什麼事，不可能所有職員都離開。」

「要是有東西能賄賂他們，說不定可行。」勞倫斯說，「約翰，我們手頭非常緊，即使要給他們，他們也會嗤之以鼻。被發現幫我們的忙，不丟小命也會丟工作，那麼點錢大概不夠讓我們溜出去。」

「不然就讓無畏搗掉一面牆放我們出去，這樣至少能引來一點注意。」葛蘭比一股腦兒坐到最近的臥榻上，看來不全像開玩笑。

「薩基先生，請你再幫我翻譯一下。」勞倫斯說著，再度去找守衛講話，守衛一開始和善地容忍被軟禁的貴客，但一天被騷擾六次，他們顯然開始不耐煩了。勞倫斯對薩基說：「請告訴他們，我們還需要燈油和蠟燭，也許再來點肥皂和廁紙。」好讓氣味好聞點。

他的願望成眞了。守衛叫來勞倫斯看過的一名年輕侍從爲他們張羅東西，男孩拿到銀幣，又驚又喜，同意幫他們帶封信給穆斯塔法。男孩先遣去拿蠟燭和那些玩意兒，以免守衛起疑，勞倫斯備好紙筆坐下，盡可能寫出一封嚴肅的正式信函，希望讓那位滿臉帶笑的先生明白自己不想靜靜待在客房。

勞倫斯讀他寫的法文信給無畏聽，無畏問道：「你第三段開頭這裡，是什麼意思？」

勞倫斯說：「您對我們的疑問毫無回應，不論用意爲何——」

「噢。」無畏說：「那不該寫*dessin*，用*conception*比較好。還有啊，勞倫斯，你應該不會想照英文說，你是他謙恭的『僕人』吧。」

「親愛的，多謝了。」勞倫斯改掉那句，猜想許久，還是拼錯了「樂於」的法文。男孩已經帶著一籃蠟燭和香味撲鼻的一塊塊小肥皂回來，勞倫斯寫完後，摺起信交給男孩。

男孩不太謹愼地握著錢幣快步離開，葛蘭比說：「希望他別把信丟到火裡。不過穆斯塔法說不定也會燒了信。」

「反正今晚不會有什麼消息了。」勞倫斯說，「趁能睡的時候睡吧。等不到答案的話，明天再考慮衝去馬爾他。這裡岸邊的砲台不多，要是我們帶一艘一級艦或幾艘巡防艦回來，他們的答覆一定不同。」

無畏從外頭喊著：「勞倫斯！」將他由栩栩如生的出航夢境中喚醒。風向變了，將噴水池的水花吹到他身上，勞倫斯坐起身，揉揉他濡濕的臉回道：「什麼事？」

他睏倦地走到水池旁洗臉，接著走下園子，禮貌地對打呵欠的守衛點點頭。無畏分心了，好奇地蹭著他說：「味道眞好聞。」

勞倫斯明白無畏說的是香皀味，不快地說：「我可要把味道搓掉。你餓了嗎？」

無畏說：「要吃東西是好，不過我有事要告訴你。我一直在跟畢賽德和雷拉茲說話，他們說他們的蛋馬上就要孵化了。」

「你說誰？」勞倫斯疑惑地問，他看了眼那兩隻喀西利龍，他們眨著亮晶晶的雙眼，略帶興味地回望。「無畏，我們要拿的蛋是他們的嗎？」

「是啊，還有其他兩顆蛋，不過另外兩顆還沒硬化。」無畏說著，加了句：「應該吧。」他又說：「他們只會一點法文和一點龍語，不過他們是用土耳其文跟我說的。」

消息太驚人了，勞倫斯沒注意其他的話。英國自從開始有計畫地培育龍之後，就一直想得到噴火龍的家系。亞金科特之役❶後，引入幾隻光榮之焰，但最後一隻不到一世紀前死了，之後便從未成功過。法國和西班牙臨近英國，不想讓英國得到那麼大的優勢，自然不會答應給他們，而土耳其人向來和英國人一樣敵視異教徒。

「二十年前，我們還跟印加帝國談判過，可是一無所獲。」葛蘭比興奮得滿臉通紅，「我們花了一大筆錢讓他們答應，他們似乎很樂意，結果隔天卻把我們帶去的絲綢、茶葉和槍全數退還，把我們趕了出來。」

勞倫斯問：「記得我們給他們多少錢嗎？」他聽了葛蘭比說的金額，不禁坐倒在地。雪拉茲得意地用她的破法文說，她的蛋可更值錢了，貴到幾乎不可思議。

「老天，眞不敢想像要怎麼籌到那麼多錢。」勞倫斯說，「那麼多錢，都可以建六艘一級艦加兩艘運龍艦了。」

無畏端坐著，尾巴緊緊繞在身邊，膜狀頭冠立了起來，問道：「那些蛋是用買的？」

「怎麼——」勞倫斯大感意外，這才明白無畏不知道這幾顆蛋得用錢換來。「是啊，是用買的，不過你也知道，你的新朋友不反對把蛋給我們。」他緊張地望著那對喀西利龍，把蛋給別人，他們似乎眞的不以爲意。

但無畏不耐煩地抽一下尾巴，反駁說：「我們會好好照顧龍蛋，他們當然不反對。可是你說過，買下一個東西，就能擁有它，可以隨自己高興處置。我買了牛，就能把牛吃了；你買下一座莊園，我們就可以住進去；你爲我買珠寶，我就能戴。蛋是財產的話，孵出來的龍也是財產，難怪人們把我們當奴隸對待。」

他的話很難回答，勞倫斯生長在鼓吹廢奴的家庭，當然明白不應買賣人口，這番道理他不可否認，然而，龍和作奴隸的可憐人兩者的狀況，顯然有極大的差異。

「蛋孵出來以後，我們並不能控制小龍的行爲。」葛蘭比的補充很有幫助，「可以說，我們只是買下一個機會，能說服他們和我們合作。」

然而，無畏目光中露出敵意，說道：「要是他們孵出來，想回這裡呢？」

「喔，這個嘛……」葛蘭比啞口無言，一臉尷尬。不願被馴服的野龍通常會被送到繁殖場。

「你想想，我們帶他們回英國，至少你有機會改善他們的生活。」勞倫斯試著安撫他，但無畏沒那麼容易安撫，依舊在園子裡蜷著身子想這個問題。

葛蘭比跟勞倫斯一起進亭子裡時，以詢問的語調擔心地問：「他不會善罷甘休吧。」

「是啊。」勞倫斯煩惱地說。他的確期望回家之後能稍微改善龍的狀況，相信只要上級同意那樣的方式，藍登司令和空軍其他高級將領一定很樂意接受。勞倫斯和無畏計畫造一個中國式的龍亭，亭子下有加熱用的石頭，還有水管引來溫泉，無畏最愛了。鞏肅可以傳授其他廚師龍食物的做法，忠誠號會載西方也能用的讀書架和寫字沙台回去。無畏的語言天賦獨一無二，對書本的愛好也異於常龍，勞倫斯心裡懷疑，大部分的龍可能都沒興趣讀書寫字，不過至少這點興趣可以輕易滿足，花不了大錢，又不會激起異議。

空軍自己有權、有資金達成這些事，但其他事情政府不太可能同意，勞倫斯不敢擔保能讓他們接受。龍叛變的話，會舉國譁然，反而不利於龍的處境，而海軍部不信任龍的偏見將更難動搖。雙方的衝突會嚴重影響戰爭，光是造成的混亂就可能毀了一切，英國的龍隻不足，要擔心他們能不能保家衛國都來不及了，根本顧不著薪資或法律權利的問題。

他不禁懷疑受過正統訓練的合格隊長，說不定比較會疏導龍的精力，不會讓無畏如此不滿，心有旁騖。他原想請教葛蘭比的意見，問他這種狀況尋不尋常，不過他可不能請下屬幫忙管無畏。況且什麼建議可能都沒用了。以五十萬英鎊買下龍蛋，差只差在孵化地是英國或鄂圖曼土耳其，居然就說是奴役，太沒道理，而且有理也說不清。

他撇開這些念頭，問葛蘭比：「蛋開始硬化，我們還有多少時間？」風由面海的拱廊吹來，他伸手去感覺，在腦中計算思考從馬爾他帶艘船來要多久。只要無畏休息過，先餵飽，應該能在三天內飛到馬爾他島。

「一定只要幾個星期，不過沒看到蛋，不敢說是三週還是十週，即使看到蛋也不能確定，還是問凱因斯比較準。」葛蘭比說，「可是，我們可不能最後一刻才拿到蛋。這些龍不會像無畏一樣，跳出蛋裡就會三種語言，無畏那樣我還是第一次聽到。我們得立刻拿到蛋，開始跟蛋說英文。」

「唉，該死。」勞倫斯根本沒想到語言的事，他極煩惱地垂下手來。無畏的蛋是在孵化前一星期奪到的，孵化後發現無畏會說英文，訝異的是剛孵出的生物會說話，殊不知會英文有什麼不尋常。他的訓練果真有漏洞，而語言又是另一項刻不容緩的因素了。

勞倫斯努力故作輕鬆，說道：「但蘇丹貴爲君王，怎能不聞不問，容忍該進他寶庫的五十萬英鎊憑空消失，領土上還死了一名大使？長官，照您說的情況，蘇丹對盟友有敬意的話，應該更關心才是。」

「隊長，我跟你保證，事情正在調查中。」穆斯塔法熱切地回答，一邊試圖塞一盤蜜漬甜點給他。

話說穆斯塔法午後一點鐘終於出現了，沒現身的藉口是忙著處理意外的國事。他帶了豐盛的午餐和眩目的表演來向他們賠罪。兩打以上的僕人鬧哄哄地在周圍忙碌，在平台上爲他們鋪了毯子和坐墊，圍著大理石水池。僕人還從廚房陸續端出大盤菜餚，有香味四溢的土耳其肉飯、一團團茄子泥、萵苣葉和青椒塞著肉和米，串燒和薄片烤肉傳出誘人的濃濃香氣。

無畏把頭靠在欄杆上看著他們吃午餐，聞到烤肉時更期待了，雖然一小時前才好好吃了兩隻嫩羔羊，這時卻看上離他不遠處暫放的一盤肉，偷來就三兩口吞下。僕人回來時，只能乾瞪著僅留刮傷和牙痕的空盤子。

穆斯塔法擔心大餐不能轉移他們的注意，還帶了樂師奏出喧鬧的音樂，與一群穿著半透明燈籠褲的舞伶。她們身上披的紗巾遮不了什麼，迴旋舞看起來很猥褻，年輕軍官興奮地喝采，勞倫斯看了卻不好意思。最過火的是步槍手，波提斯學乖了，但杜恩和哈克萊年紀小，精力旺盛，表現得毫不知恥，居然想抓住舞動的紗巾，吹口哨起鬨；杜恩甚至單膝跪起，伸出手去，結果給李格斯上尉機警地擰住耳朵拉下來。

勞倫斯倒不受誘惑。舞伶是索卡西亞美女❷，四肢白皙，眼睛烏黑，但穆斯塔法這場盛宴擺明是要讓他們分心，因此勞倫斯心裡的怒氣勝過了一切的欲望。他試圖和穆斯塔法說話時，一名舞伶直接舞向他，展開雙臂展示她幾乎衣不蔽體的傲人酥胸，扭動胸臀。此舉見效了。她優雅地坐上他的臥榻，公然向他伸出纖細的雙臂，就這麼讓他開不了口。以勞倫斯的個性，也不可能強行把女人推開。

幸好有個守護者讓他保住貞潔。嫉妒的無畏探頭進來懷疑地打量她，看了她全身上下閃亮亮的金鍊子，瞇起眼睛哼了一聲。女孩沒料到會有這種狀況，從臥榻上一躍而起，躲回她同伴身邊。

勞倫斯終於能逼穆斯塔法回應了，但這位帕夏卻敷衍他，模稜兩可地保證一定會調查出結果：「快了，快了，隊長，要知道政府的事務繁忙啊。」

勞倫斯唐突地說：「長官，我曉得您可能為了方便而延遲這件事，不過未免拖得太久了，所有事項都懸而未決，您恐怕不會喜歡我們耐性用完的後果。」

他只能、也只該做出這種程度的威脅。不過蘇丹的大臣都明白，英國海軍就在不遠的馬爾他，這城市將無法承受封鎖或海上的攻擊。果不其然，穆斯塔法抿緊雙脣，啞口無言。

勞倫斯又說：「長官，我不是政客，不會用優雅的言詞包裝我的意思。不過您也清楚時間很緊迫，卻無緣無故耽擱我，難道不是刻意爲難嗎？敝國大使過世，秘書失蹤，他屬下明知我們會來卻全數離開，還有那麼大筆錢不翼而飛，我可沒那麼容易相信。」

不料穆斯塔聽了，卻坐起來攤開手說：「隊長，我該怎麼讓你相信呢？讓你去他宅邸親自視察，你會滿意嗎？」

勞倫斯意外地楞了一下，他原來就想說服穆斯塔法讓他去，沒想到對方自己提了。他答道：「有這個機會太好了。我還要跟留在他家附近的傭人談談。」

午餐後不久，一對啞巴守衛來護送勞倫斯去視察。葛蘭比說：「不太對勁。你應該留在這裡，我跟馬丁、迪格比去，我們會把能找到的人都帶回來。」

勞倫斯說：「他們不太可能讓你隨意帶人進皇宮，無畏還有二十幾人在這兒，可以把消息帶出去，他們不可能那麼不智，當街謀殺。不會有事的。」

無畏在北京已經習慣自由走動了，而且之前都在野外，行動都沒受限制，這時不滿地說：「我也不想讓你去。爲什麼我不能一起去啊？」

「這裡的情形恐怕和中國不同。」勞倫斯說：「他們不會讓你在伊斯坦堡的街上走，就算讓你上街，群眾也會驚惶失措。咦，薩基先生上哪去了？」

疑惑的寂靜持續半晌，大家左右張望，卻不見薩基的蹤影。一問之下，發現前一晚之後就沒人見過他，接著迪格比說，他的小鋪蓋捲得整整齊齊，還捆在他們行李中，沒人用過。

勞倫斯抿起嘴，嚴肅地說：「很好，我們不能指望等他回來，拖延了事情。葛蘭比先生，薩基回來的話，請派人看守他到我跟他談過爲止。」

葛蘭比消沉地說：「是，長官。」

勞倫斯楞楞地站在大使雅致的宅邸外，腦裡不禁躍出他要跟薩基講的話，窗板緊閉，門上了門，門廊前開始積灰塵和老鼠屎。他比手畫腳表示要見僕人，守衛卻不解地看著他。他還跑去附近的房屋打聽，結果沒人聽得懂半句英文、法文或他的破拉丁文。

勞倫斯跑了三間房子，無功而返，這時迪格比對他說：「長官，那邊那扇窗好像沒鎖，馬丁先生抬我一下，我應該能爬進去。」

勞倫斯說：「很好，小心別摔斷脖子就好。」他和馬丁一起把迪格比抬到搆得著陽台的地方，對於飛行中能在龍身上爬來爬去的男孩來說，翻過鐵欄杆並非難事，窗戶雖然開一半便卡住，但小少尉很瘦，還是鑽了進去。

迪格比從裡面打開前門時，守衛不安地發出含糊的抗議，勞倫斯不理他們，帶著馬丁進去。他們踩過門廳地上的草桿和污跡，灰塵上的光腳印，四處都是匆忙打包離開的跡象。房裡光線昏暗，打開窗板時還傳來回音，家具原封不動蓋著白床單。廢棄的屋子沉默而陰森，樓梯間的大鐘喃喃發出低沉的滴滴聲，在寂靜中彷彿怪異的巨響。

勞倫斯上了樓，走過一排房間，房裡雖然有些散落的紙張，卻都是打包時留下的紙屑，有撕碎的報紙，也有引火的碎紙片。他在一間大臥房書桌下找到的紙上，是女士的筆跡，其中內容很平常，是開心的家書，寫著她兒時的事與異邦趣聞，但只寫半頁就中斷了，他放下信紙，為侵犯他人隱私而愧疚。

走廊盡頭的小房間應該是亞茅斯所有，房裡看似屋主一小時前才離開。房中掛著兩件外套、一件乾淨的襯衫、一套晚禮服、一雙扣帶鞋，書桌上整整齊齊地放著一瓶墨水和一枝筆，抽屜裡有浮雕女性面容的小貝殼，書架上還留著書。然而，文件都被帶走了，至少沒留下有用的訊息。

他一無所獲地下樓，搜過樓下的迪格比和馬丁也沒比較幸運。屋裡雖然髒亂，家具都沒搬走，幸好沒有打劫或謀殺的跡象，看得出他們匆忙離開，不過似乎不是被人強逼的。大使遺孀突然死了丈夫，他的秘書又失蹤，狀況如此不尋常，還牽涉一筆鉅款，大使遺孀很可能因此帶著孩子和家裡其他人撤離，免得獨自待在舉目無親又和友邦距離遙遠的異鄉。

但寫信到維也納確認，來回要花幾個星期，等到問清眞相，早就沒希望拿到蛋了。況且這裡顯然沒證據可以推翻穆斯塔法的說辭。勞倫斯失望地離開大使宅邸，守衛沒耐性地示意他們快走，迪格比則從裡面閂上門，從陽台爬下跟他們會合。

勞倫斯對馬丁和迪格比說：「謝謝各位，我想我們已經盡力找過資訊了。」他覺得不用讓他們一起染上消沉的情緒，於是跟著守衛回河邊時，努力隱藏自己的焦慮。勞倫斯滿心憂鬱，只注意不在人潮中和守衛走散，沒注意周遭。大使的宅邸是在金角灣對岸的貝尤魯區❸，這區到處都是外國人和商人，去過北京之後，這裡的街道顯得狹小，街上十分擁擠，商人在店門外招呼，叫聲嘈雜，只要和路人四目相交，就想拉人進店裡。

他們來到岸邊時，群衆突然散開，喧鬧聲也平息，房舍和商店全都關起門窗，不過時而可見布簾後冒出臉來仰望天空，隨即縮回去。上空閃過寬大的黑影，一時間遮蔽了陽光，龍隻低空飛過他們頭上，近到能算出守望員的人頭。勞倫斯想停下來仔細看看怎麼回事，爲何龍會在人口稠密的地區徘徊，打斷了白天的商業活動，但守衛抬頭一望，露出了然於心的表情，催促他們前進。龍身影下的街道上只有三、五行人，來去匆匆，一條狗有勇無謀地站著吠叫，叫聲傳遍河岸，天上的龍隻彼此喊話，就像人對身旁嗡嗡叫的蒼蠅一樣，毫不在意那條狗。

他們的渡船夫懷裡抱著錨纜繩不安地等著他們，似乎差點沒丟下他們跑走。他們從山丘上下來時，他心急地招手催促。渡船划過河，勞倫斯在船上轉身看，剛開始以爲那五、六隻龍是在空中嬉鬧，後來才發現龍隻正拖著粗纜繩，纜繩另一端連至港邊，原來他們拉的是一輛貨車，貨車上載的正是一座座長管砲。

到達對岸，勞倫斯搶在守衛前跳下船，到碼頭邊看個仔細。他看出龍在做的事不是小工程。一堆吃水很深的駁船停在港裡，船上數百人正在安放下一車的貨物，而一群馬和騾雖然和龍靠得很近，卻仍然平靜，或許是因爲龍在空中，牠們沒看見。船上的貨不只大砲，還有砲彈、火藥桶及一堆堆磚頭。這麼多的物資大概要好幾星期才搬得上山丘的陡坡，龍卻一眨眼就完成了。山丘上，龍隻將龐大的砲管放在靜候的木座上，動作有如人搬木板一樣輕而易舉。

勞倫斯不是唯一的好奇觀眾，一大群城裡的人正聚到碼頭旁觀看這一幕，懷疑地交互低語。離他們十碼左右，一隊戴有羽飾頭盔的土耳其禁衛軍看得皺起眉頭，焦慮地伸手把玩自己的卡賓槍。一個有生意頭腦的青年正準備讓圍觀民眾租用望遠鏡，望遠鏡倍率不大，鏡片也花了，但至少能看清楚點。

回到住處，勞倫斯在牆邊洗手盆洗去手和臉在路上沾到的塵土，憂心地對葛蘭比說：「應該是九十六磅的砲，最多大概二十座，應該已經有不少安置在亞洲側的岸邊。只要有船進到射程內，這座港就會變成死亡陷阱。」他把頭泡進水裡一陣子，然後使勁擰乾頭髮，他心想，再不找理髮師，不久他就得用劍削去髮尾了。他頭髮的長度總是不夠好好編條辮子，光會扎人，濕的時候滴水滴個不停。他又說：「他們根本不怕讓我看見。守衛成天催我們快走，可是好像樂於讓我停下來看個夠。」

葛蘭比同意地說：「穆斯塔法可能對我們嗤之以鼻吧。對了，勞倫斯，可能還不只港口的事——嗯，你自己來看吧。」於是他們走到園子那一側。喀西利龍離開了，換了另外一打龍隻坐在無畏周圍，園子變得很擁擠，有些龍只得趴在其他龍身上。

不過，無畏卻認眞地說：「不是啦，他們都很友善，只是來聊天的。」他已經能用混合土耳其文和龍語的法文跟他們溝通了。他努力地重複幾次，將勞倫斯介紹給土耳其龍，龍隻禮貌地向勞倫斯點頭致意。

「想立刻離開的話，他們還是會爲難我們。」勞倫斯斜眼瞟著土耳其龍。以無畏的體型而言，他的動作非常快，但信差龍一定追得過他，勞倫斯認爲有幾隻中型的龍也可能趕上他，拖延到體型和他相近的龍隻前來。

至少他們不是討人厭的看門狗，而且知道的還不少。勞倫斯告訴無畏他看到的情景，無畏說：「是啊，有些龍有說到港口的作業，他們是來城裡幫忙的。」來訪的龍樂意地證實許多勞倫斯臆測的事：他們帶來很多大砲，正在強化港口戰力。「聽起來眞有趣。可以的話，還眞想去看。」

「我也想靠近點，親眼看看。」葛蘭比說：「不知他們怎麼有辦法用馬匹？讓牛隻待在龍周圍就很恐怖了，牠們沒瘋狂亂竄已經是萬幸，根本不可能讓牠們工作。看不見龍也不夠，馬匹在一哩外就能聞到龍味。」

「穆斯塔法恐怕不會讓我們就近觀察他們的作業。」勞倫斯說：「他雖然讓我們隔著港口看一眼，知道攻擊無效，但是讓我們看他的底牌，又是另一回事。他有送什麼消息來，再解釋什麼嗎？」

「啥都沒有，而且你走了之後，薩基依然沒半個影子。」葛蘭比說。

勞倫斯點點頭，重重坐到台階上，片刻之後才開口：「我們不能再透過大臣和官方的管道進行了，時間太趕，我們得要求謁見蘇丹，由他仲裁，他們才可能馬上合作。」

「如果是蘇丹要他們一直拖延我們——」

勞倫斯說：「他沒理由破壞關係，尤其奧斯特里茲之役❹之後，拿破崙離他們階更近了。他想留著龍蛋，等於公然選擇和我們斷絕關係。可是，只要有他的大臣調停，他可以拿他們當擋箭牌，不讓他和其他國家表態。也難講，說不定拖延起於某種私下的政治糾葛。」

譯註：

❶：亞金科特之役（the battle of Agincourt），此役中，英王亨利五世率領的英軍，以寡擊衆，大敗人數爲其三倍的法軍。

❷：索卡西亞人（Circassian），泛指居於北高加索的人。

❸：貝尤魯區（Beyoglu），位於伊斯坦堡的歐陸側，隔金角灣與伊斯坦堡古城相望。

❹：奧斯特里茲之役（the battle of Austerlitz），又稱三皇會戰，一八〇五年奧皇、沙皇領軍的奧、俄同盟與拿破崙領軍的法軍，於奧斯特里茲附近交戰，法軍大勝，瓦解了第三次反法同盟。

第七章

晚上，勞倫斯忙著寫信，這封信直接寫給大宰相，用詞更慷慨激昂。結果他花了兩枚銀幣才把信送出去，侍童發覺自己職位的好處，勞倫斯給他第一枚銀幣，他手還直直伸著，默默期盼地望著勞倫斯，直到收了第二枚才肯放下。侍童臉皮雖厚，勞倫斯卻沒別的辦法。

那天晚上沒等到回音，但隔天天才剛亮，一位高大體面、精神抖擻的男人帶著幾位黑人宦官守衛，快步走進他們庭院。那人造成一陣騷動才來到花園，勞倫斯和無畏坐在那兒，正在苦思另一封信。

勞倫斯還以為終於有了回應。來者顯然是某個官階的軍官，他一身長飄飄的繡邊皮外套，和其他土耳其包頭巾的軍人不同，留著一頭短髮，因此顯然是空軍，而且由胸前鑲寶石的閃亮沙蘭克徽章[1]看來，還是天賦優異的飛行員。土耳其很少授與這種榮譽勳章，勞倫斯之所以能認出，是因爲尼日河之役戰勝後，納爾遜勳爵獲頒過。

軍官提到畢賽德的名字，勞倫斯覺得他可能是那隻喀西利公龍的隊長，但他的法文不好，勞倫斯剛開始以爲他說話太大聲，是爲了讓人聽懂他的話。他又講了一陣子，句裡字字都黏在一起。講完之後，他轉身照樣口齒不清地對一旁的龍說話。

無畏憤憤不平地說：「可是我說的都是實話啊。」勞倫斯還在用他勉強聽出的單字推敲意思，這才曉得軍官說話如連珠砲是因爲氣極敗壞，而非咬字不清。

軍官甚至在無畏的利齒前揮著拳頭，激動地用法文對勞倫斯說：「他再騙人，就——」說到這兒，他將手劃過喉嚨，意思不言而喻。他沒頭沒腦地說完，轉身衝出園子。幾隻龍跟著乖乖躍入空中飛走，顯然並非奉命看管無畏。

園子裡安靜下來，勞倫斯問道：「無畏，你跟他們說了什麼啊？」

「我只說了財產的事。」無畏說，「還有他們應該拿薪水，不願意的話就不用上戰場，可以多做點其他工作，像他們在港口做的事，或別種可能有趣點的勞動。工作了就能賺錢買珠寶和食物，隨心所欲在城裡來去——」

「老天啊。」勞倫斯呻吟了聲，土耳其軍官聽到自己的龍說不想打仗，想做無畏照中國經驗提出的詩人、保母等工作，會作何感想可想而知。「拜託馬上請其他龍離開，不然的話，我敢說其他土耳其空軍的軍官都會連番來抱怨。」

「來就來啊。」無畏固執地說，「他沒走的話，我可有不少話要跟他說。他要是在乎他的龍，就會希望龍自由幸福。」

勞倫斯說：「你可不能鼓動他們變節。無畏，我們在這裡作客，有求於人，他們大可以不給我們龍蛋，讓我們前功盡棄。你也看得出來，他們已經百般阻撓，可不能再給他們理由爲難我們。我們最好搏得主人好感，別冒犯他們。」

「蛋是龍的，爲什麼要討好人類？」無畏說：「說實在，我們何不跟龍隻們談判呢？」

「龍蛋不是他們自己照顧、孵育的，他們把蛋給了隊長，照顧的權利也交了出去。」勞倫斯說，「若非這樣，我也很樂意和他們談，他們不可能比當主人的更不可理喻。」他有點沮喪地接著說，「可是目前就是這樣，我們要看土耳其人的臉色，不是他們龍的臉色。」

無畏沉默了一下，尾巴不斷揮動，顯然依舊激動。他開口說：「可是他們從沒機會了解自己的處境，也不曉得有龍過得更好。他們跟我看到中國之前一樣無知，要是不告訴他們，一切怎麼可能改變？」

勞倫斯回道：「單單讓他們不滿，惹隊長生氣，也不能改變什麼。反正，我們要以對祖國和戰爭之責爲重。英倫海峽這岸只要有一隻喀西利龍，我們就可能抵擋入侵，逆轉戰事的平衡，無論什麼事，都不會比這種可能的優勢還重要。」

「可是——」無畏欲言又止，用爪子側面搔了搔前額說：「可是我們回去以後，會有什麼不同？要是人不願給龍自由，不只怕他們不給我們龍蛋，這件事本身也會影響英國的戰事吧？要是有英國龍再也不想參戰，也會有影響吧。」

無畏疑惑地低頭看勞倫斯，等他回答。但他也有同感，因此答不出話，無畏明問了，總不能騙無畏。他想不出能讓無畏滿意的答覆，沉默越來越長，無畏的頭冠緩緩垂了下來，癱在脖子上，龍鬚也無力下垂。

「回家以後，你也不想要我說這些事。」無畏說，「你都在哄我嗎？你覺得這想法太蠢，我們不該要求什麼吧。」

「無畏，不是這樣。」勞倫斯輕聲說，「一點也不蠢，你絕對有自由的權利，可是——我覺得太自私了。」

無畏困惑地畏縮了，頭稍稍向後退去，勞倫斯低頭看著自己絞在一塊兒的手。不能再委婉下去，早該說的事拖延太久，他得付出代價，而利息高得驚人。

「我們正在打仗，而且情勢危急。敵國領兵的是從未輸過的將軍，他們國內原有的資源比小小的英倫群島多了兩倍以上。拿破崙領軍入侵過，只要征服歐陸，他就能再次攻來，第二次恐怕會更成功。情勢如此，卻不顧可能對戰事造成的實質衝擊，為了私利發起運動，在我看來只能叫自私。我們有職責在，應該將國家利害置於個人之上。」

無畏抗議著，由深深的胸中吐出他最微弱的聲音：「可是……可是改變不是為了我自己的利益，而是為了所有龍。」

「輸了戰爭，一切都不重要了，付出這麼大代價爭得的改變不也是？」勞倫斯說，「全歐洲將收於拿破崙指掌中，人或龍，誰也不會有半點自由。」

無畏沒答腔，只捲起身子，頭垂到前腳上。

椎心的寂靜延續好久，勞倫斯看他這麼消沉，心裡難過，說道：「親愛的，求求你，有耐心點，等久一點就會得到更好的結果。我保證我們會開個頭，回英國後，我們會找願意聽我們說的朋友，我想我應該能運用一點影響力吧。」他有點豁出去了，「有很多改善的辦法不會阻礙戰爭進行，用這些方式起頭，相信他們很快就比較樂於接受你奢侈一點的想法。」

無畏低聲說：「可是要先打仗。」

「是的。」勞倫斯說，「對不起，我眞不願意讓你痛苦。」

無畏微微搖頭，靠向他蹭了一下說：「勞倫斯，我明白。」接著起身去跟其他龍說話。他們原來仍聚在勞倫斯與無畏身後的花園裡，望著人與龍。他們走後，無畏低頭走開，蜷縮在檜木的樹蔭裡沉思。勞倫斯進亭子裡，由窗格內看著他，沮喪地心想，無畏要是留在中國，會不會快樂點。

「你可以說——」葛蘭比欲言又止，搖了搖頭，同意道：「不行，沒用的。勞倫斯，眞他媽的抱歉，可是你怎麼能安撫他？不能每次想要求能維持一、兩個掩蔽所的資金，或是改善對龍的規定，就答應他貿然到國會發言。即使只是幫他們建涼亭，在家鄉就可能掀起戰爭，這可是他最無害的念頭。」

勞倫斯望著他，靜靜地問：「會危害你的前途嗎？」他們離家一年多，哪個上尉該馴服剛孵化的幼龍是由資深軍官決定的，卻看不到葛蘭比的表現，而每顆蛋都至少有十個人等著，其實葛蘭比的機運不會好到哪兒去。

「希望我沒自私到為這種原因苛責你。」葛蘭比激動地說，「想得到蛋的人，不會無時無刻擔心蛋的事，祈禱沒什麼用。像我這樣新進空軍的人，極少得到龍，大多數的龍都是用繼承的，司令也喜歡用空軍家族的人，不過，要是我有兒子或姪兒，我也離他們太遠，沒辦法助他們前途一臂之力了。對我來說，這樣夠好了，何況還是在無畏這樣一流的傢伙身上服役。」

然而，葛蘭比沒辦法維持開心的語調，他當然想要自己的龍，勞倫斯確定在無畏這種重量級戰龍身上工作，通常能有很好的機會。當然，沒辦法用葛蘭比的前途說服無畏，這種壓力實在不公平。勞倫斯只覺得沉重，在海軍時，他得利於雄厚的影響力，其中大多是努力贏得的，他眞誠地認為他的屬下也有功勞。

他走出亭外。無畏退到花園更遠處，勞倫斯到他身邊時，他仍靜靜窩著，只能由他前方地方抓出的小溝看出他內心憂慮。他頭低垂在前腳上，半瞇的眼中神色飄渺，消沉到頭冠都貼到脖子上了。

勞倫斯不清楚該說什麼，一心只想讓無畏快樂點，要不是騙無畏更會傷了無畏的心，他甚至願意說謊。他走近了點，無畏抬起頭看他，人和龍都沒說話，他只走到無畏身旁，將手放到龍身上，無畏鬆開彎起的前腳，讓他坐進去。

附近鳥舍裡，有十幾隻夜鶯正在鳴唱，有好一陣子，四下只有鳥啼。然後艾蜜莉跑過花園，喊著：「長官、長官！」最後喘著氣跑到他們身邊說，「長官，請您過來，他們要我們交出杜恩和哈克萊，吊死他們倆。」

勞倫斯驚訝極了，從無畏前臂躍下，衝上階梯回院裡。無畏坐起身，焦急地把頭擱在平台欄杆上，幾乎所有隊員都在拱廊裡，吵吵鬧鬧地和看門守衛與其他宦官推擠。那些宦官外表體面，腰上配著金柄短彎刀，粗脖子，顯然沒啞，由此看來，他們地位更高。他們嘴裡不斷吐出咒罵，拽著瘦小的空軍進院子裡。

被抓住的正是杜恩和哈克萊兩人，這兩位年輕步槍手氣喘吁吁，在擒住他們的彪形大漢手中掙扎。勞倫斯放聲大吼：「你們這是什麼意思？」無畏也以低沉的咆哮附和，掙扎止息。空軍退縮了，守衛瞪著無畏，由表情看來，若不是膚色太深，他們也會臉色發白。他們沒放手，不過至少沒立刻拖走兩人。

勞倫斯板著臉說：「好啦，杜恩先生，這是怎麼回事？」他和哈克萊一言不發，不過答案很清楚，他們顯然開了什麼玩笑，驚動守衛。

勞倫斯對看守他們的守衛說：「去找哈珊．穆斯塔法帕夏來。」他重複這名字幾次，那男人不太甘願地望著其他人。一位沒見過的宦官突然命令守衛幾句，那人高大氣派，頭巾高纏，白色布料襯著他的黑皮膚，還戴著紅寶石的金飾。啞巴守衛聽了他的話，終於點點頭，走下階梯，匆匆向皇宮而去。

勞倫斯轉過身說：「杜恩先生，你怎麼解釋。」

杜恩說：「長官，我們沒有惡意，只是想、只是想——」他看了眼哈克萊，但另一位步槍手雀斑下的臉色慘白，睜大眼睛呆住了，無法幫腔。他只好繼續說：「長官，我們只是爬過屋頂，想看看周圍其他地方，然後——然後那些傢伙就開始追我們，我們翻過牆來跑回這裡，想跑進亭子裡。」

「原來如此。」勞倫斯冷冷地說，「你沒先問過我或葛蘭比先生，這麼做明不明智？」

杜恩吞了口口水，又低下頭。接下來是一陣不安難忍的沉默，漫長的等待，不過沒那麼漫長。穆斯塔法就跟在守衛後面，踩著蹉蹉的快步現身。他一臉通紅，神色倉促氣憤。勞倫斯搶先說道：「先生，我屬下擅離崗位，很抱歉造成這麼大的騷動——」

「把他們交出來！」穆斯塔法說，「他們打算進後宮，要立刻處刑。」

勞倫斯一時間沒說話，杜恩和哈克萊身子縮得更低，焦急地看他的臉色。

勞倫斯問：「他們有打擾宮女的隱私嗎？」

杜恩開口道：「長宮，我們沒——」

「住口！」勞倫斯粗魯地說。

穆斯塔法對守衛說了些話，領頭的宦官淘淘不絕地回答。穆斯塔法回身說：「他們看著裡面的女人，對窗內招手。這可是羞辱，除了蘇丹和宦官之外，不准任何人看後宮的女性，或者跟她們交談。」

無畏聽了，用力哼了聲，把噴水池的水花吹向他們臉上，激動地說：「太蠢了吧。我才不會讓我隊員被人處死，而且爲什麼只是跟人講話就要處死，講講話又不會怎樣。」

穆斯塔法沒答腔，只瞇眼打量勞倫斯：「隊長，相信你無意冒犯蘇丹，違抗他的法律。你之前不是還說過我們兩國間禮貌的事？」

勞倫斯聽了他毫不遮掩的威脅，氣得說：「長官，那件事——」但他吞下已到嘴邊的話，沒指責穆斯塔法先前忙得抽不了身，怎麼這下子有空出現。

他克制自己，過一下才說：「長官，您們的守衛或許太著急，誤以爲發生更嚴重的事，在下的軍官一定是只因爲想看女嬪而呼喊，絕沒有看見女嬪。」他又加強語氣說，「那麼做太蠢了，別擔心，他們一定會受懲罰，但宦官自然想防止女嬪受辱，我不會光憑他可能誇大的一面之詞，就將屬下交給你們處死。」

穆斯塔法皺起眉頭，正要爭辯，勞倫斯又說：「要是他們污辱了任何宮女，我會毫不猶豫依貴國法律處置，但只有一名證人指控，實情無法確定，應酌量從寬發落。」

他並沒有把手放到劍柄上，也沒對部下打信號，他雖沒轉頭，但仍在思考他們的位置和放行李的所在。大多行李都收在亭子裡。若土耳其人打算強行抓住杜恩和哈克萊，他就得命令部下拋下一切，直接登龍。無畏起飛前有五、六隻龍升空的話，他們就完了。

穆斯塔法終於開口說：「寬恕可是一大美德。要是兩國關係因不實指控受損，更令人痛心。」他意有所指地看著勞倫斯說：「相信我們易地而處，你也能體諒我們。」

勞倫斯抿起嘴，咬牙說道：「那沒問題。」他很明白自己沒證據，因此必須容忍土耳其人對大使一事解釋不清不楚。但他沒有選擇，他們倆隔著窗子向幾名女子獻飛吻，他雖然眞想擰斷他們脖子，卻不希望手下的年輕軍官因此被人處死。

穆斯塔法揚起嘴角，頷首道：「隊長，相信我們都曉得對方的意思。他們就交由你懲處，你可要確定類似事件不再發生，寬恕一次是仁慈，兩次就不明智了。」

他集合守衛，領到庭院裡，受到自己人低聲的憤怒抗議，他們終於離開視線後，鬆口氣的嘆氣聲四起，還有兩、三個步槍手拍了拍杜恩與哈克萊肩膀——這行爲可要立刻制止。勞倫斯嚴厲地說：「夠了。葛蘭比先生，請在日誌記下，杜恩和哈克萊先生在飛行組員中除名，將他們名字記到地勤名單上。」

勞倫斯不曉得飛行員能不能這樣降職，不過仍擺出不容爭辯的態度，衆人沒有異議，葛蘭比則輕聲說：「是，長官。」他判得很重，即使等兩人學到教訓，回復原職，依然會留有難看的紀錄。要懲處他們，沒別的選擇，離家那麼遠，沒辦法舉行軍法審判，而且他們年紀不小，用藤條責打沒什麼用了。他對部下說：「普拉特先生，把他們關起來，費羅斯先生，我們皮革的庫存，應該還夠做條鞭子吧。」

費羅斯不安地清清喉嚨說：「啊，長官。」

無畏是唯一敢求情的，他打破死寂，說道：「可是，勞倫斯，勞倫斯！穆斯塔法和那些守衛已經走了，你不用打杜恩和哈克萊了——」

勞倫斯堅決地說：「他們擅離崗位，為滿足一時的肉體衝動，危及任務成敗。不行，無畏，不准再為他們辯護。軍事法庭可會為此吊死他們。興奮不成理由，他們該謹慎點。」

他看到那兩個年輕人畏縮，心裡略帶沉重地滿意了。他點點頭，掃視其他隊員，問道：「他們跑走時，是誰值更？」

大家都低下頭來，小索耶踏向前，聲音顫抖粗嘎地說：「長官，是我。」

「你有看到他們離開嗎？」勞倫斯輕聲問。

索耶喃喃地說：「有，長官。」

「長官，」杜恩急著說，「長官，我們叫他別聲張，只是好玩而已——」

「杜恩先生，夠了。」葛蘭比說。

索耶本人倒沒反駁，他進入青春期，長得又高又瘦，但其實只是剛升上見習官的男孩。勞倫斯說：「索耶先生，你無法負起值更的重任，因此降為少尉。去樹上切一節枝條下來，到我房間等著。」索耶顫抖著摀住淚斑斑的臉龐離開。

接著，勞倫斯轉向杜恩與哈克萊，說道：「各打五十鞭。你們已經夠幸運了。葛蘭比先生，十一點鐘在花園集合鞭刑，務必準時敲鐘。」

他回到亭裡，打了索耶十下，十下不算什麼，男孩卻不智地砍了彈性佳的青枝，結果更痛，又容易刮傷皮膚。他哭出來會顏面盡失，勞倫斯連忙說：「好了，別忘記這個教訓。」接著趕在哽咽的男孩哭出來之前遣走他。

接著他拿出上好的衣服，除了中式長袍外，他沒有更好的外套，不過仍請艾蜜莉刷亮靴子，戴爾熨平他的領帶，他自己則到亭外，在小洗手盆裡刮鬍子。他戴上禮劍和最好的帽子，然後走出去，發現其他隊員都穿著作禮拜的裝束，樸素的信號旗旗杆深深插入地中當柱子。無畏挪動腳步，焦急地由上方俯視，一面刨著地。

勞倫斯靜靜地對軍械士說：「普拉特先生，很抱歉，可是一定得做。」普拉特大手抓著節鞭垂在身旁，點點頭。勞倫斯又說：「我自己算次數，你別數出來。」

「是，長官。」

太陽又爬高了點，隊員集合等了十多分鐘，但勞倫斯沉默得一動也不動，直到葛蘭比清清喉嚨，嚴肅地說：「迪格比先生，請敲十一點的鐘。」於是十一點的鐘聲緩緩響起。

杜恩和哈克萊打著赤膊，穿上舊褲子，被帶到柱旁。他們沒丟自己的臉，默默讓人綁起顫抖的手。普拉特憂愁地站在十步之外，手中順著長鞭，每幾吋就打一個結。長鞭看來是舊鞍具做的，久用之下可能已磨軟變柔，至少好過全新的皮革。

「很好。」勞倫斯說。一陣可怕的沉默籠罩眾人，只有一下下鞭打聲劃破寂靜，抽氣和叫聲漸漸變微弱了。一鞭一鞭數下去，他們的身子在旗柱上癱軟，重重垂在手腕下，斑斑鮮血滴落。無畏難過地哀號，把頭藏在翅膀下。

勞倫斯終於說：「普拉特先生，應該五十下了。」其實甚至不到四十，不過他屬下大概都沒仔細數，他自己也無法再忍受。勞倫斯即使在當艦長時，也很少罰十下以上的鞭刑，空軍中則很少有人用這種處罰。杜恩和哈克萊犯的錯雖重，卻還很年輕，看他們變得不守規矩，勞倫斯自己也心痛。

該做的還是得做，他們沒幾天前才得到教訓，受過約束，實在不該如此。如果不糾正他們明目張膽違紀，他們一定會自毀前程。在澳門時，葛蘭比還有心力關心長途旅程對年輕軍官的影響，但海上航程中太過安逸，加上近來連番冒險，遠不如掩蔽所規律的日常生活能給他們壓力，讓他們記得軍人不只要勇敢，還要有紀律。其他軍官，尤其是年輕人，看到懲罰後顯得印象深刻，勞倫斯並不遺憾，他認爲這場不幸的意外至少有這點好處。

他們砍斷繩子，放下杜恩與哈克萊，小心地抬回大亭子裡，放到布簾後凱因斯準備的一對吊床上。他們意識朦朧地輕聲抽噎，凱因斯則抿著嘴，吸去他們背上的血，餵他們喝下四分之一杯的鴉片酊，兩人吃藥之後就靜下來，動也不動地躺著。

那天傍晚，勞倫斯問龍醫官：「他們還好嗎？」

「夠好了。」凱因斯唐突說道，「我已經習慣照顧他們了，他們之前才剛病癒——」

「凱因斯先生！」勞倫斯平靜地打斷他。

凱因斯抬頭看了他的臉，沉默下來，然後將注意力放回傷患身上。「他們可能會發點燒，不過沒什麼大不了。他們年輕力壯，血也不再流了，明早上應該就能起來走動一下。」

「很好。」勞倫斯說完轉身，才發現薩基站在他背後蠟燭的光暈中。薩基看著杜恩和哈克萊，他們裸著背，背上的鞭痕鮮紅，周圍泛紫。

勞倫斯訝異地猛吸口氣，壓抑著怒氣說：「先生，你可回來啦？我還以爲你不會再出現了。」

薩基語調平靜，傲慢地說：「希望我不在這兒，沒爲你們帶來太大的麻煩。」

勞倫斯說：「還嫌你太快回來呢。領了你的錢，拿著行李滾出我視線，你這該死的東西。」

薩基頓了一下，才回道：「喔，你不需要在下服務的話，我就離開吧。我會爲你向馬登先生道歉，我不該替你答應他的。」

「馬登先生是誰？」勞倫斯皺著眉頭問。這個名字熟悉卻模糊，他緩緩伸手進外套口袋，取出數個月前薩基帶到澳門給他們的信，信封口上的蠟封仍在，其中一個蠟封上有個清晰的M字。他直截了當地問：「你說的是那位請你帶命令給我們的先生嗎？」

「是的。」薩基說，「他是城裡的銀行家，阿布斯納先生希望他能找個可靠的送信人，可惜他們只找到我。」他的聲音裡帶了點揶揄。「他邀你去用餐，你意下如何？」

譯註：

❶：沙蘭克徽章（Chelengk），為土耳其表揚英勇的最高榮耀，通常配於頭巾上，主體為花朵襯著葉片、花苞，上方為十三道光芒。

第八章

「走！」薩基說完，他們躡手躡腳到了皇宮牆邊，夜巡的守衛才剛走過。他拋上鉤繩，一行人爬過宮牆，石牆凹凸不平，容易落腳，對船員而言並非難事。外面的園子裡是俯視大海的宮殿，園中一根聳立的巨柱映著弦月。他們跑過草坪，安然遠離空地，進入山邊野生的灌木叢，舊遺跡的象牙色碎屑散落一地，四周都是坍塌的石磚拱門和柱子。

他們還要爬過一座牆，不過這座牆圍繞整片土地，範圍太大，因此巡守不嚴密。翻過牆後，他們下到金角灣岸邊，薩基輕聲呼喊招來一位渡人，他用他那艘濕濕的小舟載他們到對岸。這條支流一如其名，在暗中閃閃生輝，把窗裡燈光和兩岸舟上燈籠的火光映得老長，人們在陽台和平台上乘涼，樂聲飄過水上。

勞倫斯很想停下來觀察前一天看到的港口工事細節，但薩基腳步不停，把他從船塢拉向街上，不是朝大使的宅邸去，而是走向山坡旁作守望用的加拉達塔[1]。古老的守望塔四周圍著矮牆，牆垣老舊鬆軟，無人維護，已經頹圮，街上安靜多了，只有幾間希臘人或義大利人的咖啡廳還有燈火，桌旁三、五人群拿著香甜的蘋果茶低聲說話，室內不時有專心吸水菸的人看著街外，帶菸味的蒸氣由脣間化作一縷細絲，緩緩散開。

阿弗藍．馬登的房子很體面，正面比附近鄰居的還寬兩倍，屋外圍著枝幹開展的樹木，所在的那條大道上，清楚能看見老守望塔。女僕迎接他們進去，屋裡所見盡是富裕和歲月的象徵，華麗的舊地毯色彩鮮豔，牆上的畫像表著鍍金框，畫中男人都是黑眼珠，在勞倫斯看來，輪廓不似土耳其人，倒像西班牙人。

女僕端出的餐盤盛了薄麵包和辛辣的茄子泥，另一盤是切碎佐紅酒的甜葡萄乾、椰棗配堅果，馬登為他們倒了酒。勞倫斯提起畫像時，他說：「我的家族來自塞維爾❷，在西班牙國王與宗教法庭驅逐我們時，來到這裡，蘇丹對我們比較仁慈。」

勞倫斯對猶太飲食有點模糊的印象，似乎限制不少，只希望接下來這餐不會太沉悶。幸好這頓遲來的午餐相當豐盛，烤羊腿烤到翻面，照土耳其吃法切成薄片，旁邊排著新鮮的帶皮馬鈴薯和香濃的橄欖油、刺鼻的香草，另有一條加胡椒和番茄的烤全魚，放了那種常見的黃色香料，又香又辣，無人能抵抗那隻燉軟的雞。

馬登做這行，常當英國人的代理商，英文說得很溜，他家人的英文也不賴。餐桌上只有五人，馬登兩個兒子已成家立業，除了妻子之外，只有女兒莎拉在家。莎拉早就沒上學了，雖然未滿三十，不過以馬登能給她的豐厚嫁妝來說，早該嫁人。她很像她優雅的母親，一頭黑髮烏眉襯著光澤的肌膚，姿色和儀態雖帶著異國風味，卻很吸引人。莎拉坐在賓客對面，也許是矜持或害羞，一直垂著眼，不過對她說話時仍然能輕鬆自制地應答。

勞倫斯怕貿然提起急迫的疑問不禮貌，因此沒自己開口，只在主人詢問後，描述他們向西的旅程。剛開始的談話只是客套，不過他們很快就真心好奇了。勞倫斯從小受的教導，是在餐桌上談笑風生，賓主盡歡，而他們的旅程給他不少奇聞軼事可以分享。有女士在場，沙塵暴和雪崩他只輕描淡寫，也沒說起遇上劫匪的事，不過即使沒有這些，故事已經很精采。

「然後，那些無恥之徒襲向牛隻，也不說一聲再見就飛走了。」他以野龍在城門口丟人的行徑做悲慘的結尾，說道：「阿爾喀迪飛走時，還向我們點頭致謝，我們全張著嘴楞在原地。他們離開時想必心滿意足，我們呢，沒被扔進牢裡眞不可思議！」

馬登驚奇地說：「千辛萬苦來到這裡，卻得到冷淡的迎接啊。」

莎拉．馬登垂著眼低聲說：「是啊，眞是千辛萬苦。幸好你們平安到達。」

談話中斷片刻，接著馬登伸手把麵包盤交給勞倫斯，說道：「希望你現在過得舒適，在宮裡，至少不用忍受這些喧鬧。」

港口的工事顯然讓他們備受委屈。「有那些龐然大物在頭上怎麼做事？」馬登夫人搖搖頭說。「牠們好吵，而且大砲掉下來怎麼辦？眞是可怕的生物，不該讓他們進到有人住的地方。隊長，我指的當然不是您的龍，相信牠一定很守規矩。」她自覺失態，連忙慌亂地向勞倫斯道歉。

馬登替她解危道：「隊長，您每天要就近照顧牠們，我們的話就像是無病呻吟，對吧？」

「先生，不會的。」勞倫斯說，「其實，我很訝異一隊龍會出現在城裡。在英國，我們不准這麼接近有人煙的地方，只能依一定的路線在城市上方飛行，以免驚擾民眾或牛隻。即使這樣，飛行中仍然會產生不少噪音，無畏只覺得那種限制壓力很大。所以讓龍這樣飛是最近的安排嗎？」

「當然。」馬登夫人說，「從來沒聽過這種事，事情結束之後，但願再也不會發生。他們是一天早上，喚拜聲剛停時出現的，那天我們都發著抖躲在家裡。」

馬登豁達地聳聳肩：「習慣成自然。過去兩星期商店生意有點清淡，不過管他有沒有龍，商店慢慢又開張了。」

「是啊，只是遲了點。」馬登夫人說，「剩不到一個月，要怎麼把事情都打點好——」她幾乎不露痕跡地頓了一下，接著召喚女僕說：「娜蒂樂，幫我拿酒來。」

小女僕拿著玻璃瓶交給她，便迅速離開，酒瓶其實就在伸手可及的餐具櫃上。酒瓶傳遞，馬登為勞倫斯倒酒時，低聲說道：「小女快要嫁了。」他的語調溫柔得不尋常，似乎帶著歉意。

一陣不安焦慮的沉默籠罩眾人，勞倫斯狐疑著發生了什麼事。馬登夫人咬著嘴脣，低頭看她的盤子。薩基打破沉默，舉杯對莎拉說：「祝妳健康幸福。」她終於抬起黑眼望向對面的他，僅持續了片刻，薩基別過眼，將酒杯舉在他們之間，但那片刻已經夠長了。

勞倫斯爲了幫忙打破沉默，也向她舉杯說：「恭喜、恭喜！」

「謝謝。」她雙頰微泛紅暈，仍禮貌地頷首，聲音也沒顫抖。沉默揮之不去，最後莎拉自己說話了，她抖一下肩膀，坐直身子，稍微堅定地問對面的勞倫斯：「隊長，請問一下，那些男孩怎麼了？」

她勇敢發問，勞倫斯原想回答，卻不太明白她想知道什麼，但她又說了：「偷看後宮的男孩，不是您的隊員嗎？」

「噢，恐怕沒錯。」勞倫斯想到消息傳得這麼遠，就覺得羞愧，只希望之前說了旅程的事，沒讓情況更複雜。他滿以爲對土耳其年輕女子而言，後宮的話題就像英國女孩提到妓女或女歌伶一樣不妥。「我保證他們爲自己的行爲受到了適當的處罰，絕不會再犯。」

「他們不會被處死吧？」她問，「太好了，我會轉告後宮的女嬪，她們都在講這件事，希望男孩不會受太多苦。」

「妳是說她們常到宮外嗎？」勞倫斯還以爲後宮就像監牢，不許與外界聯繫。

「喔，我是裡面一位卡汀❸的奇拉，就是代理人。」她說，「她們有時會離開後宮出遊，不過麻煩得不得了，誰也不准看見她們，得關在馬車裡，帶著一堆衛兵，此外還得蘇丹允許。不過我只是一介女子，可以自由進出。」

「也請妳爲我替闖入的年輕人轉達歉意。」勞倫斯說。

「其實她們還眞希望有人闖進去，待久一點。」她有點俏皮地說，看到勞倫斯微微羞赧，報以微笑。「喔，我不是指任何不智之舉，只是她們安逸的生活太枯燥了，蘇丹又忽略寵妃，反而對改革更有興趣。」

餐後，她與母親一同起身離席，她沒再逗留，挺著高眺的身子離開房間，薩基則默默走到窗邊，看著屋後的花園。

馬登無聲地嘆了口氣，又倒了些烈紅酒到勞倫斯杯裡。僕人端來甜點，是盤杏仁糖。他開口說道：「隊長，您有問題要問吧？」

馬登不只替阿布斯納先生安排薩基送信，還是銀行家，顯然也是那項交易最重要的仲介人。「不能想像我們的安排有多謹愼。」他說，「黃金分了幾次運，每次都用幾艘防護嚴密的船，裝在標示內裝鑄鐵的箱子裡，集合之後，直接就送進我的金庫。」

勞倫斯問：「先生，據您所知，黃金運來之前，已經簽署協議了嗎？」

馬登沒回答，只攤著手說：「跟君主簽合約有用嗎？有了爭議誰來定奪？可是阿布斯納先生以爲事情已經定了。要不是這樣，他怎麼會冒那麼大的險，帶那一大筆錢來？那時事情看起來很順利，沒什麼問題。」

勞倫斯說：「可是，若那些黃金還沒交給——」

大使過世幾天前，亞茅斯還沒失蹤時，曾帶著大使親筆寫的指示來安排運送事宜。馬登說：「我很熟悉大使的筆跡，絲毫沒懷疑信息眞僞，他完全信任亞茅斯先生。亞茅斯是優秀的年輕人，就要結婚了，個性很沉穩。隊長，我不相信他會使詐。」不過馬登的話帶了點猶豫，語調不如內容肯定。

勞倫斯沉默半晌，然後問：「你照他要求運了黃金嗎？」

馬登說：「對，運到大使宅邸。據我所知，接下來會直接運到寶庫，但大使隔天就被殺了。」

馬登有收據，不過簽名是亞茅斯，而非大使的。他微微不安地將收據拿給勞倫斯看，待勞倫斯研究片刻之後，貿然說：「隊長，您很客氣，不過我們就坦白說吧。這是我僅有的證據，搬運黃金的是我多年的手下，而只有亞茅斯簽收。這種情況下，要是金額沒那麼大，我會自己掏出錢來給你，以免損及我的聲譽。」

勞倫斯在燈下仔細看收據，他腦中微微生疑。他將紙片丟在桌上，走到窗邊，對自己和一切生著悶氣，低聲說：「老天，對什麼事都疑神疑鬼，太可悲了。不行。」他轉過身來說：「先生，我接下來的話請多包含。您很有才幹，不過我不相信是您策畫謀害英國大使，使貴國蒙羞。況且該爲此事中敝國利益負責的不是您，而是阿布斯納先生，若亞茅斯不值得信賴，而他識人不清——」勞倫斯語罷，搖了搖頭，又說：「先生，我的問題若有冒犯，請不吝告知，我馬上收回——您知道哈珊．穆斯塔法嗎？他有沒有可能牽涉其中？案子是他——或眞要推論的話，是他和亞茅斯犯下的嗎？我確定他刻意說了些謊，至少宣稱還沒簽定協議。」

「可能？隊長，什麼事都有可能。有人死了，有人跑了，數千鎊黃金消失無蹤呢！還有什麼事不可能？」馬登疲倦地用手揩揩額頭，頓了一下才說：「很抱歉。不，隊長，我不相信。他和他家族熱烈支持蘇丹改革，廢除禁衛軍——他堂弟還娶了蘇丹的妹妹，弟弟領著蘇丹的新軍隊。我不敢說他高風亮節，深陷政治叢林的人，誰能做到呢？不過他不太可能背棄自己的心血與家族的努力。說點小謊可能是為了保住面子，或是找理由毀約，免得變成叛徒。」

「他們為何要毀約呢？拿破崙現在成了前所未有的大威脅，我們更應該聯合起來。」勞倫斯說：「強化我們在英倫海峽的戰力，自然對他們有利，並且讓拿破崙調更多的兵力到西方。」

馬登欲言又止，勞倫斯催促之後，他只好坦白地說：「隊長，奧斯特里茲之役後，很多人認為拿破崙堅不可摧，明智的國家不該與他為敵。」他看了勞倫斯凝重的表情，道歉說：「很抱歉，不過街上和咖啡廳裡都有人這麼說，神學家或高官都這麼覺得。全世界都知道，奧地利皇帝還在位是因拿破崙肯容忍他，最好別跟拿破崙對抗。」

他們要離去時，薩基向馬登深深鞠躬。馬登問他：「你會在伊斯坦堡待很久嗎？」

薩基答道：「不會，我不會再回來了。」

馬登點點頭，輕聲說：「願上帝與你同在。」說完便目送他們離去。

勞倫斯累了，而且不只是身體的疲倦，薩基則默默無語。他們得在岸邊等船夫來，天氣還像夏天，博斯普魯斯吹來的風卻帶著一絲寒意。勞倫斯迎著凜冽的海風站起來，注視著薩基，這男人表情平靜，完全不爲所動，看不出強烈情感的跡象，頂多嘴角顯得有點緊繃，但在燈籠光線下並不明顯。

終於有船夫把船停到碼頭，渡河時他們也沒說半句話，寂靜中只有船板嘎吱聲、搖槳聲和船夫喘氣聲，河水輕拍船舷。遠岸邊清眞寺透出光暈，彩繪玻璃窗裡映著燭光，黑暗中一座座光滑的圓頂有如列島，映著上方聖索非亞教堂❹歷史的光輝。船夫跳下小舟，爲他們穩住舟身，他們爬上岸，走入另一座清眞寺的光芒中。這座寺院相形之下較小，實則很大，圓頂旁還有海鷗繞著亂飛，啞著嗓子啼叫，腹部映著黃澄澄的光。

市場和咖啡廳都關了，要作生意太晚，但對漁人來說還早。他們走回皇宮牆邊時，街道已空無一人。他們或許因爲天晚了、疲倦或心事重重而變粗心，或許只是運氣不好。衛兵走過後，薩基拋出鉤繩爬到一半，勞倫斯正等薩基拉他上去，就在這時，又有兩名衛兵出現在轉角輕聲聊天，他們馬上就看見他了。

他們喊著拔刀衝過來，薩基放手落回地上才站穩，其中一人便抓住他手臂。勞倫斯撲倒另一人，勾著那人頸背，壓住他的頭在地上撞了好幾下，放開時那人已經昏了。薩基由對手手臂上拔起染紅的短劍，掙脫他癱軟的手。薩基攙著勞倫斯的手臂站起來，兩人一同急奔過街道，喊叫聲窮追不捨。

其他衛兵聽到騷動跑回頭，想在錯縱複雜的街巷中堵到他們，樓上的人擠著探出身子，好奇地看著街上，窗格隨他們跑過，透出燈光，指出他們的路徑。後街跑出來兩名衛兵，差點抓住兩人，勞倫斯躲開一劍，但腳下凹凸的鵝卵石不牢靠，一衝就滑過街角。

追逐戰維持了好一陣子，勞倫斯盲目地跟著薩基跑上山丘，只覺得自己的肺撐著肋骨，他懷疑他們是否有計畫地躲開衛兵，但願是，不過沒時間停下來問了。薩基最後終於停在一間半頹的舊房子前，轉身示意他進屋裡。房子剩下一樓還沒倒，頂上開了洞，一面破爛的活板門通往地窖。勞倫斯不肯進去，衛兵追得太緊，他們會被看到，他可不想在這沒退路的地方被甕中捉鱉。

薩基翻開活板門，不耐煩地說：「快來！」他帶著勞倫斯往下走啊走，走下腐朽的階梯，來到一間潮濕不堪的泥土地窖，在地窖後面有一個出口，其實是一小條低矮的通道，勞倫斯得半彎著身子才過得去。接下去的不是木梯，而是石頭劈成的石階，邊緣磨圓，老舊黏滑。他們上方漆黑的暗中傳來輕輕的滴水聲。

勞倫斯自己一手握著劍柄，另一手摸著牆壁往下走了許久，走著走著，指尖下的牆突然消失，他的下一步踩進深及腳踝的水中。他輕聲問道：「我們在哪兒啊？」空洞的聲音傳得很遠，最後被黑暗吞噬。每踩一步，水就沖上他靴子上緣。

守衛跟在後面下來，由他身後照來第一抹火把的光輝，他終於能勉強看見了。不遠的前方有排蒼白石柱，柱身比他臂長還寬，表面的鵝卵石已被蝕平，閃著水光。上方高到看不見頂，他膝旁則有幾隻暗灰色的魚，因飢餓難忍而瞎撞他，水面覓食的魚嘴發出啵啵聲響。勞倫斯抓住薩基手臂指著前方，於是兩人踩著地上聚積的泥巴，奮力涉水躲到石柱後，火把猶疑閃爍的光芒這時更近了，微弱的紅色光暈越來越大。

地道中奇形怪狀的石柱向他們四面八方延伸，有的斷了，和別根相疊，有如兒童拼湊積木的成果，只因上方城市的重量而壓在一起。這樣的重擔應該由阿特拉斯❺來扛，不該由某個受遺忘深埋的教堂大廳、空洞地道中的廢墟或這些崩毀的磚塊承受。這空蕩蕩的空間雖然寬廣寒冷，空氣卻聞起來怪異而窒悶，彷彿他的雙肩也擔起一部分的重量，勞倫斯不禁想像突然崩塌時的壯觀景象，遠處拱形天花板的磚頭一塊塊瓦解，最後再也撐不起天花板，而所有房子、街道、皇宮、清真寺和閃爍的圓頂都轟然崩落，成千上萬的人淹死在這靜候已久的藏屍間。

衛兵也下水了，他們產生的噪音足以掩飾兩人的行動，他握緊自己的肩膀，驅走可怕的想法，然後點點薩基的手臂，指向隔壁的柱子。他們掙扎前進，攪得水底泥巴形成黑色的漩渦。黏稠的泥巴和泥沙在他靴底嘎吱作響，乾淨的骨頭由水裡閃著白光。這裡可不只魚骨頭，泥巴上出現下顎骨突出的曲線，骨頭上還連著一顆牙，一根染著綠跡的腿骨似乎被地底的某種潮水沖起，靠在石柱上。

想到自己可能在此喪命，一股恐懼攫住了他，不光是對死亡的恐懼，而是讓無名之人在黑暗中倒下腐朽的某種恐懼感。勞倫斯張著嘴喘氣，但不是要避免發出聲音，或怕聞到發霉腐敗的味道，壓力越來越大，他幾乎彎了腰，越來越意識到有股不理智的衝動想停下腳步，轉身反擊，逃到清爽開闊的地面上。但他拉起大衣一角掩住嘴巴，堅持走下去。

衛兵追趕的方式變得更有系統，排成橫跨大廳的一列，每人手上的火把雖然只能照到周圍一小圈，不過各個光圈的邊緣重疊，形成一道獵物無法逃脫的障壁，堅固如鐵柵。他們前進的速度雖慢，但步履踏實，整齊地發出巨響，低沉的回音隆隆，回音和光芒將黑暗趕出深藏的角落。勞倫斯似乎終於看到前方遠端牆壁的反光，他們可能接近甕底了，除非衝破防線，再次甩開追兵，否則無法逃脫。然而，這次他們的腳涉過深水，又冷又累。

兩人跑過石柱，努力趕在前頭的同時，薩基一直在摸柱子，瞇眼看柱子表面，他在一根杜旁停下，勞倫斯摸了摸，發現石柱上滿是深深的刻痕，形狀有如積於田埂肥皂狀泥巴上的雨跡，和其他未完成的石柱完全不同。搜索線越來越近，但薩基停了下來，開始用靴尖猛探地板，勞倫斯拔出劍，爲了寶劍受到玷污默默向無畏道歉，接著也以劍戳向泥巴下的硬石。他感到劍尖突然滑進地板上的淺溝，那條水道不到一呎寬，完全堵塞住了。

薩基在那周圍摸索，點點頭，於是勞倫斯跟著他，兩人拚命在及膝的水中沿著水道跑。水花的回音散失在他們身後無情的數數聲中。「bir-iki-üç-dört」不斷重複，最後連勞倫斯也聽得出計數的數字。他們已來到牆的正前方，厚厚的泥灰上帶著斑駁的綠褐色，但牆本身完好無缺。水道如出現時一樣倏然消失。

薩基帶他們轉向側面的小室。拱頂由兩根石柱支撐，石柱基部有張兇惡的臉半冒出水面，勞倫斯看了差點嚇得退後。它睜著暗淡血紅的盲目石眼瞪著他們。就在這時，傳來一聲叫喊——衛兵看到他們了。

他們拔腿狂奔，跑過恐怖的雕像時，勞倫斯開始感到空氣在臉上微微流動，附近應該有通風裝置。他們摸索著翻過牆，找到突出物後方火把照不到的黑暗狹窄出口，階梯上堆滿穢物，空氣潮濕惡臭。他不情願地深吸著氣，跑上窄階，最後終由老舊排水溝裡推開生鏽的鐵柵欄，幾乎手腳並用地鑽出去。

薩基彎著腰猛喘氣，勞倫斯費盡吃奶的力氣放回鐵欄，從旁邊一棵小樹上折下枝條固定住。他抓住薩基手臂，兩人一同歪歪倒倒地走過街道。只要不近看他們的靴子和大衣下襬，沒人對他們會有異議，撞擊鐵欄的聲音在他們身後遠去，那場瘋狂追逐中，他們沒被看到臉，至少無法被指認。

他們終於找到宮牆較低矮處，這次更謹慎確定沒人看到後，才由勞倫斯墊著薩基爬上去，再由他幫忙掙扎上牆。他們在牆旁地上難看地跌成一團，身邊一座鐵製的古老噴池已快被花草淹沒，涓流的水十分冰涼。他們貪心地捧著，一次又一次送向自己的嘴裡和臉上，衣服濕了也不以爲意，至少能洗去一點惡臭。

剛開始似乎萬籟俱寂，但勞倫斯心跳漸緩，呼吸平穩之後，開始聽到夜裡細微的聲響，像老鼠和樹葉發出的沙沙聲，皇宮內牆中鳥園禽鳥遙遠微弱的歌聲，以及短劍和磨刀石不規律的磨擦聲，薩基正時斷時續緩緩磨著刀，免得引人注意。

勞倫斯輕聲說：「我有話對你說，是我們之間的事。」

薩基頓了一下，刀刃在光線中顫抖，接著緩慢謹愼地繼續磨刀，說道：「好，請說吧。」

勞倫斯說：「今天稍早時說得太急，我平常絕不願那樣跟屬下講話。不曉得該如何對你表達我的歉意。」

「拜託別再意。」薩基頭也不抬，冷冷地說，「事情已經過去了，我並沒有怨言。」

他想轉移話題，但勞倫斯不理會，繼續說：「我在思考，你的行爲我該作何感想。我實在不懂。你今晚不但救了我一命，還確實協助我們的任務。如果只考慮整個旅程中你行動的最後結果，幾乎沒什麼好抱怨的，你不斷帶我們躲過一次又一次的危難，自己常常因此付出代價。可是你兩度在危機重重時擅離崗位，刻意在沒必要的情況下隱瞞，令我們無所適從，焦慮不堪。」

薩基溫和地說：「或許我沒想到，自己不在會造成那麼大的困擾。」勞倫斯聽到他辯駁，頓時火大起來。

「別跟我裝傻，你看起來比較像有史以來最厚顏無恥的叛徒，言行還前後不一。」

「多謝誇獎。」薩基在空中揮著刀尖致意。「不過，反正你不希望我再爲你效力，我也沒必要爭辯了吧。」

「短則一分鐘，長則一個月，我遲早會受夠你的詭計。我很感謝你，你若就此離開，也是會帶著我的謝意而走。你要留下的話，得保證今後要聽我的指示，別再不告而別。我不希望屬下中有人不能信任。」說到這兒，勞倫斯突然想通了，「薩基，你就愛讓人猜疑，對吧？」

薩基放下短劍和磨刀石，他的笑容和揶揄之色消失了。「應該說我想知道別人信不信任我，然後如他們所願。」

「你爲此還眞費盡渾身解數啊。」

「你覺得我太任性了，對吧？」薩基說，「我向來知道他人無視於我的行爲，只因我五官和身世而不把我當紳士看待。要是我不值得信任，寧願讓人在小處公然懷疑，免得要忍受人暗地裡輕視我、說我閒話。」

「我也得忍受上流社會和我屬下的閒言閒語。我們效忠的是祖國，不是那些喜歡私底下譏笑人的膚淺傢伙。受到無意義的污辱，與其強烈反駁，不如爲國效力以表現我們的節操。」

薩基激動地說：「如果你得全部一個人承擔，就不會這麼說了。而且不只上流社會，連你能稱兄道弟的人、你上司和軍中同袍都輕視你，不讓你獨立自主或升遷，僅給你高級僕役一職作補償……」

他閉嘴不說了，不過平日無動於衷的表情變得像沒戴好的面具，臉色似乎有點泛紅。勞倫斯為他感到憤慨，心裡卻又不快，問道：「那是我的錯嗎？」

薩基聽了搖搖頭：「抱歉我這麼激動。那些傷害事隔多年，已經不再令人難受了。」但他又挖苦道，「你對我無禮是我的錯，我習慣先下手為強了，雖然自己覺得有趣，對同伴或許不太公平。」

他說了很多，因此勞倫斯猜想得出薩基受了什麼樣的待遇，才會背離祖國與人群，獨來獨往，不受人恩惠也不施恩於人。勞倫斯只覺浪費他的才能，很不值得。他伸手誠心地說：「你如果相信我，就向我許諾，我則保證對我忠誠的人，我同樣忠誠以報。我想，失去你我一定後悔莫及。」

薩基注視著他，臉上閃過一抹猶豫的古怪表情，若無其事地說：「唉，我這脾氣改不了。不過，隊長，你要是相信我，我也不該吝於承諾吧。」他說完，輕鬆地伸出手來，他握手時可誠懇了。

「哎呦！」無畏嫌惡地看著他前爪上的髒污，他剛把兩人抓過牆，放進花園裡。他哀怨地說：「味道臭沒關係，回來就好。葛蘭比說，你們一定是用餐待得晚，不准我去找你們。

可是你們去了好久啊。」無畏說著把前腳伸進百合花池洗乾淨。

「我們進來路上不太順利，被迫找藏身之處躲一下，不過結果沒事，很抱歉讓你擔心了。」勞倫斯順手脫下衣服，自己也跳進池塘，薩基已經沉入水中了。「戴爾，把我衣服和靴子拿去，你和羅蘭盡量處理看看，幫我拿該死的肥皂過來。」

勞倫斯洗好澡，穿上襯衫和褲子，報告了午餐的事，葛蘭比聽完說道：「看來仍然不確定是不是亞茅斯幹的。他要怎麼運那麼多黃金啊？得坐船才行，除非他瘋了，用商隊來運金子。」

薩基靜靜附和道：「一定會被發現。據馬登說，黃金裝起來大概一百箱，但我昨天早上問過商隊旅店和船塢，並沒有那麼大的行動。其實半數趕集的人都爲了港口強化工事，運補給品進來，另一半怕龍因此避不進城，他一定很難找到辦法運黃金。」

「他可能雇龍來運嗎？」勞倫斯問，「我們在東方看過龍商，他們到過這麼遠的地方嗎？」

薩基說：「我沒在帕米爾高原這一側看過他們。西方人不喜歡城市裡有龍，所以他們無利可圖，就算他們來這裡，只會被視爲野龍，抓起來關進繁殖場。」

「那不重要，他想拿回黃金，就不能用龍來運。」葛蘭比說，「給龍一堆金銀財寶背著飛幾天，不可能全數討得回來。」

他們待在花園裡低聲討論，無畏完全沒反駁葛蘭比那句話，卻以略爲渴望的語氣說：

「黃金的數量聽起來不多，他會不會放在城裡的什麼地方？」

勞倫斯說：「要是不能公開使用黃金，只收藏著就能滿足，他一定是半條龍。這不可能，沒辦法把金子運出去也不會出此下策。」

「可是你們都說了，黃金不可能運出去，」無畏理性地說，「所以一定還在城裡。」

大家沉默了下來，最後，勞倫斯開口說：「土耳其大臣即使沒有直接涉入，至少也默許這件事。英國一定會回敬他們的污辱，他們就算不再與我們爲盟，但會刻意掀起戰爭嗎？如此一來不但損失更多錢財，還會流血呢。」

「他們一心就想讓我們覺得全是亞茅斯的錯，」葛蘭比說，「我們完全沒有證據宣戰。」

亭子裡沒椅子，他們學土耳其人把毯子拿到室外來靠著，這時薩基猛然由地上站起，撢掉塵埃。勞倫斯回頭一看，連忙和葛蘭比一起掙扎起身。園子另一頭站了一名女子，或許就是在皇宮裡看到的那位，不過面紗裹得太緊，幾乎看不出誰是誰。

女子快步走向他們，薩基低聲說：「妳不該來這裡的。妳的侍女呢？」

「她在梯子那兒等我，有人來的話會咳嗽警告。」女人一雙黑眼瞪著他，以平穩的語氣冷冷回答。

勞倫斯尷尬地說：「妳好，馬登小姐。」他雖同情他們，卻不認同兩人私下密會或私奔，何況他還欠她父親人情，但若他們要求幫忙，眞不知該如何拒絕。他不知如何是好，只好客套地說：「容我介紹，這是無畏，這位是我的大副約翰．葛蘭比。」

葛蘭比太驚訝了，鞠躬的動作有點笨拙：「馬登小姐，幸會。」他唸她名字時，語氣疑惑，向勞倫斯投以詢問的眼光。無畏打過招呼之後，露出更明顯的疑問神色，俯望著她。

薩基低聲對她說：「我不會再過問。」

「不可能的事就別說了。」她由長袍深深的口袋中掏出手，但出乎勞倫斯所料，沒有伸向薩基。她將手平攤在他們面前，說道：「我想辦法溜進寶庫，不過大多已經熔掉了。」她掌上擱的正是鑄有英王頭像的金幣。

葛蘭比沮喪地說：「東方的暴君根本不能信賴，不但是賊，還是殺人兇手。說不定還會砍了你的頭。」

無畏比較樂觀，蘇丹允許他一同前往，因此認爲有他在，沒什麼好怕的。「我想見蘇丹，」他說，「蘇丹說不定有什麼漂亮的珠寶，見完他，我們就能回家了。只可惜阿爾喀迪和其他龍走了，不能一起去。」

勞倫斯一點也不覺得可惜。他只希望能有好結果，當勞倫斯與穆斯塔法對質時，穆斯塔法嚴肅地看過金幣，甚至連聽勞倫斯說那是從寶庫拿到的，都沒試圖佯裝驚訝。

勞倫斯不願供出情報來源，說道：「您不相信嗎？需要的話，我可以和您一起直接去寶庫，肯定會找到更多。」

穆斯塔法拒絕他的提議，雖然沒認罪也沒解釋，卻突然說：「我得和大宰相商談。」他說完就走了。到了晚上，就有人來傳喚他們，他們終於能謁見蘇丹了。

勞倫斯對他們說：「我不打算讓他沒面子。可憐的亞茅斯命不該如此，說眞的，阿布斯納也是，但要等我們把蛋帶回英國，政府才能決定如何回應。我很清楚我對那件事採取行動的話，他們會說什麼。」其實，他鬱鬱寡歡地懷疑，政府對他處理蛋的方式也會有不少意見。「總之，只希望這事結果是蘇丹臣下的陰謀，他自己一無所知。」

去謁見蘇丹的路程雖短，禮俗卻不能免，於是由畢賽德和雪拉茲這兩隻喀西利龍回來護送他們。他們三個只在空中停留一會兒，飛過皇宮後，便降落在皇宮門外的第一大院。勞倫斯已經在宮裡睡了三晚，還受到如此正式的接待，只覺得荒謬。他們排成一排，由喀西利龍一前一後護衛，莊嚴地走過開敞的青銅大門，來到吉兆門華麗門柱前的大院。各階官員沿走道整齊排列，白色頭巾在陽光下雪亮，遠牆邊隨侍的騎兵隊昂首走過時，馬匹緊張地哼著氣。

蘇丹金質的寬大寶座上，綠寶石閃閃發光，寶座下鋪著的羊毛毯繡有花朵和圖案，色彩繽紛，蘇丹的服飾更令人眩目，一襲苦橙色與黃色相間的黑邊緞袍，裡面是黃藍絲織的外衣，腰上的匕首柄上鑲了鑽石，高高的白色包頭巾上，一大顆方形的綠寶石周圍嵌著鑽石，固定住一束硬挺的羽毛。庭院大而擁擠，卻鴉雀無聲，官員沒彼此交談低語，甚至沒顯得煩躁不安。

如此驚人的陣仗成功地讓來者無法打破沉默，但勞倫斯仍走向前去。他身後的無畏猛然嘶叫著，聲音傳了開來，有如刀刃出鞘般險惡。勞倫斯驚訝地轉頭要責備他，卻發現無畏的目光盯著左方，樞密院高塔的陰影中有個蜷曲的亮白色身影，睜著血紅雙眼凝視他們的，正是龍天蓮。

譯註：

❶：加拉達塔（Galata Tower），位於伊斯坦堡金角灣以北，塔高近六十三公尺，爲城中最顯眼的地標。

❷：塞維爾（Seville），西班牙南部大城。

❸：卡汀（kadin），土耳其後宮中最受寵的四名妃子。

❹：聖索非亞教堂（Haghia Sophia），原意爲智慧之神，君士坦丁大帝首建於西元三三五年，後幾經重建改造，成爲外觀如清眞寺、內部爲基督教樣式的融合體。

❺：阿特拉斯（Atlas），神話中扛著天的巨人。

第九章

當下幾乎無暇思考，除了震驚之外也不能做什麼，喀西利龍移到無畏左右，穆斯塔法則示意他們靠近王座。勞倫斯楞楞地走上前，以難得笨拙的姿態鞠躬致敬。蘇丹面無表情地看著勞倫斯，他生著一張寬臉，衣物和方正的褐色鬍鬚遮住了頸子。蘇丹面容俊秀，迷人的黑眼若有所思，似乎天生就帶著莊嚴肅穆的氣息。

勞倫斯打的草稿和排練好的措辭忘得一乾二淨，他坦率地抬頭望著蘇丹，以最淺白的法文說：「陛下，您知道我的任務是什麼，也曉得我們兩國的協議。英國已達成協議中的條件，也支付了報酬。我們此行是爲龍蛋而來，您是否能把蛋給我們？」

蘇丹平靜地聽完，臉上沒有怒意，他以流利易懂的法文溫和地說：「願貴國太平，國王平安。願吾國間的友誼永繫。」他又接下去說了些話，提到他臣下商討之事，答應再次接見他們，並替他們追查疑問之處。龍天蓮身處蘇丹朝臣之中，是與蘇丹密行商討的成員，勞倫斯這時仍在惱人的驚嚇之中，不太能跟上蘇丹說的話，但很明白話中的意思：繼續拖延，繼續拒絕，無意滿足他們的要求。蘇丹並未刻意掩飾他言外之意，他不否認也不作解釋，更沒裝出憤怒或不滿。說話時，表情中幾乎帶了點同情，但絲毫未軟化；話說完之後，完全不讓勞倫斯有機會發言，立刻遣他們下去。

謁見的過程中，排場雖然金碧輝煌，但無畏的注意力從未動搖。他原來一心想看蘇丹，這時只盯著龍天蓮，肩膀肌肉不時聳起，前腳偷偷向前挪動，準備隨時抓起勞倫斯帶走，差點撞上他的背。

喀西利龍輕推他，示意他繼續沿著走道離開，他笨拙地橫著身子走，以免視線離開龍天蓮。但她動也不動，像蛇一樣平靜地凝視他們，看著他們退回皇宮邊緣，離開內部的大院，直到宮牆遮住她的身影。

* * *

自從他們看見龍天蓮之後，他的頭冠便沒垂下來過，這時正張大顫抖著。勞倫斯要回亭子裡時，他激烈地抗議，不願勞倫斯離開視線，即使留在花園裡，他仍不停要求勞倫斯爬上他前腳，他的軍官則被迫到花園裡聽他報告。

無畏說：「畢賽德告訴我，她已經來三星期了。」

「久到夠她把我們碎屍萬段了。」葛蘭比憂愁地說，「成親王敲了你的頭也不在意，要是她的個性像成親王，會毫不猶豫地把可憐的亞茅斯丟進地中海。至於阿布斯納的意外呢？龍要驚嚇馬匹並非難事。」

勞倫斯說：「不過，若不是土耳其人願意從中得利，她就算做得更多，也可能一無所獲。」

「土耳其人一定站到拿破崙那邊了。」菲利斯上尉恨恨地說，「希望他們喜歡對他言聽計從，他們很快就會後悔。」

「先遭殃的是我們。」勞倫斯說。

陰影籠罩頭上，令衆人沉默，只有無畏粗暴地轟轟低吼，兩隻喀西利龍直直坐起，焦慮地嘶嘶叫，看著龍天蓮盤旋而下，優雅地落在空地。無畏對她露齒咆哮。

她輕蔑地以冷淡流利的法文說：「聽起來好像狗在咆哮，樣子也很像。接下來你要對著我吠嗎？」

「妳要覺得我沒禮貌，隨妳便。」無畏好戰地揮動尾巴，周圍的樹木、宮牆和雕像備受威脅。「想打架我奉陪，我絕不讓妳傷害勞倫斯或我的隊員。」

龍天蓮說：「我幹嘛跟你打啊？」她以後腿坐下，像貓一樣挺著身子，尾巴整齊地捲在身旁，目不轉睛地盯著他們。

無畏頓了一下，然後老實地說：「因爲——因爲——妳不是恨我嗎？要是勞倫斯因妳而死，我就會恨妳。」

「是啊，你會跟野蠻人一樣撲向我，用爪子抓死我。」龍天蓮說。

無畏尾巴的動作漸緩，垂到地上，只剩尾尖仍在抽動。他的反應完全被說中了，不知所措地望著她。「我可不怕妳。」

「是啊，」她冷冷地說，「還不知道要怕吧。」

無畏瞪著她，她繼續說：「就算你死，也不能彌補我十分之一的損失。你以爲你隊長的鮮血和我親愛的同伴等價嗎？他是高貴偉大的親王，和你的隊長相比，一個像玉石，一個有如街上的垃圾。」

無畏憤憤不平，頭冠揚得更高：「噢，他哪裡高貴了？他企圖殺死勞倫斯呢！勞倫斯比他或其他親王寶貴一百倍。反正勞倫斯現在也是親王了。」

「那種親王，你要就留著吧。」她輕視地說，「我會爲我的同伴執行更實在的報復。」

「喔，」無畏哼了聲，傲慢地說，「不想打架，又無意傷害勞倫斯，那妳來做什麼？我不相信妳，妳走吧。」

她說：「你年輕不懂事，教養又差，要是我還有同情心，一定很同情你。我來這裡是要讓你知道，你毀了我這一生，奪走我的親屬、朋友和家園，你毀了我主人對中國的希望，活下來的我，只見他的努力奮鬥付諸流水。他的墳無人祭拜，鬼魂將永不得安寧。」

她接著說：「你的隊長以他的國家束縛你。但我不會殺你，也不會傷害他。」她搖搖頭冠，輕聲說：「你將失去一切，被奪去幸福、家園和美好的事物。你的國家將瓦解，盟國背離，而你將無親無故，孑然一身，和我一樣悲慘，你在世上某個黑暗孤獨的角落度過此生，我就心滿意足了。」

無畏聽著最後那段聲調低平的堅決話語，楞住了，頭冠緩緩垂到頸後。她說完時，無畏蜷縮著避開龍天蓮，把勞倫斯包得更近，前腳像籠子般護住他。

她翅膀半張，站起來說：「我要離開這個野蠻的皇帝去法國了。遭流放雖然悲慘，不過跟你說過話，比較能忍受了。此去要隔很久才會見面吧。希望你記著我，別忘了你的幸福所剩無幾。」

她躍入空中，振翅三下便飛開，迅速消失在天上。

他們在死寂中憂心地呆立半晌後，勞倫斯堅定地說：「拜託，我們又不是怕人威脅的小孩，而且她打算怎麼對付我們，我們早就知道了。」

無畏細聲說：「沒錯，不過我其實不夠了解。」他似乎不願讓勞倫斯離開。

「親愛的，別為了她喪氣。」勞倫斯伸手放在無畏柔軟的鼻頭，「你不開心，不等於她只用幾句話就如願了。她的話沒什麼意義，即使強大如她，也不可能獨自對戰爭造成那麼大的影響。而拿破崙不管有沒有她幫忙，都會盡全力擊潰我們。」

無畏悶悶不樂地說：「可是她光靠自己，已經造成不少破壞。我們已經為了蛋費盡千辛萬苦，這下子，他們不會交出我們迫切需要的蛋了。」

葛蘭比突然說：「天啊，勞倫斯，這些惡徒偷走五十萬英鎊，很可能把那當資金，好向我們海軍耀武揚威。我們不能放任這樣下去，一定得做點什麼。無畏一吼，就能讓半間皇宮倒在他們頭上──」

「我們不會像她一樣，爲了報復而殺人或隨意破壞，她爲此滿足，實在該受人鄙視。」勞倫斯說完，葛蘭比正要抗議，他舉手制止，說：「不行。你去叫大家吃晚餐，休息休息，趁天沒全暗的時候盡量睡一下。」

他平靜地繼續說：「我們今晚出發，帶走龍蛋。」

無畏詢問之後，說道：「雪拉茲說她的蛋存放在後宮，在澡堂附近溫暖的地方。」

勞倫斯看著喀西利龍，焦急地問：「無畏，他們會讓我們走嗎？」

無畏愧疚地承認：「我沒說爲什麼想知道。感覺有點不妥，不過我們會好好照顧蛋，所以他們不會在意的。那些人拿了黃金，無權拒絕。可是，我仍舊不能問太多，不然他們遲早會懷疑我問那些的原因。」

「到處亂跑找龍蛋可不簡單。」葛蘭比說，「那裡一定擠滿了守衛。女人看到我們一定大喊大叫，這任務可不是開玩笑的。」

勞倫斯低聲說：「應該只有幾個人去，我會徵求幾名志願者跟我走。」

葛蘭比氣憤地吼道：「走個屁！不行，勞倫斯，這次我絕不同意。你根本不曉得該去哪，就跑進那片迷宮裡，可能每個轉角都會碰上一打守衛，還是我來比較好。我可不要回英國跟他們說，你被大卸八塊的時候，我卻在這兒焦急地玩大拇指。無畏，別讓他去，聽到了嗎？跟你保證，他一定會被殺。」

「如果去的人必死無疑，誰都不准去！」無畏緊張地說完，猛然坐起來，果眞準備攔下任何想離開的人。

勞倫斯說：「無畏，眞是大驚小怪了。葛蘭比先生，你太誇大，別忘了分寸。」

葛蘭比固執地說：「我哪有。我忍了很多次都沒說，只能難受地坐著看，而你又沒受過訓練。你是隊長，應當更注意自己的性命。你掛彩的話，不只是空軍的問題，也是我的問題。」

勞倫斯正要繼續反駁，薩基低聲說：「我插個嘴。讓我去吧，我確定自己去的話，可以找到龍蛋，也不會引起騷動。我回來再帶其他人去拿蛋。」

勞倫斯說道：「薩基，你不必替我們做這件事，宣誓效忠軍隊的人，若非自願，我也不會派去。」

薩基露出他若有似無的微笑說：「可是我自願去啊，而且我比在場其他人都可能平安回來。」

「可是你去了，還要回來帶人去，要冒三倍的風險。」勞倫斯說，「每次都有可能碰上衛兵。」

無畏聽到太多討論，又豎起頭冠說：「所以眞的很危險。葛蘭比說得對，你絕對不可以去。別人也不行。」

「該死。」勞倫斯壓著嗓子說。

薩基說：「看來沒什麼選擇，只有讓我去了。」

「你也不行！」無畏的話嚇了薩基一跳。話說完，他露出龍最頑固的表情趴了下來，葛蘭比抱著雙臂，擺出幾乎一樣的神情。勞倫斯並不習慣咒罵，這時可眞想罵出來。若要無畏講理，要他接受偷蛋像上戰場一樣，有輸有贏，他可能准許派出一隊人，但一定會阻止勞倫斯去。勞倫斯才不管空軍有什麼規矩，他自己不去的話，可不想派別人去辦那麼危險的事。

雙方僵持不下，這時凱因斯來到花園裡，對他們說：「但願這些龍都不懂英文，否則就守不了密了。你們像漁婦一樣嚷嚷完了嗎？隊長，杜恩想跟你說話，他和哈克萊溜出去的時候，有看到澡堂。」

杜恩坐在簡易吊床上，雙頰因發燒而火熱，臉色蒼白，穿了件長褲，皮開肉綻的身上鬆鬆披了件上衣。哈克萊身體沒他壯，鞭刑後的狀況不太好，仍趴在吊床上。杜恩說：「是的，長官，應該沒錯，她們從那裡出來時，髮梢都濕了，比較漂亮的——比較漂亮的看起來被熱氣蒸紅了臉。」他慚愧地低下頭，不敢看勞倫斯的臉，迅速把話說完，「長官，那建築物還有十幾個煙囪，雖然那時中午氣溫不低，煙囪仍全都冒著煙。」

勞倫斯點點頭。「你記得路嗎？恢復到能去了嗎？」

「沒問題了，長官。」

「他躺著別動才沒問題。」凱因斯謹慎地說。

勞倫斯遲疑了，問杜恩道：「你畫得出地圖嗎？」

杜恩嚥了嚥口水說：「長官，請讓我去。我們在裡頭繞來繞去，沒親眼看到四周，實在想不起來。」

他們的優勢雖然增加，仍然很難說服無畏。勞倫斯最後只好答應讓葛蘭比一起去，留年輕的菲利斯上尉管理剩下的隊員。葛蘭比滿意地把信號彈放到腰帶上，說道：「好啦，無畏，你可以放心了。只要狀況有點危險，我就會發射信號彈，不管拿到蛋了沒，你就來帶走勞倫斯。我會確保他在你抓得到的地方。」

勞倫斯感到一股憤慨。葛蘭比完全不服從他，但無畏和所有隊員都贊同葛蘭比的做法，所以他求助無門。他很清楚海軍部的想法也是那樣，更會因爲他單獨去而受嚴厲譴責。

他尷尬地轉身對代理二副說：「菲利斯先生，讓所有人登龍，做好準備。無畏，即使沒看到我們的信號，但聽到皇宮有喧嘩聲，或是上空有龍隻，要立刻起飛，你在黑暗中可以隱身好一段時間。」

無畏眼中帶著勇敢的光芒說：「好的，不過別以爲我一直沒看到你的信號，會自己飛走。別教我那麼做。」

幸好喀西利龍天黑前就離開，換了另一對戰力較弱的中型龍來守衛，他們有點怕無畏，遠遠待在樹叢旁，不去打擾他。月亮只有細細一彎，剛好足以讓他們看清腳下。

勞倫斯溫柔地對無畏說：「別忘了，我靠你保護我們的隊員。向我保證，要是事情出了差錯，請好好照顧他們。」

「我保證。」無畏答道，「可是我不會丟下你飛走，所以你要保證盡量小心，有任何麻煩就給我訊號，我眞不喜歡待在這裡，被留在後方。」他難過地說。

「親愛的，我也不想留下你。」勞倫斯說著摸摸他柔軟的鼻頭安慰他，也讓自己舒坦一點。「我們會盡早回來。」

無畏不滿地低哼一聲，以後腿坐起，翅膀半張以掩人耳目，一個又一個將獲選的隊員放上迴廊頂。潛入皇宮的人有勞倫斯、葛蘭比、薩基、杜恩、馬丁，及較具官費羅斯。費羅斯剩下的皮革都裝成一袋袋分給大家，好用來把蛋帶著走，剛升上見習官的迪格比負責守望。索耶、杜恩和哈克利都倒下來後，勞倫斯的年輕軍官很缺人，迪格比雖然還小，但一向很努力，因此才能升官。跟先前降職的事件相比，讓他晉升歡喜多了，因此他們搏命的冒險是以一巡酒開始，敬新任的見習官，預祝任務順利，最後舉杯敬英王。

傾斜的迴廊頂凹凸不平，難以落腳，但他們仍壓低身子，手腳並用維持平衡，爬到迴廊頂與後宮相接的地方。交接處很寬，方便落腳。由牆上看，整片迷宮似的驚人建築一目了然：清眞寺尖塔和高塔、長廊和圓頂，庭院與迴廊全都層層相疊，之間幾乎沒有空隙，眼前這一切似乎是瘋狂建築師設計的單一建築。屋頂灰白，上有不少天窗和閣樓小窗，但看得到的窗戶都封了起來。

遠處牆邊有座大理石游泳池，池水極深，四周邊緣有一道窄窄的灰石板步道。步道通向一扇開啓的拱門，那便是入口。他們投下繩索，由薩基先滑下，所有人緊張地看著明亮的窗邊有無人影經過，暗中是否有突如其來的閃光或任何動靜。他們沒聽到喊聲，於是將杜恩套進套索，由費羅斯和葛蘭比一同放他下去，撐在他們臂邊的繩索磨擦手套，發出輕柔的嘶嘶聲。接著他們依序爬下。

衆人排成一列，躡手躡腳沿著走道前進。水上映著一扇扇窗中的光輝，閃動黃色漣漪，池旁的高台也掛著明亮的燈籠。他們到了拱門，進到門內，狹窄的走道以閃爍的蠟燭照明，屋頂低矮，地上一路可見壁龕，油燈的火焰搖曳其中。走道連接著一扇扇門與階梯。微風撲面，風聲咻咻有如遠方的談話聲。

他們悄悄快步走，又不敢走得太快。薩基領頭，由杜恩在黑暗中盡量回憶路徑，耳語告訴他。他們經過許多小房間，有些房裡仍飄出一絲香氣，味道甜美而比玫瑰細緻，若有似無，仔細嗅聞，已隱入更濃的薰煙和香料味中。那氣味到處都是，落在長沙發上，散於地板上，漫布於女嬪閒暇時的消遣——寫字盒、書本和樂器，髮飾及拋下的披巾，還有塗抹脂粉的刷具上。迪格比探頭向一扇門口，突然嚇得倒抽口氣，他們趕到他身旁，原本還伸手拔劍拔槍，卻發現四周忽然出現一張張蒼白扭曲的面孔。他們面前是一堆舊鏡子的廢墟，靠在牆邊的鏡面仍鑲著金框，卻已破裂缺損。

薩基不時停下，示意他們躲入房裡，蹲著安靜等待，直到遠方的腳步聲消散。有次一群女人發出清脆高昂的笑聲，歡喜由走道經過。勞倫斯漸漸察覺空氣變得沉重潮濕，越來越溫暖，薩基回頭看著他，點點頭示意他過去。

勞倫斯悄悄走到他身邊。他們透過格狀的屏幕，俯望一道高大而燈火通明的大理石門廊。杜恩指著高圓的拱門說：「對，我就是看到她們從那裡出來。」門旁地上濕濕的，泛著微光。

薩基一指輕觸脣邊，示意他們退回黑暗中，他輕聲走開，消失的數分鐘好似永無止境。他回來時低聲說：「我找到下去的路，可是有守衛。」

四名身著制服的黑人宦官站在階梯底層。夜深了，四人散漫睏倦，正在聊天，沒專心守衛，但走過去仍難免被看見，發出警報。勞倫斯打開彈藥盒，拆開半打手槍子彈外包的紙，將火藥撒在地上。他們躲到樓梯兩側，勞倫斯讓子彈滾落階梯，在光滑的大理石上閃閃發光，發出轆轆聲與噼啪響。

衛兵不夠警覺，疑惑地爬上來一探究竟，彎腰看著黑色火藥。勞倫斯還來不及下令，葛蘭比就衝向前用手槍柄敲昏其中一人，薩基則用劍柄頭俐落地擊中另一人的太陽穴，輕輕將他放到地上。勞倫斯以手臂勒住第三人的脖子，讓他發不出聲，接著那人便不再動彈。第四人雖由迪格比捂了嘴，卻發出一聲悶叫才被馬丁打昏。

他們全站著喘氣傾聽，但沒有回應，也沒有警戒騷動的聲音。他們將守衛推到先前躲藏的黑暗角落，用自己的領巾綁住守衛，塞住嘴。

「得快點了。」勞倫斯說。他們跑下階梯和空無一人的拱廊，靴子猛然在石板上發出巨響。空蕩蕩的澡堂是石塊和大理石造的寬大空間，頭上高處由溫暖的染黃石塊砌成精巧尖突的圓拱，形成拱頂，牆上有石雕的大水槽和金色水龍頭，不少角落都有深色的木質屏風和更衣的凹室。澡堂中央是石頭平台，石面因蒸氣與水珠而濕滑。澡堂四面八方都有通往外面的拱門，牆壁高處的入氣口送入股股蒸氣，一座窄小的石梯蜿蜒通向燙人的鐵門。

他們聚在鐵門前，用力撞開門，葛蘭比和薩基隨即躍入門內，那間房間極爲悶熱，籠罩在可怕的橘紅光下。一座矮胖的多腳火爐和旁邊的巨鍋幾乎占滿房間，鍋中流動著閃亮的銅液，彎曲的管線沒入牆中，旁邊堆著要添入隆隆火爐中的木柴。木柴旁是一盆炭火，木炭剛點著，開始燃起火焰，細細的火舌加熱上方那一缽石頭。兩名黑奴打著赤膊看著他們呆立，一人手裡拿著盛滿水的長柄勺準備澆到石頭上，另一人手裡拿著鐵製的撥火棒攪動木炭。

葛蘭比抓住第一人，由馬丁幫忙將他制伏在地，不讓他出聲，但第二人揮舞紅炙的撥火棒，瘋狂地戳向薩基，同時張口吶喊。薩基悶哼一聲，抓起那人的手，推開撥火棒，勞倫斯衝過去，手捂住他的嘴阻止喊叫，迪格比打昏了他。

薩基用外套下襬撲熄褲子上的火焰，沒將重心放在右腳，一臉無力地靠在牆上，空氣中有一股肉燒焦的味道。勞倫斯急著問：「你沒事吧？」

薩基咬著牙沒說話，揮手打斷他，指著旁邊，火爐後有一扇鐵柵門，上面的欄杆落下紅鏽。柵門後的房間較爲涼爽，絲布做的大窩裡，躺了十幾顆龍蛋。柵門燙手，但費羅斯拿出幾大片皮革讓他們隔熱，於是勞倫斯和葛蘭比搬開門閂，打開柵門。

葛蘭比鑽進去走到蛋旁，撥開絲布，關愛地撫摸著蛋。掀開絲布找到一顆灰紅色微帶綠斑的蛋後，他崇敬地說：「噢，我們的美人在這兒。這就是我們的喀西利龍，以觸感判斷，最多還有八週。再慢就來不及了。」他又將龍蛋蓋上，和勞倫斯小心翼翼地將蛋抬起，用絲布包好，將蛋抬到火爐室，讓費羅斯和迪格比纏上皮帶。

葛蘭比轉身端詳著其他的蛋，以指尖輕觸蛋殼。「看看這些蛋。空軍會爲此付出多大代價啊。不過他們只肯給我們這幾顆。還有一隻阿拉曼龍，是他們輕型的戰龍，就是這顆。」他指著最小的蛋，它的殼呈淡檸檬黃，約有半肩寬。「還有中型的阿哈特迦龍。」那顆乳黃色的蛋上有紅色與橘色斑點，約是阿拉曼龍蛋的兩倍大。

眾人開始將三顆龍蛋放在絲布上，以皮帶緊緊扣好，手不時在皮面上滑開，人人汗如雨下，外套背上浮現深色的水漬。爲了掩人耳目，門是關的，雖然有扇窄窗，房間仍熱得像能把人活活烤熟的烤箱。

通風口忽然傳來聲響，他們的手在皮帶上停下動作，接著那聲音更大、更清晰了，是女性的聲音，薩基輕聲翻譯，她喊的是「多點蒸氣」。馬丁抓起勺子，由水槽裡舀水倒到石頭上，但蒸氣沒完全由通風口流出去，房裡變得更朦朧了。

勞倫斯低聲說：「我們得用衝的，下階梯以後從最近的拱門出去，看到露天的地方就跑過去。」說完環視眾人，確定他們都聽見了。

「我不擅長打鬥，我來拿喀西利龍蛋。」費羅斯把剩餘的皮帶在地上丟成一堆。「纏到我背上，杜恩可以幫我穩住。」

「好。」勞倫斯把阿哈特迦龍蛋和阿拉曼龍的小蛋分別交給馬丁與迪格比，他和葛蘭比則拔出劍，薩基用皮帶纏起腿，也抽出短劍來。他們在蒸氣騰騰的地方待了一刻鐘，槍不管用了。

「別分散了。」他說完，將剩下的水全澆在燙石頭和炭火上，踢開門。

滾滾蒸氣伴著他們跑下樓梯，回到澡堂，他們向拱門跑去，到了半路空氣才清晰到看得見東西。勞倫斯身邊的霧氣散去時，發現自己正盯著一名美若天仙的女子，她全身一絲不掛，正拿著一只大水壺，身上肌膚顏色恰似奶茶，濕亮如黑檀木的髮辮是她唯一的遮蔽。她睜著褐色眼線的海綠色大眼睛注視他，起初只是困惑，接著發出刺耳的尖叫，驚動其他女人，另外十多名女子各有姿色，激動地喊出樂聲般的警告。

「老天啊。」勞倫斯羞愧極了，抓住她肩頭將她穩穩推出他們的路徑，隨即跑向拱門，部下緊跟在後。澡堂遠端的拱門跑進其他衛兵，其中兩名幾乎要和勞倫斯與葛蘭比正面撞上。

衛兵措手不及，沒立刻攻擊，勞倫斯趁機敲掉對手的刀，踢得刀在地上滑開，並和葛蘭比一同將兩人逼到外面，步履不穩地踩著滑溜的地板衝到走廊，跑向樓梯，被擊退的兩名衛兵則呼喚著同伴。

勞倫斯和葛蘭比架著薩基臂膀，扶他跳上階梯，其他人帶著沉沉的蛋，大家仍快速前進，後面的追兵來勢洶洶，女人的尖叫引來更多注意。前方傳來腳步聲，他們警覺來路已被截斷了。薩基急忙著：「向東去，往那兒走！」他們轉向另一條走道逃開。

他們跑著跑著，一股令人渴望的清涼空氣終於迎面吹來。一行人由一道小迴廊爬上開闊的四方中庭，四面的窗戶裡都有燈火。葛蘭比立刻單膝跪下發射信號彈。前兩個潮濕得無法點燃，他咒罵著丟下沒用的圓管，第三個在他衣服裡塞得比較深，終於升空了，拖著閃爍的藍色尾巴，冒煙竄入空中。

接著，他們被迫放下龍蛋，轉身戰鬥。第一批衛兵叫喊著追來，其他衛兵也由建築裡湧出。他們略占優勢，土耳其衛兵怕傷及龍蛋，不敢用槍，也謹慎地沒逼得太近，相信他們人數夠多，花點時間便能制服入侵者。勞倫斯奮力抵擋衛兵，架開左右來的攻擊。他以振翅的次數計算無畏會來的時間，但還沒算到一半，無畏便大吼著俯衝向庭院，挾帶的強風幾乎將所有人吹倒。

衛兵驚叫著踉蹌後退。中庭空間不夠，無畏若要降落，一定會壓壞或弄塌建築。不過天龍可以在原處盤旋，於是無畏重重拍動翅膀，幾乎飛在他們正上空。鬆動的磚頭石塊因振翅的衝擊而落下中庭，庭院周圍不少窗戶因在爆破聲中碎裂，尖銳的玻璃不斷落下。

龍上的隊員拋下繩索，他們匆忙將龍蛋綁上，讓上面的隊員拉上去收到無畏腹袋中。費羅斯甚至沒卸下他寶貴的負擔，直接背著蛋給人拉去丟到腹部的網袋裡，大家七手八腳將他的鐵鎖扣到鞍具上。

「快點，快點！」無畏大喊著。警報聲眞的響了起來，遠方瘋狂吹著號角，空中升起其他閃光彈，北方的花園傳來一聲恐怖的吼叫，一道火焰在空中燃著紅光，喀西利龍升空了，在他們吐出的煙霧和光芒中盤旋而起。勞倫斯將杜恩抬起交給龍腹員，自己也跳上鞍具。

勞倫斯兩手掛在鞍具上，喊道：「無畏，我們都上來了，快走！」龍腹員一一幫他們扣上鞍具，費羅斯手裡拿了勞倫斯的鐵鎖。庭院裡，衛兵因爲蛋將被帶走，不再小心翼翼，都拿起步槍聚在一起，瞄準同個位置，也就是槍火唯一能傷害龍隻之處。

無畏一鼓作氣向前振翅，奮力直直向上攀升。地上的突出物勾到阿拉曼龍檸檬黃小蛋外面包的絲布，於是一條眩目的紅絲帶由皮帶下拖出，這下子鞍帶不夠緊了，蛋又柔軟濕滑。

迪格比發現了，喊道：「蛋！小心蛋！」說著撲了過去，他的手指抓到蛋殼，蛋仍滑開來，由皮帶和龍腹網帶間鬆脫。迪格比放開鞍具，用另一隻手抓住龍蛋，但他的鐵鎖還鬆鬆掛著，沒扣上鞍具。馬丁向他伸出手，叫道：「迪格比！」但無畏那一躍勢不可擋，他們已升到屋頂上方，並隨著無畏鼓翅的衝勁繼續爬升。迪格比張著口，驚惶地跌了下去，那顆龍蛋還抱在他胸前。

男孩和蛋一同翻落，墜在中庭石地上叫喊的衛兵之間。潔白的大理石上，迪格比兩臂伸開，身旁砸毀的蛋中，半成形的蛇形身軀蜷曲著，燈籠的駭人光芒照著血泊與蛋汁中他們殘破的小屍體，無畏則繼續向上爬升飛離。

第十章

他們獨自飛往奧地利邊境，旅途危險而漫長，所有人都心情沉重，只因情勢危急，才無法耽溺於悲傷。無畏整晚不發一語地急飛，勞倫斯試圖柔聲安慰，他也不回應。他們背後，喀西利龍還在找他們，熊熊怒火橫越天際。

月已低沉，只有雲後朦朧的星光。他們在昏暗中飛行，有時爲了看羅盤會冒險點起提燈。無畏的龍皮在深夜暗中幾乎完全隱形，而且他非常留意其他龍的振翅聲。陸續有三隻速度快的信差龍衝過他們，他都提前飛向一旁。全土耳其都因他們警戒起來，但他們仍不停前進，無畏以前所未有的高速飛翔，拱起的翅膀有如船槳迅速揮舞，在黑夜中划動。

無畏不像平常是因興奮或好鬥衝得過快，勞倫斯沒要他減速。而且他們無法確定無畏飛得多快，身下一片漆黑，煙囪的亮光偶爾閃過。大家都安靜地緊靠著無畏，躲避風的鞭笞。

他們身後東邊的夜空開始轉爲淡藍，星光褪去。不過沒必要催促無畏再飛快些，白天不可能越過邊境，如果他們無法在黎明前到那兒，就得找地方躲到下一夜。

「長官，那裡有光。」艾倫指向北方打破沉默，聲音仍沙啞哽咽。一支支火把的火光進入視線中，在邊界周圍有如一串發光的項鍊，龍與龍失望地對喊，陣陣憤怒的低吼傳來。那些龍隻組成小型編隊，沿邊界來回飛行，像鳥兒一樣盤旋，一隻隻都抬著頭望向暗中。

葛蘭比圈著手擋住噪音，在勞倫斯耳邊輕聲說：「土耳其人沒有夜行的龍，他們只是想碰運氣而已。」勞倫斯點了點頭。

土耳其龍焦躁的表現，讓奧地利邊界也警戒起來。多瑙河對岸不遠處的山丘上，勞倫斯看見一道燈火通明的碉堡。他拍拍無畏身邊，無畏眨著水汪汪的明亮眼睛回頭，勞倫斯默默地指向那碉堡。

無畏點點頭，他不打算直直飛過邊界，卻沿著碉堡邊飛了一陣子，注意土耳其龍的動向，敵方隊員有時甚至對暗夜鳴槍，似乎只爲了製造點聲音，而不是眞預期打中目標。他們有時放出閃光彈，但邊界有幾哩長，不可能完全照亮。

無畏沒發出任何警示，他們只感到他的肌肉突然收縮。勞倫斯立刻拉下艾倫和一同負責守望的哈克萊，自己也緊貼著無畏。無畏快速鼓動翅膀，加速猛衝出去。他在離邊界十條龍身的距離處停下，伸長翅膀，深吸口氣讓身軀擴張。滑翔通過崗哨間幽暗處，幾乎沒讓兩側火把的火焰搖曳。

無畏撐到沒辦法才再度揮動翅膀。他們離地很近，勞倫斯甚至能聞到新鮮的松針氣味，最後無畏才不得已拍了兩下翅膀，遠離樹梢。他飛了一哩多，來到奧地利碉堡的北側之後，才又靠近邊界。天色漸白，土耳其邊界更清晰了，龍隻仍在梭巡，看來無畏越過邊界時沒被發現。

他們仍得在天亮前找到掩蔽。無畏體型太大，不易在鄉間躲藏。勞倫斯說道：「艾倫先生，升起國旗，把白旗一起綁著。無畏，盡快飛進碉堡降落，他們最好別在我們接近時反應，到牆內再傳出騷動比較好。」

無畏低垂著頭，他從前恐怕從來沒飛得那麼賣力，加上先前旅途辛苦，心裡悲傷，想必更加疲憊，因此振翅緩慢並非小心翼翼，而是累了的緣故。但他毫不埋怨，打起精神最後一搏。他向碉堡飛起，拚命拉高，越過牆垣，然後重重地落到庭院中，以後腿立著搖搖擺擺，嚇得一側的騎兵隊和另一側的步兵尖叫逃開。

勞倫斯以擴音器大吼著：「停火！」他以法文重複一遍，接著站起來揮舞英國國旗。奧地利人遲疑了，於是無畏嘆口氣蹲坐下來，頭垂在胸前說道：「我真累壞了。」

艾格上校給他們咖啡和床鋪，也給了無畏一匹驚嚇之際跌斷腿的馬，他們急忙趕其他馬匹到碉堡外一片小牧場，派人看守。勞倫斯沉睡到那天下午，從吊床爬起來時還有點恍惚，卻發現無畏在外頭不停哼著鼻子，這樣吵吵鬧鬧，若非他安全地蜷曲在碉堡的厚木牆下，半哩外的土耳其邊界一定會發現他。

勞倫斯前一晚勉強說了點他們的經歷，這時才告訴艾格詳情。他聽了之後說：「他們要跟著拿破崙起舞了，對吧？」以他祖國與鄰國的關係，他關心的當然是這方面的事。「他們有得享受了。」

他好好招待勞倫斯吃了午餐，略表同情，不過能幫的忙有限。他添滿酒，說道：「我該讓你去維也納，不過，老天啊，那樣會害了你。說來丟臉，可是有些衣冠禽獸會雙膝下跪在拿破崙面前，把你拱手交出。」

勞倫斯平靜地說：「先生，很感謝您收留我們，在下絕不會讓您或貴國爲難，我曉得您和法國講和了。」

「講和啊。」艾格酸酸地說，「應該說我們懦弱地縮在他們腳邊才對。」

午餐將近尾聲，艾略幾乎喝下三瓶酒，酒力很慢才作用，看得出他已經習慣了。他是位紳士，不過勞倫斯懷疑他出身並不高，前途與官運因而受限，無法發揮才幹。但他並不是因自怨自艾而酗酒。夜幕低垂，白蘭地和人的陪伴讓他口風變鬆，他才透露了悲慘的故事。

他的心結是奧斯特里茲之役。那場慘烈的戰役中，他在藍傑隆將軍麾下作戰。「結果那惡魔引我們到普拉增高地和奧斯特里茲鎮。」他說，「刻意把他部下從最好的位置調開，佯裝撤退，幹嘛呢？好讓我們和他打啊。那時他有五萬人，我們有九萬，還有俄軍在，於是他誘我們開戰。」他淒慘地笑著，「何不讓我們占據那兒呢？反正過沒幾天，他就輕鬆地拿回去。」他雖然醉了，卻花不到十分鐘便在桌上擺出地圖和戰局示意圖，在圖上揮著手。

勞倫斯還沒醉到不覺得震驚。他去中國途中已在海上聽到奧斯特里茲的慘劇，不過所知不多。其後幾月，他沒聽過更深入的消息，因此逐漸容許自己想像拿破崙的勝利被誇大了。艾格上校放在地圖上的小錫人和龍木雕莊嚴列隊，四處移動時，讓人深感不安。

「他讓我們與他右翼稍稍交鋒，高興一下，直到我們軍力中心被誘開。」艾格說，「然後他們便出現了──五十隻龍和兩萬人。他讓他們強行軍過去，我們沒聽到半點風吹草動。之後又苦撐了幾小時，俄國的皇家衛隊讓他們流了點血，但僅此而已。」

他伸手用指揮杖輕點一個騎馬的人形，然後靠向椅背，閉上眼。勞倫斯拾起一只小龍在手上把玩，不知如何應對。

艾格過了會兒才說：「隔天早上，法蘭西斯皇帝❶去與他講和。堂堂神聖羅馬帝國皇帝，竟然向自立為王的科西嘉人鞠躬。」他的聲音哽咽，沒再說什麼，漸漸不醒人事。

勞倫斯讓艾格休息，自己出去找無畏。他已經醒了，心情還是很差，對勞倫斯說道：「迪格比已經夠可憐了，我們還害死了那隻小龍。他好無辜，不能選擇賣給我們或被土耳其人扣留，而他又不能跑走。」

無畏蜷臥在剩下的兩顆龍蛋旁沉思，或許出於直覺，讓蛋倚偎著他身軀，偶爾伸出叉狀舌頭輕觸蛋殼。他不太情願地讓勞倫斯和凱因斯檢查龍蛋，一直低著頭在他們上方徘徊，最後龍醫官不耐煩地說：「拜託讓開你該死的頭，光線都被擋住了，什麼也看不到。」

凱因斯輕拍蛋殼，將耳朵湊在殼上傾聽，沾濕手指在殼上抹抹，放進嘴裡。徹底檢查之後退開，無畏又蜷起身子，將蛋包得更緊，心急地想聽結果。

凱因斯說：「他們狀況很好，沒受什麼風寒。最好還是包進絲布裡。」他以大拇指比了比無畏，「讓他扮保母沒什麼大不妥。這隻中型龍的狀況沒有立即的危險，以聲音判斷，小龍還沒成形，可能要等上幾個月。不過喀西利龍六到八週就會孵化，我們可得趕緊回去。」

「地面上法國的軍隊太密集，奧地利不安全，德意志聯邦也一樣。」勞倫斯說，「我打算向北取道普魯士，再過一個半星期就能到岸邊，從那兒再飛幾天，就到蘇格蘭了。」

那天晚上，勞倫斯找艾格談話時，艾格說：「飛哪條路都好，就是要快，我會設法慢點向維也納報告。那些該死的政客還來不及想法子再污辱奧地利，你就離開國境了。我會給你安全通行證，讓你順利出邊界，不過你不從海上走嗎？」

「繞去直布羅陀至少要多花一個月，而且得一直在義大利海岸找掩蔽。」勞倫斯說，「我知道普魯士和拿破崙講和了，不過，你覺得他們會過分到把我們交給拿破崙嗎？」

「把你交出來？不可能，」艾格說，「他們要開戰了。」

「跟拿破崙開戰？」勞倫斯驚呼。他沒料到會聽到這個好消息。普魯士向來擁有歐洲最精良的軍力，要是他們之前加入聯盟，結果一定大爲不同。他們此刻加入戰局，對拿破崙的敵人而言，已是一大勝利。不過艾格顯然不覺得有什麼好高興。

艾格說道：「是啊，等他把他們跟俄國人一起踏入塵土中，歐洲就沒人制得了他了。」

勞倫斯聽到這則消息，心情好多了。他對艾格消極的想法不予置評，不過奧地利軍官雖痛恨拿破崙，從前兵敗，普魯士卻得勝，難免心有不甘。於是他改口說：「至少他們沒理由拖延我們的旅程。」

「飛快點，別捲入戰爭，否則拿破崙會親自己拖延你們。」

隔天晚上，他們在夜色掩護下出發。勞倫斯留了幾封信，請艾格送去維也納，再轉寄倫敦，不過他希望自己會早點到家。爲了避免任何意外，至少得讓人知道他們在這之前的進展，還有鄂圖曼土耳其的情況。

勞倫斯寫給海軍部的信比平日還生硬，並以手邊僅有的過時密碼系統加密。他其實並沒有罪惡感，相信自己這麼做合情合理，但也明白嚴厲的法官將如何看待這整件事——只因微薄的證據就輕率魯莽地冒險，而且除了他自己，沒有更高的長官批准。不難將土耳其人的態度轉變視爲偷蛋的結果，而非原因。

他不能拿職責當理由，會危及與他國的關係時，沒有上級命令，誰也不會認爲有責任執行瘋狂而危險的任務，他的動機甚至可能完全受誤解。而他並不會厚顏無恥地詭辯，提出藍登下命帶回蛋的信，替自己的行爲開脫。說來重要的還是時間，最好的方法是立刻趕回去，將複雜的問題交到海軍部手中。

他不確定若自己聽到的是二手消息，是否會認同那項行動，這正是世人認爲空軍會幹的瘋狂事，說不定這種偏見有其道理。他若明白自己的前途要看海軍臉色，還會冒那麼大的險嗎？爲了前途而小心翼翼，其實很不可取，不過他從未刻意算計。只不過身爲一隻龍的隊長，能完全成爲他的職責，不會因別人的意志而分開，的確很難得。勞倫斯被迫開始不安地思考，自己是否已自認爲凌駕於權威之上。

那天早上他們安頓下來休息時，勞倫斯試著向無畏透露他的不安，無畏說：「我嘛，實在不覺得權威有什麼好。」他們在山坡左上側的一塊空地紮營，那兒向來無人整理，這時鞏肅以巧手將幾隻羊放在窯裡烤，冒出的煙不多，以免引起注意。

無畏繼續說道：「我覺得權威好像只會逼人做他們不想做的事，而且無法說服的時候，就用威脅的。凌駕權威之上很好啊。我才不要像船一樣，讓人把你帶走，逼我接受另一個隊長。」

勞倫斯不知該如何反駁，他雖然能辯解權威不是那樣，卻覺得辯解太虛偽。他顯然不喜歡那麼不受約束，雖然爲此難爲情，至少應該坦白自己的想法。他憂愁地說：「有機會的話，大概人人都能變成暴君。所以更不能允許拿破崙得到更多權力。」

無畏若有所思地說：「他那麼討人厭的話，爲什麼人和龍都對他唯命是從啊？」

勞倫斯承認道：「這個嘛，其實我不曉得他會不會討人厭。至少他得士兵愛戴，他不斷讓他們打勝仗，他們自然愛戴他。能爬到那麼高的地位，他一定有某種魅力。」

「總得有人當上權威，爲什麼那麼怕他掌權？」無畏問，「我可沒聽過英王贏過什麼戰爭。」

「英王的威權不太一樣。」勞倫斯答道，「他雖然領導英國，卻沒有絕對的權力，英國沒人有絕對的權力。拿破崙不受限制，也沒人能反抗他的意志。而他只以這樣的優勢滿足自己。英王和大臣都將國家置於個人之前，至少優秀的國王和臣子是這樣。」

無畏嘆了口氣，不再繼續討論，懶懶地和蛋蜷在一起，勞倫斯憂心地望著他。有隊員喪命，無畏總是很消沉，但他會沮喪地生悶氣，不會像這樣沒精打采。他不開心，不只因爲有人喪生。勞倫斯擔心眞正的原因是他們在解放龍的問題上看法分歧，這種失落連時間也無法平撫。

他可以對無畏說明解放運動需要漫長的政治運作，威伯．福斯花了許多年才讓國會通過一個又一個法案，而他們至今仍在努力禁止奴隸交易。但他覺得這算不上安慰，也不是什麼榜樣，無畏太心急，絕不會接受緩慢而計畫周詳的程序。而且他們忙於職務，一定沒什麼時間搞政治。

但他越來越覺得，必須從中找到一點希望，雖然此時該以戰事爲重，卻不忍看到無畏如此沮喪。

奧地利的鄉間農作收成，一片翠綠與金黃，牲畜肥美而滿足——至少在無畏向他們伸爪之前是如此。他們沒碰到其他龍，也沒受到盤問。飛進薩克森❷之後，又向北飛了兩天，還沒看到移動中的軍隊，最後飛越厄爾士山脈❸邊緣最後一群小丘時，突然發現一大片營地挨在德勒斯登市旁，至少有七萬人，還有二十多隻龍趴在旁邊的谷地裡。

勞倫斯下令掛起旗幟，卻太遲了，下方響起警報聲，士兵跑向大砲，空軍奔向龍隻，幸好英國國旗讓無畏受到截然不同的待遇，他們引導無畏降落在臨時掩蔽所中倉促清出的地上。

勞倫斯對葛蘭比說：「叫隊員待在龍上。今天還能飛一百哩，希望不用停留太久。」他由鞍具盪到地上，在腦中思考該怎麼用法文解釋、提出要求，一邊想拍掉身上最明顯的灰塵，卻徒勞無功。

這時有人以流利的英文說：「媽的，終於來了。你們的同伴呢？」

勞倫斯轉身訝異地睜大眼，他面前站了位面帶怒容的英國軍官，正不耐煩地以馬鞭敲著靴子。勞倫斯就算在倫敦市皮卡地利大道❹上見到魚販，也不會這麼意外。他問道：「老天爺，我們也動員了嗎？」說完發現自己失態，改口說：「不好意思。在下威廉．勞倫斯隊長，坐騎無畏，請多指教。」

「喔，我是理察．宋戴克上校，通訊官。」上校說，「你明知道我們在等你，那話是什麼意思？」

勞倫斯更驚訝了：「上校，我想你把我們誤認為別人了，你不可能在等我們，我們剛從中國經過伊斯坦堡飛來，上個命令已經是幾個月前的事了。」

「什麼？」這下輪到宋戴克驚訝了，他越發不滿地說道：「你是說你們沒別的同伴嗎？」

勞倫斯說：「沒錯。我們正為空軍出緊急任務，要飛往蘇格蘭，只是停下來要求准許通行。」

宋戴克說：「喔，我眞想知道除了這場該死的戰爭，空軍還有什麼急事？」

「我倒希望知道您這麼說空軍，是怎麼回事。」勞倫斯說。

「怎麼回事？」宋戴克怒吼道：「拿破崙的軍隊就在眼前，你還問我怎麼回事！我在等二十隻龍，他們早該在兩個月前就在這兒了，就是這麼回事。」

譯註：

❶：法蘭西斯皇帝（Emperor Francis），此指法蘭西斯二世（一七六八～一八五三），爲最後一任神聖羅馬帝國皇帝。

❷：薩克森（Saxony），於今德國東部。一八〇六年神聖羅馬帝國瓦解後，成爲獨立的薩克森王國。

❸：厄爾士山脈（Erz Gebirge mountains），位於薩克森南側的高山。

❹：皮卡地利大道（Piccadilly），倫敦著名的大道，當時爲高級住宅區。

III

第十一章

霍恩洛厄親王[1]幾乎面無表情，聽著勞倫斯努力解釋。他年屆六十，生性快活的臉加上撲了白粉的假髮後，並未過分正式，卻有一股莊嚴的氣息。不過，他看來心意已決，等勞倫斯說完便開口道：「英國口口聲聲說痛恨那個暴君，卻不出什麼力。沒有軍隊從你們岸邊渡海來加入戰局。隊長，有人可會抱怨英國不想流血，只想出錢。普魯士不是不想帶頭迎敵，不過你們允諾過一定會派二十隻龍來，此刻已是開戰前夕，連半隻也沒看到。英國打算讓她的協議蒙羞嗎？」

「長官，我發誓絕無此意。」宋戴克目光帶刺，怒視勞倫斯。

勞倫斯說：「他們絕對無意如此。長官，我猜不出他們被什麼事耽擱，但正因如此，我更急著想回去。飛回英國只要一星期，給我通行許可，月底前我就能回來，相信還能帶著跟您保證過的全數龍隻。」

「沒那麼多時間了，況且我可不想再聽空洞的承諾。」霍恩洛厄說，「只要英國保證的龍隻出現，你就能得到通行許可。在那之前，你是我們的座上賓，你有點良知的話，當然可以想辦法實現你們的保證。」霍恩洛厄雖然客氣，話語卻堅持，對侍衛點點頭，侍衛便掀開帳棚門，顯然表示談話到此爲止。

勞倫斯和宋戴克離開帳棚時，宋戴克說：「希望你別蠢到呆坐著看他們忙，讓他們更討厭我們。」

勞倫斯轉身面對他，火冒三丈地說：「我倒希望你盡好本分，沒鼓勵普魯士人不把我們當盟友，卻當囚犯看，污辱空軍。你身爲英國軍官，明知道英國處境還執意如此，幹得好啊。」

「那你就說服我，幾顆蛋爲什麼跟這場戰役一樣重要。」宋戴克說。「老天，你到底明不明白現在的狀況？拿破崙解決他們以後，不他媽的找上英倫海峽對岸，還能找誰？現在不在這兒阻止他，明年這時候就得在倫敦對付他，那可不容易，說不定半個英國都會身陷戰火。我曉得你們空軍根本不敢讓你們掛上的牲畜冒點危險，可是你該知道——」

「喂，夠了。」勞倫斯說，「老天有眼，你太過分了。」他轉過身，怒氣騰騰地大步走開。他天性不愛與人爭執，很少這麼想出口氣。他受不了別人質疑他沒勇氣、不願盡責，還污辱他效忠的空軍，要不是他們走投無路，他恐怕嚥不下這口氣。

但空軍禁止軍官決鬥，這可不是能規避的普通規定，尤其身處戰爭中，不用說可能就此喪命，他根本不能冒險讓自己受傷，否則不只無法參戰，無畏更會大失所望。

葛蘭比在掩蔽所入口碰到他時，他仍覺得受了屈辱，恨恨地說：「那個該死的輕騎兵走掉時，大概覺得我膽小如鼠吧。」

葛蘭比臉色蒼白，鬆了口氣說：「謝天謝地，你做得沒錯。雖然很難忍，但那風險我們承擔不起。你用不著再見那傢伙。要是和他還有事要處理，菲利斯和我可以幫忙傳達。」

勞倫斯說：「謝了，不過我寧願讓他一槍殺了我，也不想讓他覺得我不願面對他。」

這時他們走到分得的光禿禿小空地，無畏盡可能蜷起身子舒服點，專心地聽旁邊普魯士龍說話，投入得耳朵和頭冠都立了起來。隊員在火堆旁忙碌，匆匆進餐。

無畏看到勞倫斯出現，問道：「我們要離開了嗎？」

「恐怕不是。」勞倫斯說完喚了菲利斯、李格斯兩位高級軍官加入他們。他嚴肅地說：「各位，事情棘手了，他們拒絕讓我們通行。」

勞倫斯解釋完情況，菲利斯脫口說道：「長官，可是我們會戰啊，難道不——」他連忙改口道：「我是說，我們會跟他們作戰吧？」

勞倫斯說：「我們不是小孩子，也不是懦夫，戰事當前不會躲在角落生悶氣。他們沒禮貌，但處境一定很艱難，即使他們無禮，我也不想因自尊而失責。老天保佑，但願我曉得空軍爲什麼沒派他們承諾的支援來。」

「只有一個可能——別處還需要他們。」葛蘭比說，「所以當初才會派我們取蛋。不過要是英倫海峽沒受攻擊，麻煩一定發生在海外——印度發生動亂，或是哈利法克斯出了問題——」

菲利斯插嘴說：「噢！也許要收回美洲殖民地了？」李格斯認爲，比較可能是殖民地居民那些不知感激的混帳入侵新斯科細亞。他們爭論一番仍沒結果，最後葛蘭比打斷他們的臆測。

「其實事情發生在哪不重要，不管拿破崙在別的地方做了什麼，海軍部絕不會讓海峽無龍防守。如果多出來的龍隻乘運龍艦返國，海上各種問題都可能耽擱他們。但他們已經慢了兩個月，一定隨時會到。」

李格斯說話一向很直：「隊長，不好意思，不過要是他們明天就到，我會留下來一戰。大可以把蛋交給中型龍帶回英國，要是錯失機會，沒幫忙給拿破崙那傢伙一點教訓，可是恥辱。」

無畏插嘴說：「我們當然要留下來打仗囉。」他甩甩尾巴，結束這場爭論。一般的年輕公龍總是樂於躍入爭端，若戰事在附近爆發，絕對沒辦法約束他。「眞可惜巨無霸、百合和其他朋友都不在這兒，不過終於能和法國再戰，還是很高興。這次一定也可以打敗他們。」說到這，他坐直身子，突然冒了句，「說不定戰爭就這麼結束，那我們就能回家爲龍爭取自由了。」

勞倫斯很意外自己居然大鬆一口氣，他平常雖然擔心無畏，卻未曾眞正了解無畏有多消沉，這時無畏突然興高采烈，他才看出對比。無畏這麼興奮，勞倫斯已無意澆他冷水，要他謹慎點。勞倫斯當然很清楚在那兒的勝利還不足以擊垮拿破崙。他在心中與理智交戰著，心想拿破崙這一役一敗塗地，當然可能被迫簽下條款，如此一來，英國至少能在眞正的和平中暫時喘息。

他開口時僅僅說：「各位，很高興大家對參戰一事的看法都和我相同。但我們另一個責任也該考慮，這些蛋讓我們付出太多金錢和鮮血，絕不能在此放棄。我們不能期望空軍及時趕來，把蛋安全帶回去，這場仗很可能打上一、兩個月，喀西利龍將在戰場中孵化。」

一時間眾人無語，葛蘭比白皙的皮膚紅透之後轉白，垂下眼一言不發。

片刻之後，菲利斯望了望葛蘭比，說道：「長官，蛋已經好好包起來，放在有火盆的營帳裡，分分秒秒都有兩名少尉看守。凱因斯說那樣很好，眞的開戰時，就把地勤人員放在戰線後安全的地方，讓凱因斯留守照顧龍蛋。要是得撤退，可以停下來迅速抓起他們。」

無畏插嘴，竟然說：「你擔心的話，只要殼有點硬了，我就請他盡量等久一點，他聽得懂我的話。」

所有人都楞楞地看著他。勞倫斯不解地問：「請他等？你是說——幼龍嗎？這種事能由他決定？」

無畏一副那是常識的樣子：「開始會覺得肚子很餓，不過到破殼之後才會餓得難忍。而且瞭解別人在說什麼以後，外面的事物都顯得很有趣。不過幼龍應該能等一下才對。」

他們細細思考無畏的話，李格斯說：「天啊，海軍部可會驚訝死。不過可能只有天龍是這樣，我沒聽說過龍記得半點蛋裡的事。」

無畏若無其事地說：「可是也沒什麼好說的。沒趣極了，所以才要出來。」

勞倫斯遣散他們，試著用有限的補給品搭建帳棚。葛蘭比頷首後即離去，其他上尉交換一下眼色，跟著走開。勞倫斯心想，比起俘虜船艦，龍孵化的程序通常受控制，空軍比海軍更少僅因天時地利而得到職位。和葛蘭比剛認識時，葛蘭比也因他得到無畏而心有怨懟。勞倫斯瞭解他的尷尬，知道他為何不願開口——他似乎該避嫌，因為照此發展讓隊員馴養幼龍，蛋孵化時，他將是資歷最深的候選人。然而他若反對，卻像逃避責任，原先應是他在最惡劣的情況下，在戰場中馴服幼龍，而那顆龍蛋才到他們手裡幾星期，且屬於幾乎一無所知的品種，他失敗的話，未來恐怕沒機會再晉升。

勞倫斯整晚都待在小帳棚裡寫信，那座隊員幫忙建的帳棚就是他的房間。掩蔽所四周立著普魯士空軍的營房，不過並沒有讓他或手下住到更正式的地方。以戰時的糧價，他們剩下的錢只夠部下和無畏過一天，照目前情況，他可不想求助於普魯士人，因此打算隔天一早去德勒斯登，希望能從銀行裡提點錢。

天黑不久，薩基敲敲營柱，進到帳棚裡。他醜惡的傷口總算沒壞疽，不過走路仍有點跛，而且因爲一道血肉被挖去，此後大腿上都會留著深深的傷痕。勞倫斯站起身，揮手要他坐到墊了坐墊的箱子，也是唯一的椅子上。「不，坐吧，我這樣可以。」他說著，學薩基的習慣，坐到地上另一個坐墊。

「我不久留。」薩基說，「葛蘭比上尉說我們不會離開，聽說無畏代替二十隻龍被扣留下來。」

勞倫斯開玩笑道：「要是那樣，還眞抬舉他了。沒錯，雖然和計畫不同，不過我們要在這兒安頓下來，不管能不能抵過二十隻龍，都會盡力幫忙。」

薩基點點頭：「我信守承諾來告訴你我要走了。空戰中沒受訓練的人在無畏背上，恐怕只是危險的麻煩，而且連營地都不能離開，當然不需要嚮導。我對你沒有其他用處了。」

勞倫斯雖然不情願，但無法反駁，緩緩說道：「對。以現在的狀況，我不會要求你留下，可惜以後沒有你幫忙了。可是目前我不能報答你的功勞。」

「以後再說吧。」薩基說，「誰知道呢？世界沒那麼大，還可能再碰面。」

他帶著那抹淡淡的笑說完，站起來跟勞倫斯握手。勞倫斯握住他的手說：「希望能再相見，有朝一日可以幫上忙。」

薩基婉拒勞倫斯幫他爭取通行權。其實他腳雖然不方便，勞倫斯卻不擔心他來去會有問題。薩基不再逗留，戴上斗篷的帽子，拿起一小包行囊，步入喧鬧的掩蔽所中，龍隻旁沒什麼守衛，他轉眼便消失在散亂的營火與營帳間。

勞倫斯寫了封拘謹的短籤送給宋戴克上校，說明他們希望幫普魯士忙。早上，上校帶了一位普魯士人來掩蔽所，這位先生比其他高級指揮官年輕不少，一大把鬍鬚留到下巴之下，表情剛猛如鷹。

「長官，這位是英國皇家空軍的威廉．勞倫斯隊長。」宋戴克說道，「隊長，這位是路易．費迪南親王❷，前鋒隊的司令，你被指派到他麾下。」

他們要直接對話，只能用法文。勞倫斯悲哀地心想，至少這陣子他被迫勉強講法文，法文進步了些，結果路易親王的口音濃厚難辨，勞倫斯難得不是法文最差的人。親王指著無畏說道：「讓我們看看他的能耐和技巧。」

他由旁邊的掩蔽所召來一名普魯士軍官，戴恩隊長，指示他帶他的重型龍英豪和編隊做操演，爲他們示範。勞倫斯站在無畏頭旁看著，暗自不快。他們離開英國這麼多個月，他完全忘了做編隊操演，即使在最佳狀況，他們也跟不上示範的技巧。英豪幾乎和無畏一年來的同伴巨無霸一樣大，而巨無霸可是隻皇銅龍，屬於已知龍種中最大的品種。英豪雖然飛不快，但飛方形路線時，他轉的彎近乎直角，肉眼幾乎看不出他和其他龍的相對位置有變。

「他們究竟爲什麼那樣飛啊？」無畏歪著頭問，「那樣轉彎好奇怪，倒著飛時空隙大到誰都可以插進去。」

「只是操演而已，不是戰鬥隊形。」勞倫斯說，「可是那樣的演練需要紀律和精準度，他們在戰場上表現一定更爲出色。」

無畏哼了聲。「我覺得他們練點眞正有用的，表現才會更好。」他加了句，「不過我看出模式了，現在要我做也沒問題。」

「你確定不用看久一點嗎？」勞倫斯憂心地說，普魯士龍才飛完一遍，他個人希望能私下練習一陣子。

「不用，蠢是蠢，不過一點也不難。」無畏說。

這恐怕不是演練時應有的態度，而即使是較不嚴苛的英式編隊飛行，無畏也向來不太喜歡。勞倫斯雖然盡力阻止他，他仍快速急衝完成操演，比普魯士編隊的速度還快，比輕型戰龍還大的龍根本跟不上，他還炫耀四處螺旋飛行。

「我把翻滾加進去，才能一直由編隊向外看。」無畏自豪地蜷伏到地上，又說：「這樣就不會意外被攻擊了。」

他的妙招顯然不受路易親王賞識，英豪也咳著哼了聲，嗤之以鼻。無畏聽了立起頭冠，瞇著眼以後腿坐起。勞倫斯怕他們爭執，急忙說：「長官，您或許不知道無畏是天龍，有種很特別的能力——」他說到這兒，突然意識到神風如果直接翻譯，聽來可能太誇張、太奇幻，於是住口。

路易親王示意他們說：「請示範一下。」但附近沒有適當的目標，只有一小叢樹木。無畏合作地由胸膛深處發出兇猛的吼聲，震垮了樹叢，他沒用全力，卻驚動整個掩蔽所的龍隻，他們大喊問著究竟，營地另一端的騎兵隊則傳出馬匹微弱惶恐的嘶鳴。

路易親王略帶興味地檢視碎裂的木片：「把他們逼進碉堡裡，就能派上用場了。有效距離多遠呢？」

勞倫斯說：「長官，目標若是老化的木材，距離不遠。他得靠近到進入他們砲火下。不過若是對上步兵或騎兵，距離就遠多了，相信效果一定很好——」

「是啊！可是代價太大了。」路易親王意有所指地比了比清晰可聞的馬嘶聲。「只要對手的步兵沒垮，把騎兵隊換成龍戰隊的軍隊就注定敗北。腓特烈國王❸大作中已經證實絕對如此。你之前有地面作戰的經驗嗎？」

勞倫斯被迫承認：「長官，沒有。」無畏打過那幾次戰役都是空戰，勞倫斯雖然從軍多年，也不敢說自己經驗老到，大多空軍都由低階軍人向上爬，至少都有支援步兵的經驗，但他的那些歲月都在海上度過，從沒機會參加陸上的戰爭。

「喔。」路易親王搖搖頭直起身說：「我們不會給你們這方面的訓練了。最好盡量讓你們發揮作用。剛開戰時和英豪的編隊一起俯衝，然後驅開兩側來的敵龍，跟著他們，就不會嚇到騎兵。」

路易親王詢問無畏的補給狀況後，堅持派給他們幾名普魯士軍官和半打地勤人員，補足人手。離開英國後，他們不幸失去幾名隊員，沒人遞補，迪格比和貝勒斯伍不久前才喪生，麥當諾死在沙漠裡，許久前他們剛啓航，便在馬德里附近遭法國龍夜襲，可憐的小摩根和他半數的鞍具員一起身亡，他們的確需要人手。新進人員似乎很老練，但幾乎不會說英文，講的法文又難以辨認，而且勞倫斯有點擔心龍蛋，不想讓全然陌生的人在龍上。

他願意相助，但普魯士人顯然還不滿意，他們對無畏和他隊員的態度稍微和緩，但仍認爲空軍軍團背叛了他們。普魯士人因此有藉口不讓他稱心如意，勞倫斯除了困擾，還怕他們發現龍蛋要孵化，就算他們藉機將喀西利龍蛋據爲己有，勞倫斯也不意外。

他說過他有急務在身，但沒說蛋就要孵化了，也沒提到那是喀西利龍蛋。普魯士人同樣沒有會噴火的龍種，他們若知道，誘因一定加倍。但普魯士軍官在他們身邊，秘密岌岌可危，他們無意中教龍蛋德文，要得到幼龍就更容易了。

勞倫斯之前沒和自己軍官談過這個問題，不過也沒必要讓他們一起擔憂，葛蘭比很受愛戴，況且即使隊員都討厭他，不希望他馴養幼龍，也不會想讓拚命取得的成果被普魯士人奪走。他們不用任何指示，便自動對普魯士軍官冷淡，注意不讓他們接近龍蛋。每次無畏在操演或練習時，便把龍蛋藏在襁褓中，由菲利斯設三班制守衛，大家志願看守。

不過他們不常練習，普魯士人覺得除了打仗，沒必要頻繁出動龍。編隊每天訓練，進行偵察，稍微探一探鄉間狀況，但受到速度最慢的成員限制，不會太深入。勞倫斯建議他可以帶無畏更深入鄉野，卻被否決，認爲他們遇上法軍可能被俘，也可能讓法軍追到普魯士的營地，那一點情報得不償失——這又是腓特烈國王的格言，勞倫斯聽都聽膩了。

只有無畏開開心心，他快速地向普魯士人員學德文，很高興不用一直做編隊練習。「我不用方方正正地飛，也能在戰場上好好表現。」他說，「眞可惜不能多看看鄉下，不過沒關係，等我們打敗拿破崙，就隨時可以回來看了。」

無畏對眼前的戰事胸有成竹，其實除了硬被徵召來的薩克森人滿腹牢騷，他們四周全軍都和無畏看法相同。他們的期望是有根據的，全營紀律嚴明，勞倫斯還沒看過那樣的步兵操演。霍恩洛厄雖然不如拿破崙有天分，卻是英勇的將領，而他日漸擴大的軍隊還不到普魯士軍力的一半，這還不包括俄軍，俄軍正在東方的波蘭境內集結，很快就會來支援。

法國人由國境遠道而來，補給線變得長而稀疏，將以寡擊衆，他們應該無法帶太多龍。而一旁的奧地利和海峽對岸的英國威脅仍在，拿破崙勢必得將不少兵力留著預防其中一方加入戰局。

他們禮貌地邀勞倫斯加入普魯士空軍的隊長中，他去的時候，他們很樂意將談話轉成法文，告訴他那個國家終將戰敗。戴恩隊長說：「他到底打敗過誰啊？奧地利人、義大利人，還有埃及的一些異教徒嗎？法國人其實不會打仗，也沒鬥志，等著瞧，好好打垮他幾次，他整個軍隊就會蒸發掉。」

其他軍官都點頭附和，勞倫斯雖然不覺得能輕易獲勝，照樣和他們一樣欣然舉杯預祝戰勝拿破崙。他在海上和不少法國人交手過，很清楚他們也許不是好水手，但在戰場上並非無能。

他仍覺得法國人不能與普魯士人相提並論，而且身處志在必得的同伴之間，無人有怯意或遲疑，很令人振奮。他們是值得尊敬的盟友，他確知開戰當日，他將毫不猶豫加入他們陣容，將自己的性命託付給他們的勇氣，這可是他最高的讚美。因此那晚他和戴恩一同離開普魯士隊長時，戴恩將他拉到一旁說了番話，讓他大為不快。

「我無意冒犯，容我這麼說，」戴恩說道，「我從沒指示別人該怎麼管他的龍，不過你們在東方待太久，他腦子裡似乎有些怪主意？」

戴恩是個直話直說的軍人，沒有惡意，這麼講只是好心提醒，但接下來的建議令人羞辱：「他或許沒練習夠，或許太久沒打仗了，最好別讓他們心有旁騖。」

他的龍英豪顯然是普魯士龍守紀律的模範。英豪連外表都有如表率，頸子旁環著一厚厚的骨板，延伸到背脊和翅膀，像穿了盔甲一樣。他體型雖大，卻不懶惰，隨時準備回應召集或演練，其他龍沒精神時，英豪還會出言責備。普魯士龍都十分敬畏他，進食時乖乖地站在一旁，讓他先吃。

勞倫斯承諾一同作戰後，便受邀讓無畏由畜欄進食，而無畏一心怕丟了優先進食的地位，不願退下禮讓英豪。勞倫斯也不希望無畏退讓。普魯士人不善加利用無畏的天賦是他們的問題，他能理解他們不願爲了太遲加入的一員而破壞他們精準無比的編隊，但他認爲無畏能力還是較強，因此毫不能忍受任何人看輕無畏，也受不了有人說無畏哪裡差英豪一等。

英豪自己並不反對和其他龍分享食物，但其他普魯士龍對無畏的大膽之舉有點不滿，接著驚訝地看著無畏沒馬上進食，卻把他的獵物帶給鞏肅烹煮。無畏看著他們不可置信的表情，說道：「直接吃的話，嘗起來都一樣。煮過好吃多了，試試就知道。」

英豪哼了一聲，不予回應，刻意撕咬著自己的生牛，吃到剩下牛蹄，其他普魯士龍立刻跟進。

戴恩這時又對勞倫斯說：「最好別對他們的奇想讓步。雖然看似小事——他們沒在打仗時，何不讓他們盡情享受？可是龍和人沒兩樣，要有紀律、有規矩，這樣他們還快樂點。」

勞倫斯猜想，無畏又跟普魯士龍提起他的改革了。他簡短地回應戴恩一句，便走回無畏的空地，發現他悶悶不樂地蜷曲在那兒。勞倫斯原來就不太想責備他，看到他無精打采，便完全打消念頭，立刻走上前撫摸他鼻頭。

無畏低聲說：「他們說我要吃煮過的食物，嬌生慣養。我大概太蠢了，居然說龍應該不用打仗，他們誰也不聽我的話。」

勞倫斯溫柔地說：「喔。親愛的，你希望龍能自由選擇要做什麼，就得有心理準備，有些龍並不想改變，畢竟他們習慣了。」

「是啊，可是誰也看得出能選擇還是比較好。」無畏說，「不論那個笨英豪說什麼，我又不是不想作戰。」他抬起頭，頭冠緩緩張開，又說：「他只知道每次轉彎前要數拍幾下翅膀，有什麼資格批評？至少我沒笨到每天練習十次該怎麼把肚子露給想從側面攻擊的人。」

他發這頓火，勞倫斯不太高興，努力讓自己安撫煩躁的無畏，卻沒什麼效。

無畏激動地說：「他說我不該抱怨，應該去練習編隊演練。照他們的飛法，我來回兩次就能把他們逼到一塊兒，以他們能在戰場上做的事，他倒該待在家裡整天吃牛。」

他終於被安撫了，於是勞倫斯便忘了這件事，然而，隔天早上，他坐在無畏身邊讀書（無畏正為透過歌德著名的小說——講述道德爭議的《少年維特的煩惱》，為自身權益認眞煩惱著。）卻發現編隊升空做戰鬥操演，而無畏緊抓住機會，不斷批評他們的隊形，就勞倫斯聽懂的部分，似乎所言不差。

之後勞倫斯私下問葛蘭比道：「你覺得他只是不高興或搞錯了嗎？他們練習這麼久，應該不會犯錯吧？」

葛蘭比說：「這個嘛，他講的我聽不完全，不過聽起來沒說錯。還記得我們訓練時，他很擅長發明新編隊。可惜我們從沒機會在戰場用到。」

那天晚上，勞倫斯對戴恩說：「其實我並沒有不滿，但不跟你提一下這個問題也不對。無畏想法有時怪，對某些事卻很有辦法。」

戴恩看著勞倫斯倉促畫的草圖，微微笑著搖頭：「不會，不會，別在意。我干涉你時，你禮貌地容忍我，我怎麼能生氣呢？我明白你的論點——對一些龍來說是正確的事，對其他龍不一定公平。龍的性情形形色色，真是奇怪。我想，如果總是糾正、否認他，他會憤憤不平、不快樂吧。」

「噢，不是的。」勞倫斯煩惱地說，「戴恩，我沒那個意思。我只想讓你知道我們防守上可能的弱點，僅此而已，真的。」

戴恩似乎不相信，但仍仔細地看了一下圖，接著起身拍拍勞倫斯的肩膀：「來吧，別擔心了。你發現空隙，不過當然有些空隙啦，哪個隊形沒弱點？不過空中和紙上不同，很難利用那麼小的弱點。腓特烈國王親自批准這些演練的，我們藉此在羅斯巴赫會戰❹打敗過法國人，會在這兒再打敗他們一遍。」

勞倫斯聽到這番回答就該滿足，但他仍不滿地離開。他覺得受過良好訓練的龍隻，比任何人都能判斷空中操演的優劣，而戴恩的答案聽起來不是軍事判斷，卻像刻意地忽視問題。

譯註：

❶：霍恩洛厄親王（Prince Hohenlohe，一七四六～一八一八），普魯士陸軍將軍。

❷：路易・費迪南親王（Prince Louis Ferdinand，一七七二～一八〇六），普魯士親王，極有軍事天賦。

❸：腓特烈國王（Frederick the Great，一七一二～一七八六），即腓特烈二世，爲軍事天才，著有《戰爭原理》一書。

❹：羅斯巴赫會戰（Battel of Rossbach），發生於一七五七年，爲七年戰爭中之一役，普軍大勝法國與神聖羅馬帝國聯軍。

第十二章

勞倫斯只覺得完全無法理解軍中的內部會議，語言的隔閡加上身處遠離軍隊大部分單位的掩蔽所內，連要聽見營裡四處流傳的謠言，也顯得加倍遙遠困難。他聽到的消息都模糊而矛盾：他們可能在艾福特❶集結，也可能在霍夫❷集結，有人說他們會在薩勒河❸逮到法軍，有人說是緬因河❹，在此同時，天氣有了秋天的寒意，葉緣轉黃，而軍隊仍無動靜。

時間悄悄流逝，他們在軍營裡待了近兩星期，終於有了音訊，路易親王召集隊長到附近的農舍，請他們吃頓豐盛的大餐，還告訴他們一點新消息振奮人心，讓他們大爲滿足。

「我們預計通過圖林根森林隘口❺，向南推進。」他在餐桌攤開大地圖指出地點，繼續說：「霍恩洛厄將軍將由霍夫向班堡❻前進，布倫維克將軍和主要軍力則由艾福特向符茲堡❼去。」目標城鎮靠近法軍夏季以來駐紮的位置。「我們沒聽到拿破崙離開巴黎的消息。

若他們想坐在軍營裡等我們去，豈不恰好。他們還沒弄清楚怎麼回事前，我們就發動攻擊了。」

他們屬於前鋒，因此目標爲森林邊緣的霍夫市。行軍不會多快，要爲那麼多人補給並不容易，何況有約七十哩的路程，路徑上得建立補給站，還要爲龍準備牲畜，維持通訊。雖然有這些但書，勞倫斯回空地時仍十分開心，好不容易知道一點狀況，能夠移動，即使步兵和騎兵用馬車拖著砲，嚴重拖累他們的速度，還是比原來好上一千倍。

隔天早上，他們輕鬆飛兩小時就到了新的掩蔽所，無畏問：「我們爲什麼不先走？我們在這裡除了爲自己整理幾塊空地，也沒做什麼事，速度慢的龍一定也能飛久一點。」

葛蘭比說：「他們不讓我們離步兵太遠。這對雙方都有利，要是我們自己離開以後，碰到一隊法國龍帶著一兵團步兵和幾座砲支援，恐怕不會多開心。」

在那情況下，敵軍龍隻明顯占了上風，有了野砲，他們能重新集結、休息，還有危險區域可限制沒步兵支援的龍隻行動。無畏聽過解釋，仍然嘆了口氣，埋怨著繼續推倒幾棵樹當柴，順便爲他和普魯士龍清出空間，等待行軍的步兵趕上。

以如此緩慢的速度，兩天前進不到二十五哩，命令卻突然變了。高層軍官乘龍往來，天天會商，路易親王對那些軍官變化莫測的奇想聳聳肩說：「布倫維克將軍希望改讓所有軍隊一起通過艾福特，所以要先到耶拿❽集合。」

但他們已到了耶拿南方，這下子得回頭向西北走，步兵速度慢，大概損失了半天。勞倫斯不太高興地對葛蘭比說：「一開始動也不動，現在又得調頭。他們還是少開點會比較好。」

軍隊直到十月初才集合到耶拿附近，那時，已經不只無畏對他們的速度不滿了。連最遲鈍的普魯士龍不停受約束，也開始煩躁，每天引頸西望，似乎那樣就能再前進幾哩。那座城鎮在又寬又深的薩勒河岸上，薩勒河因此成爲良好的屏障。一座大帳棚成爲軍官的臨時食堂，裡面放了張地圖，勞倫斯研究著，發現他們原本的目的地霍夫在南方沿河而下僅二十哩處，他看來，改變集合地就像無緣無故撤退。

戴恩說：「不是的，其實還有些騎兵和步兵被派到霍夫去掩人耳目，讓他們以爲我們會往那裡去，然後我們會由艾福特和伍茲堡一湧而上，攻他們個措手不及。」

聽起來不錯，不過他們不久便發現計畫有問題：法軍已經在伍茲堡了。氣喘吁吁的信差鑽進司令的營帳後，不到片刻，消息便像野火一樣傳遍營地，連空軍也立即聽說。

「他們說拿破崙本人在那裡。」另一位隊長說，「皇家衛隊在緬因茲❾，而他的元帥遍布巴伐利亞，整個法國大軍團❿都動員了。」

戴恩說：「這樣最好啊，謝天謝地，至少不用再行軍了！讓他們來挨打吧。」

他們都自然陷入這樣的情緒中，全營突然振奮了起來，所有成員都能感覺到戰事已近，高層軍官再一次密會，熱烈商討。普魯士人怕派人出去會被俘，因此幾乎沒派兵偵察，但似乎每小時都有新情報傳來。

路易親王走進他們的食堂，說道：「各位先生，這消息眞有趣。拿破崙居然任命一隻龍當軍官，有人看到牠對他空軍軍團的隊長下達命令。」

一位普魯士軍官反駁道：「應該是牠的隊長吧。」

「不，牠沒隊長，也沒任何隊員。」路易親王說著笑了。但勞倫斯覺得這消息一點也不有趣，而那隻龍全身雪白，正證明他的猜測。

勞倫斯簡短地告訴他們龍天蓮和她過去的事，戴恩只說：「放心好了，保證讓你在戰場上有機會對上她。哈哈！要是由她負責，法國龍說不定沒在做編隊演練了？讓龍當軍官，接下來會讓馬升上將軍吧。」

無畏聽到那消息時說：「我倒不覺得有什麼不對。」他受普魯士如此待遇，與龍天蓮在法軍的表現相比，令他大爲不滿。

葛蘭比說：「不過，無畏，她一定完全不懂戰爭，可是你懂。成親王爲了天龍作戰的事大驚小怪，她想必沒經歷過戰事。」

「家母說，龍天蓮學富五車，而中國有許多空軍戰略的書籍，甚至還有一本是黃帝親自寫的，只可惜我沒機會讀。」無畏說完，一臉惋惜。

「不過紙上談兵而已。」葛蘭比揮手說道。

勞倫斯嚴肅地說：「拿破崙不是笨蛋。相信他手中還有其他計策，要是給龍天蓮軍階便能說服她參戰，他一定覺得讓她當上法軍元帥也值得，我們不用擔心由她統領法軍，倒要煩惱她的神風會對普魯士軍造成的影響。」

無畏壓低聲音說：「她想傷害我朋友，我會阻止她。可是她啊，一定不會浪費時間做愚蠢的編隊操演。」

隔天一早，他們隨同其他前鋒，與路易親王一起遷離耶拿，小心翼翼地移向其他軍隊南方十哩的薩爾菲爾德⓫，等待法軍前鋒來臨。他們到達時，一片死寂，勞倫斯趁步兵來之前先進城，希望靠他的普魯士軍官巴登豪爾上尉幫忙，找到好酒和能吃的東西，他在德勒斯登塡滿了荷包，想那晚請他的高級軍官吃一頓，也給其他隊員一點好東西吃。此刻，第一場戰役一觸即發，接下來的調動會讓補給減少，也不會有時間料理。

秋雨未下，但薩勒河已活力十足地在他們路徑上輕快奔流。勞倫斯走到橋中信步停下，將長樹枝探入河中。他伸長了手，樹枝仍探不到底，他跪下想再探深一點，樹枝卻被一股水流猛然捲走。

勞倫斯擦著手走下橋，說道：「我可不想渡這條河，更不想和砲兵隊一起過。」這句話用不著翻譯，巴登豪爾雖然幾乎不懂英文，仍滿心贊同地點頭。

這座昏沉的小鎭不太歡迎入侵者，他們行經時，婦女帶著怒意關起樓上的窗板，不過店老闆卻願意讓他們用金幣討好。他們找了家小旅店和老闆談生意，等軍隊主力到達之後，很可能徵收糧食，因此沮喪的老闆願意趁那之前賣他們不少食物。他還借了幾個小兒子幫他們搬補給回去。一行人過了河，走進掩蔽所。興奮的龍隻交頭接耳，比平時喧鬧，男孩的眼睛睁得銅鈴大。勞倫斯對巴登豪爾說：「請告訴他們，用不著害怕。」

巴登豪爾說的話沒什麼用，勞倫斯才剛賞他們幾便士答謝，他們便一溜煙跑回家去。他們留下了食物籃，籃中散發出令人垂涎的香氣，因此大家不以爲意。鞏肅負責打理食物，隊員的伙食通常是由地勤人員輪流負責，通常不怎麼好吃，但鞏肅此時已快完全擔起爲人員和無畏烹飪的任務。他們慢慢對鞏肅漸次摻入的東方香料和食物習以爲常，若是沒加，反倒會不習慣。

英國廚師因此閒得很。龍隻集合準備進食時，英豪鼓舞無畏說：「和我們一起吃吧！開戰前夕，你需要的是生肉，熱血會點燃胸中烈火。」無畏受到邀請，掩不住興奮，於是同意了，還眞熱切地撕啃著他那頭牛，只不過他仍比別的龍還仔細地把下巴舔乾淨，然後到河裡洗了個澡。

第一隊騎兵開始過河，馬蹄聲和馬匹的氣息，砲架的嘎吱聲和刺鼻油味穿過樹木的屏障飄向他們。這時營地幾乎有種節慶的氣氛，但其餘的人要等早上才會到達。天色暗了，勞倫斯帶著無畏獨自飛一小段，讓他放鬆一下，免得他又緊張地以爪刨地。他們怕驚擾馬匹，因此高高飛起，讓無畏在微光中瞇著眼盤旋。

無畏伸著頸子四望，問道：「勞倫斯，我們在那個位置會不會太暴露了點？只有那座橋，不能很快過河，周圍還有樹林。」

「不過我們不打算過河回去，只是爲其他軍隊守著橋。」勞倫斯解釋道：「要是他們來的時候，法軍占領了這一岸，在法軍的抵抗下會很難過河，因此一定要盡力守住。」

無畏說：「可是我沒看到其他軍隊來啊。我的意思是，我有看到路易親王和其他前鋒，但後面沒有別人。而且前面那裡有好多營火。」

「我敢說，該死的步兵團又走得慢吞吞。」勞倫斯自己也瞇著眼向北望，他勉強能看出路易親王馬車的搖曳燈光，正沿路向城鎮外的軍營而去，此外只有向遠處延伸的黑暗，南方微微生煙的營火像螢火蟲般一明一滅，在漸濃的暗中十分耀眼——法國人離他們不到一哩了。

路易親王毫不退縮，黎明時，他的大軍正迅速過橋，各就各位。全軍共有約八千人，還有四十四門砲支援，只不過其中有半數是徵召來的薩克森人，他們知道法國人距離不遠，交頭接耳的聲音更吵了。沒過多久，便聽到第一發毛瑟槍響——結果不是正式開戰，只是前鋒的前哨步隊和法國的斥候零落交鋒一陣。

上午九點，法軍由山丘間出現了，但仍藏身於樹木中，因此龍隻無法輕易解決他們。英豪帶著他的編隊，兇猛地以高速掃過他們頭頂。離騎兵隊太近，無畏奉令不能用神風，只隨他們飛過，結果根本沒什麼用。大家都沮喪極了，不久便接到指示歸隊，讓騎兵和步兵推進交戰。

英豪拋出信號旗，坐在勞倫斯左側的巴登豪爾翻譯道：「降落，著陸。」於是他們全都降落回掩蔽所中。一名上氣不接下氣的傳令兵正帶著給戴恩隊長的新命令在那兒等他們。

戴恩在頭上揮舞那包信，振奮地對編隊成員喊道：「指揮法軍的是拉納元帥⓬，我們今天可以逮到一堆鷹旗啦！接下來由騎兵進攻，我們要從他們後方過去，看能不能驚起幾隻法國龍，跟他們打一架。」

他們再次起飛，爬升到戰場的高空，零星作戰的法軍少了龍編隊的壓力，便衝出樹林，和路易親王方的前鋒交戰。他們後方則步出一字排開的一營步兵，還有幾隊輕騎兵，雖然未用到大量兵力，但已正式開戰，砲也發出低沉的隆隆響聲。樹林茂密的山丘上有人影移動，看不清究竟在做什麼，勞倫斯正要用望遠鏡看，無畏便大吼一聲——一個法國龍編隊業已升空，向他們襲來。

法國的編隊遠比英豪的編隊大，不過成員體型大多較小，幾乎全是輕量級的戰龍，甚至有些龍是信差品種。他們都不如普魯士編隊靈活，組成不太牢固的金字塔形，而且振翅的速度差異太大，龍隻邊飛還邊交換位置。

英豪和他的編隊整整齊齊迎向衝來的法國龍，散成上下錯開的兩橫排。勞倫斯要無畏就編隊位置，無畏爲了不超越他們左翼，幾乎兜了一圈。法國龍飛到之前，普魯士的編隊整隊完成，各隻龍上的步槍手舉起槍，準備發動他們令人生畏的齊射。

然而，正當他們飛進步槍射程，槍聲響起時，法國編隊完全陷入混亂，龍隻向四面八方橫衝直撞，普魯士的步槍齊射幾乎沒發揮作用。勞倫斯不得不承認誘他們齊射眞是妙招，不過他不明白法軍用意。法國龍沒載足夠的人力回敬槍火，此舉好像沒什麼好處。

法國龍似乎也無此意，只瘋狂地聚成一團忙碌打轉，保持安全距離以免被登龍，他們隊員似乎隨意瞄準敵人射擊，龍隻則一有空隙就衝入對普魯士龍抓咬一陣。空隙多得很，無畏鬧脾氣的抱怨分毫也不差，不久之後，普魯士軍幾乎每隻龍都掛了彩，四處淌著血，在慌亂中努力轉身，好面對不同方向來的敵龍。

無畏單獨飛行，最容易避開小型龍的攻擊，還以顏色。他們不受登龍威脅，不想對太小的目標浪費槍彈，勞倫斯因此讓無畏自行行動，並揮手示意他部下趴低身子，別礙手礙腳。無畏窮追不捨，一隻又一隻抓起小法國龍，用力搖他們一陣，抓扯一番，讓他們痛苦尖叫，慌忙逃開戰場。

但他在單打獨鬥，小龍的數量多到他自己一隻龍抓不完，勞倫斯正想叫戴恩解散編隊，讓龍隻各自盡力打鬥，弱點至少不會總是一目了然，而他們有體重優勢，應該能占上風。他沒機會建議，但又打了幾回，戴恩也得到相同的結論。又一隻信號旗升起，編隊解散了，龍隻混身是血，痛得瘋狂，振奮起來撲向法國龍。

無畏見狀大喊：「不行，不行！」他嚇了勞倫斯一跳，接著轉過頭說：「勞倫斯，你看下面——」

勞倫斯靠向無畏頸旁，一邊拿出望遠鏡。樹林裡向西湧出一隊法國步兵，包圍了路易親王的右翼，普魯士軍中央則被堅決的激戰逼退，士兵退到橋上，騎兵則無空間衝鋒。此刻正適合龍編隊俯衝，驅退側翼的攻勢，但編隊已散開後幾乎注定行不通了。

勞倫斯喊道：「無畏，上！」無畏開始吸氣，收起雙翼，如箭一般俯衝向西邊來襲的法國部隊。他的腹側膨起，吐出神風。勞倫斯壓住耳朵，稍稍遮住恐怖的咆哮。他攻擊完便揚起身飛開，數十人動也不動癱在地上，雙眼、雙耳和鼻子都流出鮮血，小樹倒在他們身旁，有如火柴。

普魯士守軍並未振奮，卻一片茫然。正值他們驚訝地停下之際，一位身穿軍官制服的法國人不顧性命，拿著軍旗由樹林躍出，以法文喊道：「法皇萬歲！法國萬歲！」他衝向前，其餘近兩千名法國前鋒隊跟也跟著衝出來，以刺刀與軍刀揮砍，混入普魯士軍中。無畏若再度攻擊，勢必兩敗俱傷。

情勢越來越緊急，四處的步兵正被逼入薩勒河，被他們靴子的重量拖入水中，馬蹄也在河岸滑開。無畏在空中盤旋，尋找空隙，勞倫斯則看見路易親王在中央集合殘餘的騎兵，準備衝鋒。馬匹集結在他周圍，他們大吼一聲，以如雷之勢英勇地衝向法國輕騎兵，兩軍相交時劍與軍刀相擊，發出如鈴的叮噹聲。衝擊在他們四周揚起黑濃的砲灰，煙霧纏繞馬腿，如暴風般在他們身旁打轉。勞倫斯一時間燃起希望，接著卻見路易親王倒下，劍由他手中鬆開，他身旁的國旗頹倒，而法軍發出駭人的歡呼。

援軍沒來。薩克森部隊最先潰散，狂亂地湧過橋或舉雙手投降。普魯士人聚成一隊隊堅守，路易親王的部屬則努力集合士兵，有秩序地撤退。大部分的大砲都棄於戰場，法軍以致命的砲火射擊普魯士軍，一群群試圖逃跑的士兵倒臥在地，或落入河中。其他人則沿著河邊向北撤離。

中午剛過，橋便陷落了。無畏和其他龍那時正在掩護撤退的軍隊，盡量不讓衝來衝去的法國小龍逼得軍隊潰逃。但他們不太成功，薩克森人潰不成軍，小法國龍從普魯士軍中抓起大砲或馬匹，放回法國步兵手中，上面有時還有人在尖叫。法國步兵在薩勒河遠岸落腳，駐紮到窗板仍緊閉的城裡建築之間。

戰鬥完全結束了，普魯士陣營中硝煙緩緩散去，「各自撤退」的信號旗淒涼地飄盪。敗兵退到法國步兵無法支援處，法國龍終於退下，無畏和普魯士龍疲累沮喪地依戴恩的信號著陸喘息。

他沒試圖鼓舞他們，沒什麼好振作的。編隊最小的龍是隻輕型戰龍，他在戰場上拚命衝刺搶回路易親王的遺體，正小心翼翼抓在爪中。戴恩簡短地說：「去接地勤人員，退到耶拿。我們在那裡會合。」

譯註：

❶：艾福特（Erfurt），位於今德國中部的城市。
❷：霍夫（Hof），位於艾福特市東南方，薩勒河畔。
❸：薩勒河（River Saale），於今德國境內，最後注入易北河。
❹：緬因河（River Main），於今德國境內，薩勒河西方，最後注入萊茵河。
❺：圖林根（Thuringia），位於今德國中部地區，當時包括數個邦國。
❻：班堡（Bamberg），位於霍夫西方，雷格尼茲河畔。
❼：符茲堡（Würzburg），於班堡南方，緬因河畔。
❽：耶拿（Jena），今德國中部的城市，位於薩勒河畔，霍夫西北。
❾：緬因茲（Mainz），今德國西方城市，位於緬因河注入萊茵河處，霍夫西方。
❿：大軍團（Grande Armée），指拿破崙戰爭中召集的多國部隊。
⓫：薩爾菲爾德（Saalfeld），位於薩勒河西岸。
⓬：拉納元帥（Marshal Lannes，一七六九～一八〇九），法軍元帥，於普法戰爭中屢建功動，爲拿破崙手下最傑出的元帥之一。

第十三章

開戰前，勞倫斯便將他的地勤人員帶到薩勒河遠岸，深入野地，藏在一處空中不易發覺的隱蔽谷林地。他們全並肩站著，最魁梧的立於前排，手持斧頭、軍刀和手槍，凱因斯和傳令兵待在後方，蛋則安全地塞在襁褓和皮帶中，擱在遮蔽好的小火堆旁。費羅斯和他手下開始替無畏鞍具檢查損傷時，依然很緊張，說道：「長官，你們離開之後，我們聽到附近有砲聲響起。」

勞倫斯說：「是啊，他們越過我們的位置，我軍正要退回耶拿。」他覺得自己像在遠處和他們說話，他疲累不堪，卻不能表現出來。他坐下來說道：「羅蘭、戴爾，麻煩給所有飛行員一份蘭姆酒。」艾蜜莉和戴爾帶著酒瓶和一只酒杯來去，大家都喝下自己那一小杯酒。最後才輪到勞倫斯，他欣慰地喝下，燒酒至少讓人有眞實感。

他走到後頭和凱因斯討論龍蛋的事。龍醫官說：「一點也沒傷到。保持這個狀態一個月都沒問題。」

「那你有概念何時可能孵化了嗎？」勞倫斯問。

凱因斯用他那副頑固的態度說：「目前爲止都沒變化。還要等三到五星期，不然我當然會告訴你。」

「很好。」勞倫斯說完，派他去照顧無畏，以防無畏太拚命而肌肉受傷，卻因爲酣戰或太消沉而沒有發覺。

凱因斯爬到無畏身上時，無畏說：「主要是他們出其不意，還有普魯士的爛編隊。噢，勞倫斯，我應該多說一點說服他們。」

勞倫斯說：「那樣的狀況下，實在不太可能。別自責了，不如想想如何以最簡單的方式修正編隊的行動，讓他們弄懂。我想，這下子應該能說服他們聽你建議了。輸了一場戰鬥，能修正戰術上的重大瑕疵，還算值得慶幸。」

他們大清早便到達耶拿，普魯士軍圍向這座城，居民則足不出戶。法軍在格拉❶虜獲他們亟需的補給隊，而耶拿城裡的倉庫幾乎空無一物。無畏只有一頭小羊吃，鞏肅善加利用，把羊燉了。無畏這餐聞著燉羊的香氣，至少吃得比人好。人只能勉強吃下匆忙煮出的麥片粥，配上烤硬的麵包。

勞倫斯走過其他營火旁，發現整個軍營都流傳著難聽的傳聞。戰場上回來的薩克森散兵低語說，他們承受敵方主要攻擊，犧牲自己努力抵抗法軍。糟的是還有另一場敗仗：陶恩欽將軍❷對上法軍前鋒，由霍夫撤軍，不料剛出油鍋卻入火坑，由蘇爾特元帥❸掌中逃開，卻撞進貝納多特元帥❹懷裡，損失了四百人才撤離。此時的情勢足以令所有人不安，更別說先前認爲能輕易戰勝的人。當時滿滿的自信已不復見。

勞倫斯發現戴恩和其他普魯士飛行員占了一間破爛的小農舍，勉強歇腳。龍隻降落在田裡時，住在裡頭的鄉下人便丟下屋子跑了。勞倫斯熱切地說：「我提議的不是徹底改變，只是簡單能達成的變更。」他攤開圖紙，紙上照著無畏的敘述，畫了編隊圖。「在情急之時逼不得已的改變，要是不實行，後果將不堪設想。」

戴恩說：「你眞好心，『早就跟你說過』沒說出口，但我還是聽到了。好吧，我們就讓龍來指導，看看能做點什麼。至少不會像挨完打的狗坐在掩蔽所舔著傷口。」

他和其他隊長原先哀愁地坐在幾乎空無一物的桌上，默默飲酒，此刻，他努力讓大家振作起來，展現魅力，鼓舞衆人，責備他們不該鬱鬱寡歡，幾乎親自把他們拖出農舍，推回龍身邊。這一來，大家不再垂頭喪氣。無畏更是振奮，大家聚集後，他亮著眼睛坐直身子，欣然投入訓練，教他們他新發明的飛行方式。

勞倫斯和葛蘭比沒出什麼主意，只幫他簡化了一番，因爲無畏毫不遲疑就能完成複雜的動作，但大多西方品種的龍都沒他敏捷，無法做到。雖然大幅放慢速度，但他們已習慣從前的訓練，一開始不太順利，幸好平時精準練習的效果慢慢展現出來，練習十幾次，大家都累了，但很有成就感。軍中其他一些龍悄悄來旁觀，不久他們的隊長也來了。戴恩和他的編隊好不容易降落休息時，問題便如洪水般湧來，其他幾個編隊很快也升空開始嘗試。

那天下午，計畫改變，他們的練習因此中斷。軍隊將退至威瑪❺重新集結，以保持和柏林的通訊。龍隻要再次先行了。這消息引起一陣不滿的抱怨。在此之前，軍令變更，東奔西走的行軍他們都欣然接受，認爲戰爭中改變路線在所難免。但在慌亂中又要後退，彷彿法軍小小的勝利就能將他們趕回家，大家這下都給激怒，而且指令混亂，顯得指揮官之間缺乏共識，更令人不安。

一片憤憤不平的氣氛中，他們又接到新訊息，指稱倒楣的路易親王聽霍恩洛厄模糊的指令，駐於薩勒河對岸，該命令實則意指進軍，命令本身卻未獲布倫維克或國王首肯，結果全軍未曾南移，霍恩洛厄顯然別有計畫。

路易親王的一位副官因爲可憐的坐騎過薩勒河時落水，才剛掙扎著徒步回營，告訴戴恩這個消息。戴恩對他們說：「霍恩洛厄下令撤軍，不過我們已經開戰，我們親王也剩不到一小時可活。普魯士就這麼浪費了一位最優秀的軍人。」

他們還不到暴動的程度，但全都義憤塡膺，更糟的是還沮喪不已，下午建立起的成就感蕩然無存。隊長回到各自的空地，監督整裝拔營。

信差龍離開掩蔽所的聲音，代表著沒完沒了的會商又在進行，那聲音開始令人厭惡。天還沒亮，勞倫斯就被那樣一陣振翅聲吵醒，光著腳身著襯衫，爬出帳棚，在水桶裡洗洗臉，水還沒結霜，卻足以令人清醒。無畏還動也不動地躺著睡覺，鼻腔湧出一股股溫暖的氣息。索耶和鼾聲陣陣的艾倫擠在小型帳棚裡，值夜更守衛龍蛋，勞倫斯探頭進帳棚裡時，索耶機警地抬頭。這是全營地最溫暖的地方，蓋了兩層布料，炭盆裡的炭火閃閃生輝。

他們正在耶拿稍北處的掩蔽所，位置偏普魯士軍東緣。布倫維克將軍趁夜將他的軍隊移近，普魯士軍幾乎集結完畢了。鄉野間滿是營火，生氣勃勃，營火的煙霧卻和遠方燃燒的城鎮融成一氣，南方不遠處又發現法軍前鋒，而幾支該到達的補給隊並未出現。前一晚，糧食缺乏，壞消息不勝負荷，霍恩洛厄軍中爆發近乎暴動的恐慌。情勢太沉重，對薩克森人更是如此。他們原本便無意結盟，此時已完全無心作戰。

掩蔽所和軍營有一段距離，勞倫斯沒看到太多糟糕的場面，不過在恢復平靜之前，火苗可能在建築之間延燒，早晨的空氣已因飄散的灰燼和煙霧刺鼻難聞，又因晨霧而潮濕。這天是十月十三日，他們到普魯士將近一個月了，還沒收到英國的訊息。鄉間滿是軍隊，送信因而緩慢又不可靠。勞倫斯獨自端著茶站在空地邊，望著北方打呵欠，與其他人的連繫可望而不可及，他感到一股深深的渴望，從未發現自己這麼想家，但家鄉還在千里之遙。

太陽試圖帶來黎明，但霧氣仍陰沉不散，厚厚的灰靄遮蔽了整個營地。聲音傳不遠便怪異地散去，有時不知打哪冒出來鬼魅般的身影默然移動，另一處卻聽到沒形影的聲音傳來。衆人緩緩起身工作，又餓又累，彼此甚少交談。

早上十點過不久，命令傳來：軍隊主力將經過奧施泰特❻向北撤退，霍恩洛厄的軍力則待在原地，掩護撤軍。勞倫斯默默讀著命令，不予置評，將紙條交還戴恩的傳令兵。他可不會對普魯士軍官批評普魯士軍的命令。普魯士人自己倒沒那麼沉默，隨著指令傳開，以他們的語言大聲喧嘩。

「他們說，我們應該在這裡跟法國人打一仗，我滿贊同的。」無畏說，「要是不打仗，幹嘛來這裡？大軍一直走來走去，還不如待在德勒斯登，這樣就像在逃跑。」

「我們沒資格說這種話。」勞倫斯說，「可能有些情報我們不知道，所以覺得這樣調動不合理。」但這話只能聊以慰藉，連他都不太相信。

他們短時間裡不能擅自移動。三天來，龍隻雖然有進食，卻吃得很少，而且接到的命令也並非要他們出動，以免隨時要拔營或交戰，不過至少目前不太可能有戰事。無畏安頓下來打盹兒，勞倫斯則留葛蘭比坐鎮，對他說：「約翰，我要到這該死的霧外面，去高一點的地方看看。」

蘭德格拉芬堡❼這座平頂的高地俯望著耶拿的平原和谷地。勞倫斯再次帶著小巴登豪爾當嚮導，兩人一同由一條蜿蜒狹窄的溪谷奮力爬上樹木覆蓋的山坡。不時被討厭的黑莓叢擋住去路。繼續往上爬，路徑湮沒於長草間，坡太陡，雖然有零星的大樹被砍下，平坦的開闊地被羊隻踩扁，但已沒人來割這裡的草。幾隻羊好奇地抬頭看，然後步入歐洲蕨叢。

他們倆汗流浹背，快一小時後，終於爬上山頂。巴登豪爾揮手指向一片美景，口齒不清地說：「到啦！」勞倫斯點點頭。遠處一圈灰藍色的群山擋住了視線，不過他們的制高點很理想，谷地凹處的一切在他們眼前攤成一個圓，好似栩栩如生的地圖，小山丘上鋪著變黃的山毛櫸和較小叢的常綠樹，幾株白皮的樺樹竪立其中。作物大多已收成，原野幾乎呈現一片平坦的褐黃，在微弱的秋陽下一片寂靜，而陽光下顯得時間已晚，卻又照得散布的農舍燦爛動人。

一層黑雲快速西移，遮去了朝陽，陰影爬上山丘。山丘間薩勒河的一段卻映著烈日，向他們投以眩目的光輝，最後勞倫斯不禁因光線刺眼而湧出淚水。風起了，樹葉與乾燥枝條脆裂，傳來如火焰噼啪的低沉聲響，在那聲音下還有更低沉的隆隆聲，彷彿船隻首次鳴鐘，但聲音久久不散。除此之外，萬籟俱寂，地面已結霜硬化，空氣中沒有動物或腐爛的氣味，竟似毫無生氣。

他們上山那側的山坡上，普魯士軍一排排緊密聚集，軍隊大部分都被厚厚的濃霧籠罩，但布倫維克的軍團開始向奧施泰特北移，處處有刺刀反射熠熠陽光。勞倫斯謹慎地望看城鎮所在的另一側。沒有法軍在那兒的確切跡象，但耶拿的人正在撲滅火源，殘焰燃著橘紅光芒，從這高度好似炭火，在模糊的叫喊聲中一一熄滅。勞倫斯勉強分辨出馬匹拉車的形影，他們正往來河邊載水滅火。

他在那兒站了片刻思索情勢，和巴登豪爾比手畫腳，偶爾有幾個彼此懂的法文字可用。就在這時，一陣風吹開了城鎮上方冉冉升起的濃煙，兩人都楞住了——一隻白龍出現在視野東方。那是龍天蓮，她正以蜂鳥般的高速飛過河流和城鎮，不時在空中停下盤旋。勞倫斯一時間覺得她正向他們飛來，他隨即明白那不是錯覺。

巴登豪爾拉著他手臂，兩人一同撲倒在地，鑽到黑莓叢下，任黑莓的刺勾扯著他們。匍匐前進了二十呎左右，他們發現拜羊隻之賜，地上和黑莓叢間有一處避難所。他們躲進凹洞之後，枝條繼續搖盪，片刻後，一隻綿羊踢腿掙扎，爬進小洞裡加入他們，在荊棘上留下大片大片的羊毛，成為他們舒適的屏障。牠或許也覺得有人類陪伴比較安心，於是躺臥在他們身邊顫抖著。此時白龍收起巨翼，優雅地落在山巔。

勞倫斯緊張地等待。要是她看見了他們，打算追擊，那麼一叢黑莓不能擋她多久。但她望向別處，反而是對他們才看完的景色大感興趣。她的外表有些改變，勞倫斯在中國看過她穿戴華麗的金飾和紅寶石，在伊斯坦堡身上則沒有任何珠寶，這時她戴的東西完全不同，在膜狀頭冠的根部周圍戴著類似冠冕的飾品，那飾品不是金質，卻是閃亮的鐵，精巧地勾在頭冠邊緣和她下顎，中央一顆近乎雞蛋大的鑽石在微弱的晨曦中傲然閃爍。

一名法國軍官打扮的男人由她背上爬下，跳到地上。她居然容忍人騎，還是如此平凡的人，勞倫斯深感訝異，軍官沒戴帽子，黑髮短而稀疏，獵騎兵的制服外只披了件厚重的皮外套，褲子外套著黑色長靴，腰間是把耐用的劍。

「這兒眞不錯，我們的軍隊全聚集來拜見我們。」他的法文帶了奇特的腔調，說著打開望遠鏡觀察普魯士軍，特別注意延伸向北路的軍隊。「我們讓他們等太久了，不過這事馬上就會處理。達武❽和貝納多特很快就會把這些傢伙送回我們這兒。你看到普魯士王旗了嗎？我沒看到呢。」

龍天蓮不以爲然地說道：「沒有，而且我們沒建好基地，不該在這裡等著找王旗。你的位置太曝露了。」她血紅的雙眼視力不太好，正漠不關心地俯望原野。

「少來了，我有你陪著，一定很安全。」軍官笑著反駁，轉過身望了她一眼，笑容讓整張臉有了生氣。

巴登豪爾抓住勞倫斯手臂，力道幾乎令人抽筋。勞倫斯望向他，這個普魯士人嘶聲說道：「是拿破崙。」勞倫斯震驚地轉身，靠向荊棘仔細看。那個科西嘉人的身材和他看英國報紙的敘述得到的印象不同，他並不特別矮小，只是較爲結實。此刻他神采奕奕，灰色大眼炯炯有神，臉因寒風而微紅，甚至算得上英俊。

拿破崙又說：「不急。我們大概還能給他們三刻鐘，讓他們再派另一師上路。來回走走，正好能讓他們培養好情緒。」

這三刻鐘裡，他大多在山脊來回踱步，若有所思地望著下方的平原，表情有若猛禽。在此同時，勞倫斯和巴登豪爾則動彈不得，雖知道同伴處境，卻苦於無能爲力。身旁一陣顫抖引起勞倫斯的注意，巴登豪爾的手悄悄摸向手槍，這位上尉臉上露出猶疑不決的可怕神情。

勞倫斯把手放在巴登豪爾手臂上阻止他，年輕人隨即垂下眼，放下手，臉色蒼白羞愧。勞倫斯靜靜地猛搖一下他的肩頭安慰他。這種誘惑不難理解——全歐洲苦難的始作俑者站在不到十碼之外，不可能沒有那瘋狂的念頭。若有希望讓拿破崙身陷囹圄，無論他們個人要冒多大的危險，都有責任一試。但由灌木叢中攻擊，絕不可能成功。他們一有動靜就會驚動龍天蓮，而勞倫斯有親身經驗，很清楚天龍反應很快。他們唯一的機會的確是用槍，由他們隱蔽的位置，如殺手般出其不意射向他背後。

職責顯而易見，他們得躲起來等著，盡快將情報帶回軍營，告訴大家拿破崙正等他們落入陷阱，他們仍可能反擊，贏得光榮的勝利。這任務分秒必爭，當下卻必須安靜不動，看著法皇沉思，實在是折磨。

龍天蓮焦躁地擺動尾巴，開口說：「霧吹散了。」她瞇著眼俯視霍恩洛厄砲兵連的位置，山坡盡在砲兵視野中。「走吧，你這樣太冒險了，何況需要的情報你都有了。」

「好，好，保母大人。」拿破崙還在用望遠鏡，心不在焉地說著，「可是親眼看總是不一樣。不用調查就知道我地圖上至少有五個錯誤，而且騎乘砲兵旁的砲不是三磅砲，是六磅的砲。」

「皇帝不能同時做斥候。」她嚴肅地說，「你不相信你的部下，就該把他們換掉，而不是越俎代庖。」

「在教訓我咧！」拿破崙自嘲卻不失尊嚴地說，「連貝提耶❾都不會這樣跟我說話。」

「你做蠢事的時候他應該講的。」她說著開始哄他，「走吧，你不想引得他們上山來攻占峰頂吧。」

「喔，他們已經錯失良機了。」他說，「不過，我就聽妳的吧，反正也該辦正事了。」他終於收起望遠鏡，踏入她等待的掌中，彷彿這輩子已經給龍服侍慣了。

龍天蓮才剛飛開，巴登豪爾便魯莽地爬出黑莓叢。勞倫斯跟著他衝向空地，停下來看那一景最後一眼，找尋法軍的蹤影。薄霧淡去，絲絲飄離，他這下看見耶拿周圍拉納元帥的軍團正忙著堆起軍火和食物補給，由建築燒剩的殼子收集遮風避雨的木材和物資，建起空空的畜欄。勞倫斯雖然拿出望遠鏡四處遠眺，在薩勒河這岸卻看不到其他集結的法軍，看不出拿破崙打算從哪裡調出軍隊攻擊。

他語帶保留，只若有所思地對巴登豪爾說：「在他部署好軍力之前，我們還有機會占領高地。」由這距離，一營的砲兵便能掌控平原，難怪拿破崙打算這麼做。但他為了占好據點，似乎停滯不前。

這時，龍隻開始由遠方的樹林一躍而出，有如小丑人偶跳出盒子。不是他們在薩勒河畔對付的輕型戰龍，而是中型龍，所有空軍的主力：漁龍和蝶龍來勢洶洶，呈編隊而行。他們在駐守耶拿的法軍之間著陸，外表有點怪異。勞倫斯用望遠鏡仔細看，才發現那些龍身上近乎覆滿了人，龍隊員之外，外加一整連的步兵以運送的絲質小型鞍具攀在龍上，很像中國平民平常的交通方式，只是擁擠得多。

人人都有自己的軍用背包和槍，最大型的龍隻背了至少一百人。龍的爪子也不得閒，辛苦地搬著整箱整箱的火藥，巨大的食物包裹，甚至還用網子裝活生生的動物。網子放進畜欄，割開之後，裡頭的牲畜茫然昏沉地走動，撞到牆就倒下來，顯然像不久前無畏帶著飛過沙漠的豬一樣，給人下了藥。勞倫斯明白這一幕多聰明，心情不禁沉重——他們以充滿敵意的地域行軍能維持的量，估計法國龍有數十隻，法國龍若像這樣帶著自己的補給，龍隻數量就不會受限，絕對多於預估。

十分鐘內，地上聚集了近乎一千人，龍隻則調頭去載下一批。勞倫斯估計，距離不超過五哩，但路上全是濃密的森林，還有河道縱橫。一軍團的人通常要花幾小時才能越過這段距離，他們卻只花幾分鐘就降落在新根據地。

勞倫斯猜不出拿破崙如何說服部下攀在龍身上在空中飛行，他無暇思考，巴登豪爾正口齒不清地拉開他。法國空軍在遠方起飛，巍然恐怖的大騎士龍和戰之歌直直朝山頂飛來，載的不是人、食物或火藥，卻是野砲。

勞倫斯和巴登豪爾縱身由山邊躍下，在飛沙走石的煙霧中滑落陡坡，群龍降落山頂時，飛揚的塵土和落葉刺痛了他們臉龐。勞倫斯在半山腰暫停一下，冒險回頭看最後一眼。重型龍一次就放下兩、三隊的人，人員立刻跑去將砲拖到前方的山脊，解開龍的腹帶，在他們身邊卸下一堆堆霰彈砲和一般砲彈。

他們無法搶奪山頂位置，也無法撤退。這場戰役將在法國砲的陰影下，按拿破崙的計畫展開。

譯註：

❶：格拉（Gera），位於霍夫北方的城市。

❷：陶恩欽（Tauentzein，一七六〇～一八二四），普魯士將軍。

❸：蘇爾特（Jean-de-Dieu Soult，一七六九～一八五一），法軍元帥。

❹：貝納多特（Jean-Baptiste Bernadotte，一七六三～一八四四），法國元帥。

❺：威瑪（Weimar），今德國中部城市，位於耶拿西北。

❻：奧施泰特（Auerstadt），威瑪東北，耶拿北方的市鎮。

❼：蘭德格拉芬堡（Landgrafenberg），耶拿西北的高地。

❽：達武（Louis-Nicolas Davout，一七七〇～一八二三），法國元帥。

❾：貝提耶（Louis-Alexandre Berthier，一七五三～一八一五），爲拿破崙參謀長。

第十四章

勞倫斯還沒離開霍恩洛厄的營帳，新消息已在砲兵連流傳，最快的信差龍已用極速趕去通知布倫維克和國王，並向西方的威瑪召集後備部隊。他們別無選擇，只能盡快集合開戰。若不是法軍意外來襲，勞倫斯個人倒有點慶幸法國人逮住他們，他和無畏都覺得，雖然軍隊準備好要作戰，但前一星期，指揮官似乎竭力避免他們掀起的戰爭開打，如此愚蠢懦弱地拖延，只會磨損士氣，耗盡補給，曝露支隊行蹤，使之一一被殲滅，如同路易親王悲慘的下場。

行動在即，近乎完全驅散了籠罩營地的不滿，經過軍隊時，他聽到笑聲和語帶揶揄的說話聲，而鋼鐵般的紀律和演練成果立現，立正的命令馬上得到回應，眾人狀況雖淒慘，又濕又餓又憔悴，武器卻狀況良好，國旗在頭上歡欣地飄揚，旌旗隨風拍打，有如毛瑟槍響。

無畏以後腿坐著，頸子直直探出掩蔽所張望，勞倫斯還沒走到空地便被他發現，心急地喊著：「快啊，快啊，勞倫斯，他們已經對我們開戰了！」

「跟你保證，不管我們多晚加入，今天都會打個夠。」勞倫斯說著躍入無畏等待的爪中，葛蘭比伸手幫他盪到位置上，勞倫斯動作之快，完全與他勸無畏耐心點的話相違。英國隊員也好，普魯士軍官也好，所有隊員都各就各位，巴登豪爾受過信號軍的訓練，因此焦急地坐在勞倫斯位置旁。

「費羅斯、凱因斯，拜託全心照顧龍蛋。」勞倫斯向下喊著，然後即時扣起鐵鎖，無畏瞬間飛起，急促的振翅聲蓋去一切話語，勞倫斯只看到地上人揮手回應，他們便衝向戰場前線，和來襲的法軍前鋒交戰。

幾小時後，早晨第一場戰鬥結束，英豪領著他們在一個小谷地降落，讓龍喝幾口水，稍稍喘息。勞倫斯很慶幸他們雖然算遭擊退，但無畏維持得不錯，士氣也沒受什麼影響。其實法國在高地設了野砲，他們不太可能阻止法軍占領據點，但至少法軍得爲他們贏得的土地付出代價，而普魯士軍則得到足夠的時間部署軍隊。

無畏和其他龍並未沮喪，反而很高興能打仗，而且一心期待繼續打。他們辛苦也有報償，多數龍都抓到一、兩匹死馬吃，因此較過去多日吃得還好，也有了力氣。龍隻等著喝水時，甚至在谷地裡彼此談論自己的英勇表現，對敵龍做了什麼好事。平原上並未覆滿敵方的屍體，勞倫斯總覺得他們誇大了，但他們仍然樂於吹噓。隊員仍待在龍背上傳著水壺和餅乾，只有隊長集合討論片刻。

勞倫斯爬下龍背，準備加入討論時，無畏喚著他說：「我吃的這匹馬好奇怪，戴了頂帽子。」

癱軟垂落的馬首覆著怪異的綿質薄頭套，質地很輕，與轡頭相連，在眼窩處有堅硬的木質護套，鼻孔則有袋狀物覆蓋。無畏將馬遞給他，他用刀切下鼻前小袋，袋中裝了乾燥的花草，雖然此時吸飽了血和馬濕潤的氣息，仍能聞到強烈的香氣。

葛蘭比爬了下來，和勞倫斯一起研究，說道：「戴在鼻子上，一定能避免聞到龍味，受龍驚嚇。他們中國一定靠這樣才能在龍身邊放騎兵。」

勞倫斯告訴戴恩這消息，戴恩說：「糟糕，真糟糕。所以他們能在龍的火力下運用騎兵，我們卻沒辦法。」他對一隻輕型龍的隊長說：「舒列茲，你去轉告將軍他們。」那人點點頭，跑向自己的龍。

他們降落不過十五分鐘，起飛後卻發現風雲變色。大戰已完全在他們腳下展開，那是勞倫斯前所未見的景象。軍隊部署於方圓五里的村莊、田野與樹林間，成千上萬的綠、紅、藍色制服一片斑斕，其中刀劍閃爍，集結的軍隊湧至戰線，有如恐怖的芭蕾舞團，隨之而起的是動物驚恐的尖叫，補給馬車車輪嘎吱碰撞聲，和野砲如雷雨的隆隆咆哮。

「勞倫斯，」無畏說，「下面人好多啊！」戰場的規模大到連龍都自嘆弗如，無畏很少有類似的感覺，他猶疑地在半空中停下盤旋，俯望戰場。

大砲灰白色的煙霧吹拂過原野，鑽入橡樹與松樹林。普魯士左方一座小村莊外有場激戰，勞倫斯猜測交戰的雙方共超過一萬人，但無法挽回頹勢。其他處的法軍停下攻擊，開始在他們贏得的土地上鞏固防線。人馬湧上薩勒河上一座座橋，軍旗上的老鷹閃著金光，還有更多人乘龍而來。早晨的第一座戰場上，雙方死者的身軀都無人聞問，只待勝利或歲月讓他們入土。

無畏低聲說：「我不曉得戰爭的規模會這麼大，我們該往哪去？有些人離我們好遠，沒辦法幫到所有人。」

「我們只能盡力完成我們的職責。」勞倫斯答道，「贏得此役靠的是將領，而不是個人或一隻龍。我們必須留心信號和指令，達成他們的要求。」

無畏憂心地咕噥：「可是沒有好將領怎麼辦？」

他問得太貼切，令人不安，勞倫斯的腦中不由自主地比較起來。高地上，那眼露金光的精瘦男人信心滿滿，大勢在握，營帳裡的老人則不停會商爭執，朝令夕改。腳下的戰場後方，勞倫斯看到霍恩洛厄騎著馬，撲著白粉的假髮整整齊齊，他那群副官和手下在他周圍匆忙來去。陶恩欽、霍森朵夫和布呂歇都在他們各自的軍中行動，布倫維克公爵的軍隊撤退到一半調頭，因此他還未出現在戰場。這些將領幾乎都快六十歲了，而他們對上的是由法國革命一路戰鬥而來的元帥和統馭他們的人，任誰都比他們年輕二十歲。

勞倫斯努力拋開無用的念頭，說道：「不論將領好壞，我們和其他人依然要盡職責。即使策略有問題，紀律仍可能決定輸贏，沒有紀律便注定敗北。」

「我懂了。」無畏繼續飛行。前方法國的輕型龍正升空，準備攻擊普魯士軍，英豪和他的編隊調頭迎敵。無畏又說：「人數那麼多，所有人都得聽從命令，否則會沒了秩序，他們不像我們看得這麼清楚，知道自己在陣營中的位置。」他停了一下，焦急地低聲說：「勞倫斯，要是——我是說，假設我們輸了這場仗，法國人要攻向英國，我們應該能阻止吧？」

「還是別打輸好。」勞倫斯憂心地說完，他們便陷入戰鬥中。戰場的畫面自此化為場上數百處親身的搏鬥。

午後尚早，他們頭一次感到己方占了上風。布倫維克軍加速湧回，抵達時間遠比拿破崙預期得早，霍恩洛厄也派出他所有兵力：二十營的士兵部署在野地的臨時操場，準備攻向法國步兵領頭的兵團，那個兵團正安頓在靠戰場中央一個小村落裡。

法國的重型龍仍未出戰，普魯士的大龍越來越不滿。無畏說：「只打這些小傢伙感覺不太對，他們的大龍呢？這樣打不太公平。」英豪隆隆地大聲回應，聽來他完全同意，而他對法國小龍的攻擊開始顯得漫無目的了。

他們繼續和輕型龍作戰，最後，一隻壁狐龍，飛高空的普魯士信差龍，冒險飛越法國陣營上空。他轉眼便慌張飛回，說法國的大龍已不再載人來，都隨處躺著吃東西，有些龍甚至在打盹兒。「噢！」無畏憤憤叫了聲，「真是懦夫，居然在打仗時睡覺，那是什麼意思？」

「算我們運氣好，他們搬那些砲一定累壞了。」葛蘭比說。

勞倫斯說道：「可是照這速度下去，等他們參戰時，他們已休息夠了。」而普魯士龍已飛了數小時，只暫停喝水。「或許我們也該輪流出戰。無畏，你要著陸休息一下嗎？」

「我一點也不累。」無畏抗議道，「而且你看，那邊那些龍在幹什麼勾當？」他不等回應便衝了過去，大夥只得攀住鞍具，以免他交戰時被甩得七葷八素。他看到的一對法國輕型龍正繞著圈俯看戰場，便向他們倆衝去，小龍嚇得尖叫，靈巧地躲開他的攻擊。

勞倫斯還來不及提出建議，他們便因下方一陣如雷的歡呼而分散了注意。露易絲王后在持續不斷的可怕砲火間親自出馬，沿著普魯士陣線急馳，身旁只有幾隻龍護衛，這隊人與龍身後，普魯士旗幟耀眼地飄揚。她在衣裙外罩了件陸軍上校的制服外套，頭戴硬邊羽毛帽，頭髮緊緊塞在帽下。露易絲王后可說是普魯士主戰派的中心人物，向來主張對抗拿破崙，抵擋他侵略歐洲。她的勇氣鼓舞眾人，士兵欣喜若狂地喊著她的名字，國王也在戰場上，他的旗幟在普魯士軍左側稍遠處，全軍中的高層軍官都和部下一同曝身槍火下。

王后才剛離開戰場，指令便捎來。前軍傳來酒瓶作爲另一種形式的鼓勵，任人們直接把酒灌進嘴裡。鳴鼓爲信，士氣高昂的步兵直衝出陣中，扯開嗓子大吼，湧入村裡的窄巷。法軍狙擊手由花園牆後和窗後冒出頭，無盡的槍林彈雨落下，幾乎彈無虛發，死傷慘重。大砲向進入村落的主要路徑猛擊，霰彈卻由砲口中射出，散爲致命的彈片。不過普魯士來勢洶洶，他們湧入農舍、穀倉、花園和豬舍，砍倒法國砲兵，大砲也一一止息。

村落陷入法國手中，法軍部隊由村落後方撤離，雖然沒亂了方寸，至少是這天法軍第一次撤退了。普魯士兵怒吼著，繼續湧入村落後方，他們聽著士官的喊聲再次列隊，以懾人的齊射襲向撤退中的法軍。

「勞倫斯，眞的大獲成功，對吧？」無畏歡天喜地地說。「我們會再逼他們後退吧？」

「是啊。這下終於成功了。」勞倫斯側身和巴登豪爾握手祝賀，心中的寬慰難以言喻。但他們還沒機會繼續看地面戰事的進展，巴登豪爾在驚訝中，和勞倫斯相握的手猛然握緊：法國空軍大軍由蘭德格拉芬堡高地的山峰上起飛，重型龍終於加入戰局。

普魯士龍隨即興奮大吼，他們再次振奮起來，待其他龍進入編隊交戰時，大罵法國龍太晚加入戰鬥，以激怒法國龍。輕量級的法國龍英勇地撐了整天，這時奮力最後一搏，爲來襲的龍隻前方形成一道屏障，在普魯士龍頭旁橫衝直撞，翅膀煩人地拍打他們臉頰，擾亂他們的視線。大龍不耐地噴著氣，心不在焉地揮打，引頸而望。輕型龍最後一刻才飛離，勞倫斯這才發現，法軍根本不是以編隊進攻。

事實上，他們還算一支編隊，而且一目了然，法國龍全軍呈一個楔形，領頭的是大騎士龍。那隻龍雖瘦，但肩頭比英豪寬，他身後是三隻比無畏還大的小騎士龍，接著那排是六隻稍小的戰之歌，一身黃橘，愉快的色彩十分不協調。那些龍其實都夠格當編隊隊長，這時卻形成龐大而笨重的隊伍，四周圍著一大群不成隊形的中型龍。

「喔，那該不會是中國的戰略吧？」葛蘭比吃驚地說，「他們想幹嘛啊？」勞倫斯茫然地搖搖頭，他們看過幾次中國龍閱兵，在空中飛行時，與人在地上操演一樣排成行列，不像此時全無條理。

英豪和他的編隊飛在普魯士軍中央，此時他張牙舞爪地迎向大騎士龍，發出隆隆吼聲挑戰敵方。普魯士國旗在他肩頭飛舞，有如另一對翅膀。兩編隊距離拉近，加速向前衝去，敵我間數哩距離拉近到幾碼、幾吋，接著消弭於無形。雙方轉眼就將相撞——但瞬間過去，英豪困惑地轉身，在空中勃然大怒，法國大龍全都繞開他直撲編隊側翼的中量級戰龍。

他們抓扯驅散英豪側翼的龍隻，他以德文放聲在他們身後大吼著：「懦夫！」幾乎只剩他獨自飛翔，他轉身再度攻擊時，三隻法國中型龍抓住機會飛近他身邊。他們體型太小，無法對他造成真正的傷害。他們也無意攻擊，但三隻龍身上載滿了人，至少有三隊登龍隊，幾乎二十人手持刀槍越上英豪，抓住他的鞍具。

英豪的隊員趕忙開始抵擋新威脅，步槍手全舉起槍，毛瑟槍猛然響起，擊中揚起的刀劍，發出清脆聲響。英豪在空中瘋狂地橫衝直撞，驅散了火藥的濃煙，他不斷回頭，努力看清背後的情況，拚命保護自己的隊長。

許多倒楣的登龍者因而失足，由空中拋落，但其他人已安全地栓上鞍具，此時英豪只讓自己的隊員和登龍者一樣站不住腳。法國人因這場混亂而得利，又一次半空中的強震之後，所有隊員都摔倒了，兩名法軍上尉抓住對方站穩腳，趁著空檔撲向前，砍斷七、八人的鎖鍊，任他們墜地而亡。

大批登龍者在龍頸上推進，接下來的反抗激烈卻短暫。戴恩射殺兩名敵軍，以軍刀刺死一人，刀身卻卡在那人胸前拔不出來，屍體落下時由他手中奪去了軍刀。法軍抓住他手臂，以刀刃架著他脖子，用破德文向英豪喊道：「投降，快！」其他人則拉下普魯士國旗，換上法國的三色旗。

英豪被俘，他們損失慘重卻無力阻止。無畏自己也被五隻中量級的龍急追，他們身上同樣載滿人，他竭盡心力只能避開他們。雙方距離雖不近，仍不時有人冒著性命危險跳向他背上，幸好跳上來的人不多，無畏能快速翻滾，即時將他們抖落或由龍背員以劍或手槍擊倒。

這時，一隻特別大膽的金色榮耀直接撲向無畏的頭，他本能地躲開，但她在無畏頭上迴身時，數名龍腹員放開鞍具，直接落到無畏肩上，撞倒小艾倫，和勞倫斯與巴登豪爾七手八腳跟皮帶糾纏成一團。勞倫斯伸手盲目揮抓，巴登豪爾有勇無謀，想撲到勞倫斯身上保護他，勞倫斯反而沒辦法站起身。

但巴登豪爾保護得好。他喘著氣倒入勞倫斯懷裡，肩上的傷口散開深色血痕，刺傷他的法國人拔出劍，準備再刺。葛蘭比大叫一聲，撲向來襲的敵人，將他們逼退三步。勞倫斯好不容易站穩腳步，卻不禁喊了出來——葛蘭比撲向前時解開皮帶，此刻兩名法國軍官抓住他雙臂，把他由一旁丟下。

「無畏，」勞倫斯吼道，「無畏！」

地面由他腳下翻了過來，無畏迴身振翅，追向葛蘭比墜落的身軀。高速令人頭暈不適，勞倫斯無法呼吸，模糊的大地向他們逼進，接近戰場時，四周子彈飛過的嗡嗡聲有如蜂鳴。接著無畏旋身而起飛開，尾巴將一株瘦小的橡樹劈成碎片。勞倫斯拉著皮帶爬過去，由無畏肩頭探頭看，葛蘭比躺在無畏抓起的爪中，正在止住汩汩流出的鼻血。

勞倫斯翻身站起來，伸手拿劍。法國人再次躍起攻擊，他猛然將劍柄頭砸向一人臉上，感到骨頭在戴手套的拳頭下碎裂，緊接著由鞘中拔出劍，揮向另一人。這是他首次以中國劍揮砍，劍削去那人的頭，幾乎感覺不到阻力。

勞倫斯吃驚地楞楞望著沒頭的身軀，它的手裡還握著劍。艾倫這才跳過去盡他的職責，砍斷法國人的皮帶，讓屍身落下。勞倫斯好不容易恢復鎮定，急忙將劍擦乾淨收進鞘中，然後心存感激地爬回他在無畏頸部的位置。

法國人以他們的妙計對付一個又一個編隊，重型龍一同撲向側翼，孤立領隊龍，讓中量級戰龍突襲。英豪垂著頭狼狽飛開，而他可不孤單，三隻普魯士重型龍不久便跟到他身後。他們緩慢鼓動翅膀，慢到振翅與振翅間龍身都快降到地上。編隊的其他龍隻頓時群龍無首，困惑地兜著圈子飛，失去領隊的編隊成員通常要立即去支援其他編隊，但各編隊的領隊同時遇襲，他們只知道向彼此飛去，徒讓敵人占了好處。法國的重型龍再次集結，兇猛地一次又一次驅散他們，步槍手對他們的隊員射出彈幕。人如冰雹般落下，傷亡的程度太過駭人，許多龍還沒被脅持，便絕望地悲鳴投降，以保住隊長和剩餘隊員的性命。

剩下三隊普魯士編隊，因同伴的前車之鑑，收緊隊形，保護領隊龍。他們雖擊退試圖突破的法國龍，卻在距離和位置上付出代價，在法國龍持續壓迫下深入戰場。無畏自己的處境越加惡劣，他左閃右躲，不停受到槍火攻擊，他的步槍手也不斷反擊。步槍手都盡快填裝彈藥，李格斯上尉繼續喊著射擊流程，令他們以穩定的速度動作。

無畏的鱗片和穿戴的護甲擋去意外射向他的大部分子彈，翅膀較脆弱的皮膜卻仍不時被射穿，也有子彈淺淺射入皮肉。他在酣戰間感覺不到小傷，並未退縮，只全力擊退入侵者。即便如此，勞倫斯仍憂心他們不久也將遭脅持或被迫逃離戰場。無畏忙了一天，顯出疲態，轉身的速度開始變慢了。

勞倫斯無法想像自己逃離戰場，未接到撤退命令便在戰火下棄守，不過普魯士自己人也要放棄了，若他不撤離，不但將遭俘虜，蛋也幾乎注定會落在敵人手中。勞倫斯就算由他們手中奪得無畏的蛋，也不想用這種方式彌補他們的損失。他正要叫無畏退開，至少休息一下，良心的考驗卻逃過一劫——一陣清澈嘹亮的大吼傳來，聲音悠揚卻令人顫慄，而敵方的龍竟一溜煙飛開。無畏連著轉身三次，確定的確不再受到攻擊，這才放心，然後冒險停在空中片刻，讓勞倫斯看清楚前面的狀況。

嘹亮的吼聲是龍天蓮的傑作，她並未親自參與戰役，這時卻在法國龍後方的半空中盤旋，她身上沒鞍具也沒隊員，前額那顆大鑽石映著夕陽，閃爍橘紅光輝，幾乎能與她惡毒的紅眼相匹敵。她又吼了一聲，而勞倫斯聽到下方傳來另一陣鼓聲——法軍陣營裡飛舞著信號旗，山頂上灰色的人影是拿破崙在親自俯望戰場，身後令人喪膽的皇家衛隊護胸甲在陽光下閃閃發光。

法國龍驅散趕跑了普魯士編隊，取得絕對的制空權。這時他們回應龍天蓮的呼喊，變換爲一直線的隊形。下方的法國騎兵調頭騎向戰場兩側，馬匹全都盡力急馳，步兵則由前線退下，同時仍不斷發射槍砲。

龍天蓮爬升到更高空，深吸口氣，她頭旁的膜狀頭冠在鐵質冠冕下展開，腹側像脹滿風的船帆般隆起，由顎間吐出恐怖的神風。她此舉並非攻擊，沒瞄準目標，沒擊倒任何敵人，但強勁的風勢有如全世界大砲齊發一般，震耳欲聾。龍天蓮以三十之齡稍長於無畏的兩歲，但經驗遠較無畏老到。她不只體型大，聲音中還有種起伏的共鳴，因此吼聲彷彿永無止息。全戰場上的人都轉身躲避，普魯士龍爲之退縮，勞倫斯和隊員雖然熟悉神風，卻仍不自主地閃開，鐵鎖皮帶隨著緊繃。

其後是一片死寂，只有下方戰場上傳出傷者驚恐的喊聲。但餘音還在迴響，全體法國龍便抬起頭放聲咆哮，向地上衝去。他們直到快撞上地面才揚起身子，有些龍一時止不住，翻落地面，身軀撞倒一排排普魯士兵，壓到自己的翅膀時發出痛苦的悲鳴。其他的龍絲毫未遲疑，伸出爪子、垂下尾巴，貼著地面滑行而過，掃過手足無措、大感意外的普魯士步兵，升入空中時，身後留下寬寬的死者血痕。

全軍潰散。龍隻還未襲向前軍，後方便陷入混亂，士兵瘋狂想跑走，掙扎推擠向不同方向逃散。士兵正抬著布倫維克將軍鮮血淋漓的癱軟身軀回營帳，腓特烈國王❶立於足鐙上，三人抓著他驚慌昂立的戰馬，阻止牠將他拋出去。他揮著信號旗，以擴音器喊話，巴登豪爾抓著勞倫斯手臂，說國王下令撤退。他聲音聽似鎮定，卻渾然不覺自己臉上滿布淚痕。

但沒人聽國王喊話，更沒人從命。一些部隊設法組成方陣抗敵，人人並肩站著，向外擺出閃亮的刺刀，但其他人近乎發狂地向後逃過村子，跑過方才辛苦占下的樹林。法國龍降落休息，染血的腹部起伏，這回換法國騎兵和步兵由山上一湧而下，衝過他們，發出人類的咆哮，繼續打垮敵人，將之摧毀殆盡。

譯註：

❶：腓特烈國王（King Frederick，一七九七～一八四〇），這裡指腓特烈三世。

第十五章

他們在掩蔽所外放下葛蘭比，他啞著嗓子說：「我很好，沒事。拜託別爲我耽擱，我只是受不了一直敲到頭而已。」話是這麼說，但他難過地顫抖，試著喝點濃縮湯，立刻吐出來，他隊友只好讓他多喝點酒，灌醉他，結果他才喝一、兩口便睡著了。

勞倫斯想盡量載走被俘龍隻的地勤人員。掩蔽所遠在戰場南方，看不到那天發生的事，許多人都不相信聽到的戰況。巴登豪爾和他們爭論許久，雙方都提高音量，越漸激動。隊員小心地將龍蛋捆進無畏腹帶上時，凱因斯罵道：「給我小聲一點。」接著悄聲對勞倫斯說：「喀西利龍發育到能聽懂話了。我們可不希望那隻珍貴的東西在殼裡被嚇到，在蛋裡受驚嚇，長大的龍通常會很膽小。」

勞倫斯憂心地點點頭。這時無畏疲倦地抬起頭，望向漸暗的天空說：「我聽到翅膀聲，上面有隻夜之花。」

勞倫斯示意自己的隊員登龍，並向巴登豪爾說：「告訴這些人，他們可以留下來等死。」最後大夥兒在寒冷疲累中擠著飛到了阿波爾達❶。

這座城幾乎成了廢墟，窗戶被砸，紅酒和啤酒全進了水溝，馬廄、穀倉和畜欄空空如也，街上只有喝醉的士兵，一身是血，狼狽不堪，極不友善。在最大那家酒店的門廊上坐了個男人，像孩子般埋頭在右手掌中哭泣，勞倫斯得跨過他才進得了門，那人沒了右手，殘肢裹於破布中。

酒店裡只有幾名下級軍官，不是傷了，就是累得半死，其中一個法文夠好的對他說：「快走吧，法國人最遲早上就會到。國王去瑟默達❷了。」

勞倫斯在後面的房間找到一架子沒破的酒，還有一桶啤酒，普拉特把啤酒扛上肩頭帶著走，波特和溫斯頓則拿了滿手瓶子，一行人回到空地。無畏砸碎一株死於落雷的老橡樹，隊員設法升了堆火，讓他彎著身子圍在火邊，大家則窩在他身旁。

他們喝著瓶裡的酒，也把酒桶打破讓無畏喝，但這只是聊勝於無的慰藉，他們得立即升空。勞倫斯拿不定主意，無畏筋疲力竭，喝啤酒時眼睛都快閉上了。但疲倦本身也很危險，如果法國龍的巡邏隊這時找上他們，無畏未必能即時動身逃開。於是他輕聲說：「親愛的，我們得出發了。你可以嗎？」

「嗯，勞倫斯，我很好。」無畏說著，掙扎起身，但又低聲問了句：「要飛很遠嗎？」

那段飛行感覺不只十五分鐘。城鎮外圍燃著營火，突然由暗中躍然而現，無畏在普魯士龍露宿的場地旁重重降落時，幾隻龍緊張地抬起頭。那兒只有輕型龍和幾隻信差龍，兩、三隻中型龍，沒有一個編隊是完整的，其中也沒有半隻重型戰龍。他們欣喜地圍到無畏身旁討個心安，把他們晚餐的一份死馬推到他面前，但他才撕下一小塊肉，便沉沉睡著，勞倫斯讓他睡得不省龍事，許多體型較小的龍也窩到他身邊來。

勞倫斯派人想辦法把他們的營地弄舒服點，自己則獨自走過野地，進到鎮上。夜晚寂靜宜人，星辰因早霜而明亮，氣息在空氣中化成的白煙即刻散去。他參與的打鬥不多，卻全身痠痛，兩腿僵硬而抽筋，這時終於能好好伸展。走過一塊小牧場時，欄杆裡的騎兵坐騎焦慮地嘶啼，大概聞到他身上無畏的氣味。

到達瑟默達的軍隊還很少，大多數人都步行逃亡，即使知道要逃來此地，也得走上一整晚。城裡還沒給人打劫，維持一定程度的秩序，由傷者的呻吟聲可聽得出野戰醫院設置在一間小教堂裡，國王的輕騎兵侍衛仍列隊守在最大的建築外，但那並非堡壘，只是幢堅固體面的宅邸。

勞倫斯找不到其他飛行員，戴恩被俘，因此他沒有能報備的上級軍官。那天他暫時支援陶恩欽將軍，後來則接受布呂歇將軍指揮，但由他得到的資訊得知，兩人都沒在鎮上。最後他終於直接去找霍恩洛厄，但親王正在開會，一位年輕的副官領他到房外，要他在走廊等著，即使在目前大家均承受的壓力下，副官官僚無禮的態度仍讓人難以苟同。勞倫斯沒椅子可坐，在門外枯站著，偶爾才聽得到模糊的說話聲，半小時以後，終於坐到地板上，靠著牆伸腿睡著了。

有人用德文對他說話，他迷迷糊糊答道：「不用了，謝謝。」接著睜開眼睛，一位年輕女子表情和善卻略帶興味地低頭看他，他猛然發覺她身邊站了王后和半打的守衛。勞倫斯羞愧地一躍而起，說道：「噢，老天啊！」然後以法文向她道歉。

「喔，別在意。」她好奇地看著他說：「可是，你在這兒做什麼？」聽他解釋完後，她打開門探頭進去，勞倫斯深感不安，寧可等久一點，也不願讓人覺得他在抱怨。

霍恩洛厄以德文回她話，她招手要勞倫斯隨她進去。房裡爐火燒得旺，牆上掛著厚重的壁氈，防止冰冷的石塊讓熱氣散去。勞倫斯坐在走廊，肢體更僵硬了，因此覺得溫暖的室內十分舒適。腓特烈國王在火爐旁靠牆站著，他妻子精神飽滿，風姿綽約，他卻面露疲態，蒼白沮喪，寬大白皙的額頭上髮線很高，薄嘴脣上留著窄窄的鬍髭。

霍恩洛厄站在覆滿地圖的大桌旁，一旁還有呂歇爾將軍、卡爾克羅伊特將軍❸和幾位參謀。霍恩洛厄凝神注視勞倫斯半晌，好不容易才開口道：「天啊，你還在這兒啊？」

霍恩洛厄應該不曉得勞倫斯在城裡，因此勞倫斯一時不懂他話中之意，接著才明白過來，火冒三丈，脫口而出：「眞不好意思讓您麻煩了。既然您預期我會擅離職守，我很樂意離開。」

「不，我不是那個意思。」霍恩洛厄又言不由衷地說，「而且啊，老天，誰能怪你呢？」他說著以掌撫面。霍恩洛厄的假髮亂了，灰撲撲的，勞倫斯看了難過，他顯然已不太能自制。

「長官，在下只是來報告的。」勞倫斯態度緩和了些。「無畏沒受重傷，隊中三人受傷，無人死亡。我還從耶拿帶了三打地勤人員和他們的裝備來。」

卡爾克羅伊特隨即抬頭問道：「有鞍具和鍛造爐嗎？」

「是的，長官，不過除了我們的鍛造爐之外，只帶了兩個。」勞倫斯說，「太重了，沒法帶更多。」

「謝天謝地，那就不錯了。」卡爾克羅伊特說，「我們半數的鞍具都快從接口斷開了。」

接著好一陣子沒人開口。霍恩洛厄目不轉睛地注視地圖，但由表情看來，並不是眞的在研究，呂歇爾將軍臉色灰白疲倦，找把椅子坐下，王后正在她丈夫身旁，以德文低聲對他說著悄悄話。勞倫斯猶豫著是否該告辭，但不覺得他們是因爲他在場而沉默。房裡籠罩著沉沉的倦怠感，國王猛然搖搖頭，回頭對房裡說：「我們知道他在哪嗎？」

那個「他」是誰，大家心知肚明。一位年輕的參謀喃喃道：「一定在易北河以南。」聲音在灰暗的房裡顯得太響亮，引人側目，參謀不禁紅了臉。

呂歇爾怒視著那名青年，回道：「陛下，今晚一定在耶拿。」

或許只有國王沒注意到有人說錯話，他又問：「他會願意跟我們簽署休戰協議嗎？」

露易絲王后不屑地說：「那個男的？連喘息的機會都不會給我們吧，更別說合理的條款了。我寧可投身俄國人的懷抱，也不要卑躬屈膝討好那個暴發戶。」她轉身向霍恩洛厄說：「我們能做什麼？一定能做點什麼事吧？」

他稍稍站挺了點，在地圖各處指著不同的駐軍和派遣隊，德法文交雜地說明軍隊集結情形，與後備軍動員狀況。他說：「拿破崙的部下數週來都在行軍，打了一天仗。但願他們組織起來追擊前，我們還有幾天時間。大部分軍力或許逃過一劫，會向這方向和艾福特去，得集合他們，退到——」

走廊上傳來沉重的靴子響，及重重的開門聲。新加入者是布呂歇將軍，他沒等人請他進房，便直接走進，不打招呼就開口說：「法軍到艾福特了。」他的德文簡單明瞭，連勞倫斯都聽得懂。「穆哈❹和五隻龍、五百人一起降落在那兒，他們看到那個混蛋就投降了——」他這時才看見王后，驚惶地住口，鬍子下的臉羞得火紅。

其他人聽了他的消息，倒沒注意他的用語，現場一陣困惑的喃喃低語，參謀翻著亂糟糟的文件和地圖爭論。他們用的主要是德文，勞倫斯跟不上，不過很清楚他們在大聲爭吵什麼。國王突然提高聲音說道：「夠了！」爭論隨之止息。他問霍恩洛厄：「我們還有多少人？」

他們再次翻閱文件，窸窣聲較之前安靜多了，收集好各派遣隊的狀況後，霍恩洛厄讀著文件說：「薩克森．威瑪公爵❺麾下有一萬人，有些在艾福特以南的路上。另外哈勒還有一萬七的後備軍在符騰堡指揮下。目前為止，我們這裡有戰場過來的八千人，一定會有更多人來。」

「那也要沒給法軍逮到。」有人低聲說，那是香霍斯特❻，已故布倫維克將軍的參謀長。「法軍移動太快，我們不能等下去了。陛下，得集合全易北河剩下的人，立刻燒了橋，否則柏林也會淪陷。現在就該派信差開始動作了。」

這番話激起另一陣憤慨的辯論，房裡幾乎所有人都喊著壓過他的聲音，藉著表示異議，發洩了激動的情緒。也難怪這些自負的人會如此，他們看著自己的榮譽和國家蒙塵，被迫在緊追不捨的危險敵人掌中學到謙卑，即便此時，他們也感覺得到敵人正在逼近。

想到要顏面盡失的撤退，損失這麼多領土，勞倫斯也不由得反彈，他認為不逼法軍為如此廣大的土地一戰，就拱手讓給他們，實在是瘋了。能吞下一切時，拿破崙絕不會咬一大口就滿足，他手上那麼多龍隻，橋樑毀壞根本不成阻礙，反倒凸顯普魯士的弱點。

混亂中，國王示意霍恩洛厄去，拉他到窗邊和他談話，其他人還在大吼時，他們回到桌旁。國王低聲卻堅決地說：「霍恩洛厄親王將指揮全軍。我們退回馬格德堡❼集結兵力，思考如何組織易北河的防守線。」

回應他的是一陣低聲的同意和從命聲，接著他便和王后離開房間。霍恩洛厄開始發號施令，發予公文後遣人離開，高級軍官一個個離開去組織他們的部隊。勞倫斯這時枯等得睏極了，最後只剩幾位參謀軍官，霍恩洛厄看來又將埋首於地圖中，而仍未給勞倫斯指令或命他離開時，勞倫斯終究失去耐性，走上前去打斷研究中的霍恩洛厄說：「長官，請問我該向誰報告，或者沒人能報告的話，您對在下有什麼命令？」

霍恩洛厄抬起頭，又以那副空洞的表情望著他，過了一會兒才說：「戴恩和舒萊曼都遭俘虜，阿班德也是，還剩誰呢？」他轉頭顧盼。他的幕僚似乎不知該如何回應，有人終於鼓起勇氣說：「我們知道喬治怎麼了嗎？」

他們又討論片刻，派了幾人去詢問，得到的答案都是否定，最後，霍恩洛厄說：「你們是說，我們十四隻重型戰龍一隻也不剩了嗎？」

普魯士沒有噴酸龍或噴火龍，組織編隊時因此重於發揮最大的力量，而不像英國編隊目的在保護特殊攻擊能力的龍隻，重型戰龍幾乎都是編隊領隊，因此成爲法國攻擊時的主要目標。他們較帶領登龍隊的法國中型龍動作慢又笨重，辛苦飛行整天後，也耗盡了力氣和有限的靈活度，因此在法軍的策略下不堪一擊。勞倫斯看到五隻重型龍在戰場上被俘，在戰役的混亂中，其他的都被抓或被趕到遠方也並不意外。

「老天保佑夜裡會有重型龍來。」霍恩洛厄說，「我們得重新組織整個部隊才行。」

他沉重地停下來看著勞倫斯，兩人都發現無畏是手邊剩下的唯一一隻重型龍，因此沉默下來。孤注一擲，因此不可避免地成爲他們防禦的重點。勞倫斯內心掙扎，一方面，他最重要的職責是保護龍蛋。在此大混戰中，當然得直接回英國，但此時拋棄普魯士人，等於放棄這場戰爭，假裝自己不能幫更多忙。

他做不出那種事，想了想，猛然說：「長官，那你的指示如何？」

霍恩洛厄並未露出感激之意，表情倒輕鬆了些，幾條皺紋消失了說道：「請你明早去哈勒。我們所有後備部隊都在那裡，叫他們撤退，最好再幫他們載一些砲。要做的事不會少，之後我們一定會找些事給你們做。」

無畏大聲叫著：「哎呦！」勞倫斯睜開眼坐起來，背和腿上的肌肉嚴正抗議著，他睡太少，頭還沉重渾沌，而外面只透入一絲微光。他爬出帳棚，發現天色不暗，只是霧太濃，掩蔽所已經開始活動了，他才站起身，便發現羅蘭照他先前吩咐，正要來叫醒他。

戰鬥完倉促離開戰場，凱因斯無暇照料無畏傷口，因此這時才爬在無畏身上挖著子彈。子彈留在無畏身上，雖然直到當下都沒什麼感覺，受了更重的傷也沒抱怨，取出子彈時卻不禁退縮，拔出子彈時雖強忍低聲哀叫，叫聲仍充耳可聞。

凱因斯不悅地說：「老是這樣。覺得讓自己給砍成一片片叫好玩，把你縫回去，反倒不斷哀號。」

「可是縫的時候痛多了。」無畏說，「眞不懂爲什麼要把子彈拿出來，放著也不痛不癢。」

「等你得了敗血症，就有你瞧了。別動來動去，不要哀哀叫了。」

「我才沒哀哀叫。」無畏才喃喃說完，就叫道，「哎呦！」

空氣中飄著香噴噴的濃郁味道。那天早上，僅僅三匹馬屍送來掩蔽所餵十隻飢餓的龍。鞏肅趁他們還沒開始爭奪，將之占爲己有。他把骨頭放在窯裡烤過，然後以龍的護胸甲權充大鍋子，把骨頭和肉放進去燉，年紀最小的隊員全派去攪拌。他不客氣地叫地勤人員去搜刮材料且別仔細研究，再由他挑了數種加入。

普魯士軍官憂心地看著他們龍的食物倒進盆裡，但龍隻在選擇要吃哪一盆時興奮起來，而且表現出自己的喜好，時而向前推起一堆多節的黃色洋蔥，時而偷偷推開一大團飯。最後鞏肅沒丟掉殘羹，他給龍食物時，留了些湯汁，米飯加入漂有殘羹的湯汁裡烹煮，因此空軍的早餐比營裡大部分人吃得還好，他們甚至因此讓步，接受這種陌生的料理。

龍的鞍具被抓低磨損，狀況都很差，有些磨到僅剩強化皮帶用的金屬線，有些皮帶則全斷了，無畏的特別糟糕。他們沒時間也沒庫存好好修補，不過，出發到哈勒之前，總算湊合著修過了。

費羅斯頭一次檢查過鞍具損傷，指示鞍具員動工時，來向勞倫斯道歉：「對不起，長官，我們盡力做，恐怕也得快中午才能再讓他戴上鞍具。應該是他扭動的關係，皮帶才裂得更開。」

勞倫斯只說：「盡力就好。」沒必要催促他們，所有人都努力到極限了，而且有救來的地勤人員志願幫忙，他們人手已經夠多了。在此同時，他哄著無畏睡覺，養精蓄銳。

無畏很樂意休息，烹煮用的火堆灰燼仍然溫熱，他躺了上去，片刻之後輕聲說：「勞倫斯……勞倫斯，我們輸了嗎？」

「親愛的，只輸了一場戰役，不是整個戰爭。」勞倫斯說完，卻不得不誠實地補充，「可是這場戰役的確他媽的重要，他大概俘虜了半個軍隊，把另一半驅散了。」他靠著無畏的前腳，只覺得沮喪，他到目前爲止，都避而不認眞思考他們的處境。

「我們絕不能絕望。」他對無畏，也對自己說，「我們還有希望，即使沒了希望，呆坐著難過也不是辦法。」

無畏深深嘆了口氣。「英豪會怎麼樣，他們不會傷害他吧？」

「不會，不可能。」勞倫斯答道，「一定是送他到某個繁殖場，條約談得攏，甚至可能放了他。在那之前，他們只會把戴恩關起來，那可憐的傢伙。」他完全能想像那名普魯士隊長的命運有多恐怖，他自己不但不能報效國家，還成爲囚禁自己珍貴龍隻的手段。對於英豪的事，無畏顯然和他想的差不多，他彎起前腳將勞倫斯拉近，有點焦躁地催勞倫斯愛撫他，如此安撫之下，他終於睡著了。

鞍具員在他們承諾的時間前便修理完成，十一點不到，便讓無畏戴上沉重的皮帶、帶扣與鐵環。無畏自己幫了不少忙，只有他抬得起巨大的肩帶，那條皮帶近三呎寬，裡頭滿是鍊甲，用以支持整體鞍具。

他們忙到一半，幾隻龍聽到人聽不見的聲響，突然一同抬頭。一分鐘後，他們全看到一隻小信差龍飛過來，卻飛得異常不穩。他落到營地中央，腿一鬆趴了下去，身旁帶著血淋淋的深深傷口，焦急地叫著，轉過頭看他隊長。他的隊長頂多十五歲，在他的皮帶中垂著頭，腿部被龍擊中的傷口十分嚴重。

他們切斷染血的鞍具，把男孩放下來，凱因斯等他和男孩都降到地上，便將鐵條放入熱灰燼中，隨即將炙熱的鐵條表面壓上男孩不住冒血的傷口，一陣肉烤焦的味道傳來。檢查完他的傑作後，他簡要地說：「沒傷到動脈或大血管，他會沒事的。」接著便派人如法炮製處理龍。

他們潑了點白蘭地進男孩嘴裡，在他鼻下放嗅鹽，他以德文說出訊息，邊說邊抽咽，忍住不啜泣。

無畏聽著，說道：「勞倫斯，我們要去哈勒，對吧？他說法國人今早發動攻擊，占領了那座城。」

霍恩洛厄說：「我們守不住柏林了。」

國王沒反駁，只點了點頭。王后臉色蒼白但十分鎮定，兩手在膝上輕輕交疊，問道：「法軍要多久才會到柏林市？孩子都在那兒。」

霍恩洛厄說：「我們片刻也不能耽擱。」言外之意很清楚。他頓了頓又開口，幾乎破了嗓子，「陛下——請您原諒——」

王后一躍起身，兩手扶住他雙肩，親吻他的臉頰，嚴厲地說：「我們會贏過他的。勇敢起來，我們東方再見。」

霍恩洛厄稍稍恢復自制，又續續叨叨地說了些計畫和目標，他會集合更多離群的士兵，將砲兵連派向西方，讓中型龍組織編隊。他們將退回斯德丁❽的堡壘，在該處防守奧德河的戰線。但聽起來他自己並不相信這些話。

勞倫斯不安地站在房間一角，盡量離他們遠遠的。他將消息報告霍恩洛厄時，霍恩洛厄沉重地問：「你能帶陛下他們走嗎？」

勞倫斯說：「長官，您應該需要我們留著快速的信差龍——」但霍恩洛厄搖搖頭說：「信差龍？這隻帶消息來都發生這種事了。不行，不能冒這種險。我們周圍一定有大批龍隻巡邏。」

此時此刻，國王提出相同的異議，得到同樣的回應。霍恩洛厄說：「不能讓您被俘。陛下，您被俘就糟了，他會在條款上爲所欲爲。老天保佑，要是您被殺，他們去柏林時，王儲還在——」

「天啊！我的孩子在那怪物的掌下。」王后說，「不能光站在這裡講話，現在就走吧。」她走到門邊喚門外等待的侍女去拿外套。

國王輕聲問她：「妳可以吧？」

她揶揄道：「我不是小孩子，怎麼會怕？我坐過信差龍，不會差很多吧。」不過兩匹馬大的信差龍，根本比不上比穀倉還大的重型戰龍。

走到看得見掩蔽所時，她問：「那邊山丘上那隻是你的龍嗎？」勞倫斯沒看到什麼山，接著才明白她正指著無畏身上睡的一隻中型的山巫龍。

勞倫斯還來不及糾正她，無畏便自己抬起頭望向他們。她怯怯地說：「噢。」

勞倫斯還記得無畏塞得進信賴號上吊床的時候，因此心目中的無畏並沒有實際來得大。他尷尬地努力安撫說道：「他非常溫柔。」吹牛不打草稿，無畏前一天才熱切地經歷了最猛烈的追擊，不過這時似乎該這麼說。

所有的龍隊員驚訝地看著王室夫婦走進臨時掩蔽所，急忙起身，笨拙拘束地表現殷勤。小信差龍載重要乘客時，通常會到他們下榻處接送，因此空軍通常沒這種殊榮，但國王優雅地攙起王后的手四處走動，和隊長說話，各別稱讚幾句。

勞倫斯連忙趁機示意葛蘭比和費羅斯過去，焦急地說：「我們能幫他們弄到帳棚，架在龍背上嗎？」

「長官，恐怕沒辦法，我們從戰場撤退時，能不用的都沒帶走。貝爾那個蠢蛋拿掉帳棚放他的裝備，其實我們不論去哪，都能幫他生個製革桶。」費羅斯揉著頸背，緊張地說，「不過給我半小時，我可以設法做個什麼，其他人或許能借我們一點碎料。」

結果他們用了兩塊碎皮革縫成帳棚，個人鞍具也是縫補而成。他匆促拼湊出還算像樣的午餐裝進籃裡，裡面甚至還有一瓶酒，只不過勞倫斯想不出飛行中開酒瓶，怎麼不鬧一場災難。他試探地問王后：「陛下，您準備好了嗎？」王后頷首，他便伸手攙扶？說道：「無畏，請帶我們上去好嗎？麻煩小心一點。」

無畏聽話地放下龍掌讓他們進去。她臉色微白地看著龍掌，龍爪上的指甲幾乎和她前臂一樣長，角質黑亮，邊緣鋒利，前端尖銳。國王小聲對她說：「要不要我先上？」她揚起頭說：「不，當然不用。」說完便走進掌中，不過仍緊張地看了眼彎在頭上的爪子。

無畏滿心好奇地看著她，讓她走上他肩頭後，悄聲說：「勞倫斯，我一直以為王后會有很多珠寶，可是她都沒有，珠寶被偷了嗎？」

幸好他說的是英文，不然從吞得下馬匹的雙顎間說出來，誰都聽得到。勞倫斯趁無畏還沒改用德文或法文質問她的打扮，便敦促王后進帳棚。她明智地在衣裙外穿了樸素的厚羊毛大衣，大衣上除了銀扣子沒其他裝飾，大衣外還有一件皮毛斗篷，一頂帽子，是很實在的飛行裝束。

國王至少有軍官與龍接觸的經驗，即使心有遲疑，也不曾表現出來，不過他的侍衛和僕從才靠近便顯得極為焦慮。國王看了他們慘白的臉色，以德文說了句話，勞倫斯由他們羞愧而如釋重負的表情，猜想他准許他們留下。

無畏藉機用德文講話，卻使眾人露出訝異之色。說完，他向那群人伸出前爪。勞倫斯覺得結果恐怕不如無畏預期，不一會兒原地只剩下四名皇家侍衛和一名年長的侍女，她憤憤地哼著鼻子，乾脆走進無畏掌中，讓他放到背上。

看到留下來的人很少，勞倫斯雖有些沮喪，但也好奇問道：「你跟他們說什麼啊？」

「我只說，他們很笨。」無畏難過地說，「反正我打算傷害他們，站在那兒還不如在我背上安全。」

柏林一團混亂，市民對穿軍裝的士兵並不友善。勞倫斯匆忙走過市區，盡力找尋補給品，卻發覺無論商店或街角都聽得到對「該死的主戰派」的抱怨。慘敗與法軍逼近柏林的消息已傳到，但城裡沒有抵抗或起義的氣氛，甚至沒有很不滿。其實一般人表現出的是證實對方錯了那種陰鬱的成就感。

銀行家對勞倫斯說：「你知道嗎？是王后和其他急性子的人逼可憐的國王參戰的。他們想證明能打敗拿破崙，卻沒成功。結果還不是我們要爲他們的驕傲付出代價？死了那麼多可憐的年輕人，這下子我可不敢想我們要繳多少稅。」

他批評完，倒很樂意預借勞倫斯一大筆錢，以金幣支付。兩個兒子拖來一只沉重的小箱子，他坦白地說：「飢腸轆轆的大軍進城，我寧可把錢放在杜魯蒙德的戶頭裡，也不要把錢留在柏林。」

英國大使館一團騷動，大使已乘信差龍離開，留下的人不能、也不願給他有用的消息，他身穿空軍綠外套，但只有人問他是否是帶公文的信差，此外沒引起其他關注。

勞倫斯在走廊上出手攔住一位匆忙的書記官，他不耐煩地說：「這三年來在印度都沒發生麻煩。幹嘛問這種事？我不懂空軍軍團爲什麼沒實踐我們的承諾，不過幸好我們沒派兵參與這場敗仗。」勞倫斯不太同意他的政治觀點，聽他這麼說空軍，又羞又怒。他忍住最先躍入腦中的回答，只冷冷說：「你們都有安全撤離的路線嗎？」

「當然有。」書記官說，「我們會由施特拉爾松❾登船。你最好直接回英國。海軍在波羅的海和北海支援但澤❿和柯尼斯堡⓫的行動，不知道但澤和柯尼斯堡有什麼用處就是了，至少飛到海上以後，返家的路線就清楚了。」

這建議顯得懦弱，不過至少是可靠的消息。若能收到信，可能會得到不那麼令人難受的解釋，但沒人知道信要寄到這兒，當然沒有他的信。勞倫斯和葛蘭比走回王宮的路上，勞倫斯說道：「我甚至不能在信裡寫我們的新路線，請他們帶回去。天曉得兩天內我們會到哪兒去，更別說一星期了。不如收信人寫威廉．勞倫斯，地址寫東普魯士，裝在瓶裡丟進大海，我還比較可能收到。」

葛蘭比突然說：「勞倫斯，我這麼說，希望你別覺得我沒膽，我們難道不該像他說的動身回家嗎？」他說話時避開勞倫斯的眼睛，直直望向街道盡頭，雙頰一陣紅、一陣白。

勞倫斯倏然想到，他還有其他責任，因此決定留下。海軍部可能認爲是刻意拖延時間，讓龍蛋流落在外，直到葛蘭比有機會馴服幼龍。他最後才開口：「普魯士人的重型戰龍短缺，不可能讓我們走。」但這並不算眞正的回答。

葛蘭比不再回話，直到他們來到勞倫斯的房間，在身後關上門。終於獨處之後，他唐突地說：「既然如此，他們也沒法子擋住我們。」

勞倫斯舉著白蘭地酒杯沉默了，他也有同樣的想法，因此他無法否認，也無力反駁。

葛蘭比又說：「勞倫斯，他們戰敗了，輸掉半個軍隊和半個江山，現在留下也沒有意義。」

勞倫斯聽了他的喪氣話，隨即轉身說：「我們一走，他們才輸定了。只要還有士兵，軍心未失，現在還能挽回頹勢，而阻止士兵絕望是軍官之責。你胸中應該也有這種情操吧。」

葛蘭比滿臉通紅，有點激動地說：「我不會跑來跑去叫著天塌了，但他們此時更需要我們在英國，拿破崙一眼一定已經望向英倫海峽了。」

勞倫斯說：「我們留下來，並不是避免受追擊或接受挑戰，而是因爲最好在遠離家園的地方和拿破崙打仗，這個因素至今仍是如此。如果已經全無希望，而我們的努力不會有任何助益，我會同意回去，但此刻我們的幫助可能是關鍵，我不贊成在這情況下放棄。」

「說實話，你難道覺得他們的表現可能比目前爲止還好嗎？他們兩方從頭到尾都實力懸殊，而他們現在的狀況，可比開頭糟了。」

他的話千眞萬確，勞倫斯卻說：「教訓很痛苦，但這次交手，我們得知了他大部分的想法和策略，第一次交戰時他們恐怕主要是太有信心，普魯士指揮官這下子一定會改變策略。」

「說到這，有信心總比信心不足好。」葛蘭比說，「只可惜我覺得根本沒理由有信心。」

「要是我說我有信心能扭轉和拿破崙的情勢，那就太草率了。」勞倫斯說，「但現在還有很好的實際理由能懷抱希望。別忘了，普魯士現在在東部還有後備軍，加上俄軍便比拿破崙軍多了一半兵力。法國人在鞏固通訊途徑之前，不能冒險前進，而還有一打占了關鍵戰略地位的要塞都有頑強的軍力防守。他們得先圍攻，打下之後再派軍隊駐守。」

但這只是人云亦云，他清楚得很，單憑人數不足以決定戰爭輸贏。拿破崙在耶拿也是以寡擊衆。

葛蘭比終於離開後，他又在房裡踱步一小時之久。他有責任表現得比內心更有把握，何況他不允許自己消沉，否則情緒一定會傳染給部下。但他不能完全確定他選擇了怎樣的路。他明白自己的決策多少因爲排斥棄守的念頭而受影響。雖然目前狀況不斷逼迫他放棄，但棄守給人的感覺太醜惡，不太光彩，而他又沒有其他的詞彙可以換個好聽的名字令人不再厭惡。

「我想回家，可是並不想放棄。」無畏嘆口氣說，「輸了一場戰爭，看著朋友被俘，感覺並不好。希望不會讓蛋難過。」凱因斯雖然向他保證，他仍然很焦慮，低下頭以鼻子溫柔地蹭蹭窩裡的龍蛋。龍蛋此時塞在兩個溫暖的炭火盆間，置於王宮主庭裡的架子下，等著搬上龍。

國王、王后正和大家告別，他們以信差龍送王室子女深入到普魯士東方，保護周嚴的柯尼斯堡要塞。國王柔聲對王后說：「妳應該跟他們去的。」但王后搖搖頭，迅速與孩子道別。二王子說：「母親，我也不想走。讓我一起去。」他是個堅強的九歲男孩，大聲抗議著，好不容易才送他上路。

他們站在那兒，目送小信差龍縮小成鳥兒般的小點消失無蹤，最後才帶著幾名自告奮勇的隨從，一小群悲傷的人們隊伍爬回無畏背上。

夜裡，壞消息接二連三傳入城裡，不過至少大家都知道這些事早晚會發生。達武元帥逮到薩克森．威瑪的分遣隊，一萬人全數陣亡或被俘。拿破崙已到達馬格德堡，截斷霍恩洛厄的路線。易北河渡口落入法軍手中，所有橋樑完好如初。拿破崙親自前往柏林。要升入天空之際，他們看到不遠處揚起敵軍行進時的煙塵，大軍不斷前進，頭上龍隻如雲。

他們在奧德河一處要塞過夜，指揮官和部下連流言都沒聽到，知道戰敗之後大爲震驚。指揮官堅持款待他們用餐，席間勞倫斯卻苦不堪言。軍官意志消沉，加上王室在場造成的尷尬，這一餐陰鬱而沉默。要塞旁圍牆內的小掩蔽所很荒涼，灰塵遍布，並不舒服，不過勞倫斯溜去那兒，睡在簡陋的麥桿中，仍覺得如釋重負。

一陣隆隆的拍打聲吵醒了他，那聲音有如指尖敲打鼓面，原來下了一陣灰濛濛的雨。無畏伸出翅膀護著他，雨滴便落在翅膀上，那天早上沒有營火了。勞倫斯在要塞裡喝了杯咖啡，查看地圖，研究出那天飛行路徑的羅盤方向，他們要找到普魯士東部的後備軍。後備軍由賴斯托克將軍⑫指揮，約在波蘭境內普魯士最近占領的土地上。

國王疲倦地說：「我們飛向波森⑬。如果賴斯托克還沒到那兒，城裡至少也有一支分遣隊。」

整天雨勢未曾稍減，下方的河谷中緩緩飄著濃霧，他們在灰茫茫中飛行，只能根據羅盤和沙漏計算無畏振翅數，記錄飛行速度來定位。黑夜降臨時幾乎令人欣喜，側風不停地把雨颳到他們臉上。入夜後減緩了，他們終於能裹在皮外套裡窩著，溫暖一點。鄉間的村民看到他們飛過便躲起來，除此之外看不到任何生命跡象。飛過一個深深的河谷時，他們經過五隻野龍。野龍睡在突出的岩石下避雨，發現無畏飛過，便抬起頭來。

他們由岩石下躍出，飛向無畏，勞倫斯擔心他們像阿爾喀迪與山區野龍一樣，開始爭論，或試圖跟著他們，但這幾隻是合群的小傢伙，只跟著無畏飛了一陣子，口齒不清地嬉笑，一下向後飛撲，一下深深俯衝，展現他們的飛行能力。飛了半小時，他們來到河谷邊緣，野龍飛出刺耳的尖叫離開，盤旋回到他們的領地。無畏回頭望著他們：「我聽不懂他們的話，不知說的是什麼語言，有些地方聽起來有點像度爾撒語，可是很難猜，他們又說得很快。」

結果，那晚他們並沒有飛到城中，離波森約二十哩處，他們看到軍隊濕淋淋的小營火準備淒慘地在雨中露宿。賴斯托克乘著轎子，說服轎夫盡量靠近掩蔽所，親自來拜見國王、王后，應該有信差龍通報，因此他顯然知道他們會來。

他們當然沒邀勞倫斯同行，但也沒盡點禮數給他地方住，留下來打點他們補給品的參謀官急著離開，沒耐性的表現令人討厭。勞倫斯越來越耐不住性子：「不行，不能只給半隻羊。他今天在壞天氣裡飛了九十哩，當然要他媽的吃多點。我不覺得這軍隊食物短缺。」軍官終於答應給他們一隻牛，不過其他人整晚又濕又餓，只有薄薄的燕麥粥和餅乾可吃，沒分到一點肉，或許有人刻意報復。

賴斯托克只帶了一小支軍隊，其中有兩個編隊，領隊龍都是小隻的重型戰龍，和無畏小巫見大巫。此外，還有四隻側翼的中型龍，還有聊勝於無的幾隻信差龍。他們的舒適同樣遭人忽視，只爲軍官搭了幾個小帳棚，因此隊員大多難過地睡在龍身上。

卸完裝備後，無畏聞聞嗅嗅，想找塊乾燥點的地方休息，卻徒勞無功，掩蔽所的地上蓋了整整兩吋的泥。

凱因斯說：「你還是躺下來的好。安頓好以後，泥巴會幫你保暖。」

「這樣不健康吧。」勞倫斯懷疑地說。

凱因斯道：「胡說。芥泥不也是泥嗎？只要他別躺在泥裡一星期，不會有事的。」

鞏肅居然插嘴：「等等，等等。」他不學英文便會完全受孤立，因此慢慢在學了，不過除非與他的烹飪工作有關，否則平時仍不敢開口。他匆忙掃過他的瓶罐和香料包，拿出一瓶紅辣椒粉。勞倫斯看過他抓幾小撮幫整隻牛調味，這時他戴上手套，跑到無畏肚子下，在地上撒了兩把辣椒粉。無畏好奇地由腿間盯著他看。

鞏肅走了出來，把瓶口封緊，說：「好了，現在會溫暖了。」

無畏小心翼翼地躺上泥巴，泥巴由他身旁濺起，發出不雅的噪音。「噁，眞不舒服，我好懷念中國的亭子！」他扭動了一下，又說，「很溫暖沒錯，不過感覺好怪。」

勞倫斯並不想讓無畏這樣泡在滷汁裡，但至少當晚不太可能改善他的情況。回想起來，即使在霍恩洛厄指揮下，和大軍在一起時，住的地方也沒有比較好，他們過得比較舒服，只是因爲天候沒這麼差。

葛蘭比和隊員和他看法不同，對此僅聳聳肩。葛蘭比說：「我們大概習慣了。我和豐悅在印度時，有一次他們因爲不想在別處清除灌木給我們睡，就把我們安置到那天的戰場上，整夜傷患呻吟，四處是劍和刺刀，波特蘭隊長隔天早上威脅要棄守，他們才幫我們換位置。」

勞倫斯成爲空軍以來，都待在極爲舒適的拉干湖訓練所，和多佛歷史悠久的掩蔽所，即使在中國人眼中差強人意，至少還有乾燥的空地，有樹木遮蔭，隊員和下級軍官有軍營住，隊長和上級軍官在總部有房間。他心想，自己期待戰場上軍隊移動時還保持舒適，或許不切實際，不過應該還能安排得舒服點。不遠處有山丘，地面不會如此泥濘，應該只要一刻鐘就能輕易飛到。

他問凱因斯：「蛋要怎麼處置？」目前那兩捆東西擱在幾個箱子上，上頭蓋著防水布。「寒冷對蛋會不會不好？」

凱因斯焦燥地說：「我想想。」他在無畏身旁走來走去，然後問無畏，「你確定晚上不會翻身壓到他們？」

無畏不滿地說：「我才不會翻身壓到蛋！」

凱因斯不理會無畏氣憤的嘮叨，對勞倫斯說：「這麼大的雨，不可能升火，我們最好用防水布包著蛋，埋在他身旁的泥裡。」

隊員已經完全濕透了，他們挖好洞時渾身是泥，不過運動一番至少身子暖了。勞倫斯從頭到尾都全身濕淋淋站在一旁，覺得該和他們一同受罪。等蛋安然埋進洞裡，他吩咐道：「剩下的防水布分配一下，大家都睡在龍背上。」無畏背上的帳棚已空，還爲他留在原處，他心滿意足地爬進自己的避難處過夜。

兩天內飛了近兩百哩後，他們不滿地發現又被步兵拖累，更糟的是還有無盡的補給車，馬車似乎有一半的時間都卡著動彈不得。路上沒鋪石子，路況極差，每走一步，沙粒與塵土便在腳下嘎吱作響，地上覆滿落葉，又濕又滑。部隊正向西移動，希望與俄軍會合，即使處境狼狽，聽到戰敗的消息，軍隊的紀律仍在，縱隊以穩定的速度前進。

勞倫斯發現他對補給官不太公平，他們補給其實不足，才收割完不久，但鄉間似乎已無任何食物，至少他們找不著。向波蘭人買吃的，無論價錢開多高，他們都攤開空空的雙手。追問之下，他們說收成不佳，牲畜病了，展示空蕩蕩的穀倉和畜欄，不過他們田野後黑漆的林子裡，有時能瞥見眼睛黑亮的豬或牛隻探出頭，一些積極的軍官會在地窖或活門後找到儲藏的穀物或馬鈴薯。波蘭人的反應無一例外，勞倫斯拿出金幣，但即使家中瘦弱孩子穿著單薄的冬衣，他們也不接受。有一回，在一間幾乎像茅舍的農舍中，勞倫斯絕望地拿出兩倍金幣，意有所指地望著搖籃裡幾乎衣不蔽體的嬰兒，屋裡的少婦以責備的眼神默默看著他，闔上他握住金幣的手，指向門口。

勞倫斯羞愧地走出農舍，無畏吃不夠令他很著急，但不能怪波蘭人怨恨自己國家遭瓜分，被人占領。普魯士瓜分波蘭一事十分可恥，勞倫斯父親的政治圈子對此強烈譴責。勞倫斯不太記得了，或許政府也正式表達過抗議。不過抗議不會改變什麼。俄國、奧地利和普魯士垂涎土地，不可能聽從。三國都一吋一吋擴展自己的邊界，忽略弱小鄰國要求正義的喊聲，最後三國相會於其中，之間的國家已然消失。難怪其中一國的士兵此時會遭受冷淡的對待。

他們花了兩天越過二十哩到達波森，發現那兒的態度更冷酷危險。城裡已聽到傳聞，不過部隊來臨，耶拿的慘敗當然人盡皆知，何況又湧入更多消息。霍恩洛厄領著襤褸的殘餘步兵，終於投降了，而奧德河以西的普魯士如紙牌之屋，隨之陷落。

法軍的穆哈元帥在艾福特大勝，在全國各地重施故計，不用武器，靠一張厚臉皮便取得一座座要塞。他的方法簡單，只是對要塞守軍宣布他來接受他們投降，等著大門打開，指揮官讓他進去。然而離戰場數百哩的斯德丁完全不清楚狀況，要塞的指揮官憤然拒絕他迷人的要求，笑裡的刀就露出來了，兩天後，要塞牆外來了三十隻龍、三十尊砲和五千名士兵忙著挖戰壕，堆起顯眼的砲彈堆準備全力進攻，這時指揮官才聽話地交出鑰匙和他的要塞。

一星期內，勞倫斯在鎮上廣場市集裡聽了五次這個故事，他不懂波蘭文，但同樣的名詞總是重複出現，講述的語調不只開心，還欣喜若狂。男人坐在酒館裡，附近沒普魯士人時，便舉著杯裡的伏特加敬祝法皇萬歲。酒杯快喝完時，甚至有普魯士人也照說不誤。敵意與希望的氣氛交雜。

市集裡每間攤子他都探頭看過，至少這兒的商人不能拒絕賣一目了然的商品，不過鎮上的食物依然不多，而且大多已被搜刮走了。勞倫斯找了好久，才找到一隻可憐的小豬，他付了高達五倍的錢，馬上用棒子將豬打昏，用獨輪推車將牠推向死亡。無畏餓得等不了烹煮，生吃了豬，然後仔細地把爪子舔得一乾二淨。

勞倫斯壓抑著怒氣，說道：「長官，您沒給重型戰龍應有的補給，而您每天走的距離只及他能飛的十分之一。」

賴斯托克將軍火大地說：「有什麼差別？不曉得你們英國的規矩怎樣，不過只要在我們軍隊，就要跟著一起行軍！老天，你的龍餓了又怎樣，我的人也餓了。要是我開始讓他們在野外跑個五十哩自行覓食，我們一定好過得多。」

勞倫斯說：「我們每晚紮營都會在——」

賴斯托克打斷道：「是啊，而且早上也會在，中午也會在，時時刻刻都和其他龍軍一起，不然我就依擅離職守免了你的職，滾出我營帳去。」

那天他們在一間牧人小屋落腳，波森之後都在緩慢悲慘地行軍，這是他們一星期來頭一次睡在乾燥處。勞倫斯回到小屋時，葛蘭比看著他的臉色說道：「看起來事情很順利嘛。」

勞倫斯使勁把手套摔到吊床上，坐下來脫靴子，靴外泥巴及膝。

他憤憤地說：「我眞有點想帶著無畏一走了之，讓那個老笨蛋免了我的職，管他去死。」

「來。」葛蘭比說著，拿了些麥桿握住勞倫斯的靴踝，幫勞倫斯脫下靴子。「我們應該去打獵，發現要發生戰鬥再加入。」他擦擦手，坐回自己的吊床。「他們不太可能拒絕。」

勞倫斯幾乎開始考慮這個可能，但他搖搖頭說：「不行，不過要是繼續下去——」

情況並沒有繼續，他們反倒更慢了，唯一比糧食更缺的是好消息。流言已在營地處傳了好幾天，說法國人提議和平協議。疲累的軍隊幾乎都慶幸嘆息，但一天天過去，沒傳來通知，他們的希望落空了。

接下來的消息是令人錯愕的條約：普魯士交出漢諾威及易北河東部大片的領土，付鉅額賠款，誇張的是，要將王儲送去巴黎，「由皇帝照顧，以增進兩國對彼此的瞭解與情誼，對雙方都有利。」這是他們騙人的說法。

葛蘭比聽到消息，說道：「老天爺，難道他眞開始自以爲是東方的暴君了。要是他們破壞協定，把那孩子送上斷頭台，他要怎麼辦？」

「他還不是無緣無故讓人殺了恩格⑭。」勞倫斯憂心地想著迷人又勇敢的王后，這個涉及她個人的新威脅會讓她多難過。她和國王已去會見沙皇，至少有這道令人振奮的消息。俄皇亞歷山大誓言將繼續戰爭，俄軍已在路上，準備和他們在華沙會合。

「勞倫斯！」無畏喚著，勞倫斯顫抖著由熟悉的惡夢中醒來。夢中，他發覺自己在暴風雨中，隻身一人在他首次當上船長的貝里斯號甲板上，大海全被閃電的光芒點亮，船上卻看不到半個人，沒想到一顆龍蛋沉重地滾向開口向前的艙口，他距離太遠，無法及時拯救，那蛋並非喀西利龍綠斑的紅蛋，而是無畏瓷釉白的蛋。

他抹抹臉，拋開夢境，聽著遠方的聲響，聲音太頻繁，不是雷聲。天色剛開始泛白，他伸手拿靴子，問道：「什麼時候開始的？」

無畏說：「幾分鐘前。」

這天是十一月四日，他們離華沙還有三天路程。整天行軍時，都聽得到東方的砲聲，夜裡遠方閃著一片紅光。隔天，砲聲轉弱，下午完全止息。風向未變，部隊中午紮營後並未拔營，眾人一動也不動，似乎全都屏息以待。

幾小時後，那天早上派出的幾隻信差龍急急忙忙回來。隊長都直接進將軍房裡，但他們還沒出來，不知怎麼，消息便傳開了——法軍趕在他們之前到達華沙。俄軍戰敗。

譯註：

❶：阿波爾達（Apolda），約於奧爾施泰特、威瑪與耶拿正中的城市。

❷：瑟默達（Sömmerda），艾福特以北的城市。

❸：卡爾克羅伊特（Friedrich Adolf Graf von Kalkreuth，一七三七～一八一八），普魯士將軍，因堅守但澤有功，事後升爲元帥。

❹：穆哈（Joachim Murat 一七六一～一八一五），法國元帥與軍事家。

❺：薩克森．威瑪（Saxe-Weimar），德意志帝國的圖林根邦國之一的君王。

❻：香霍斯特（Gerhard von Scharnhorst，一七五五～一八一三），普魯士將軍。

❼：馬格德堡（Magdeburg），於易北河畔，遠在瑟默達約一百公里的北方。

❽：斯德丁（Stettin），位於今波蘭西北，奧德河岸，爲波羅的海的大港。

❾：施特拉爾松（Stralsund），位於今德國東北。

❿：但澤（Danzig），瀕臨波羅的海之重要海港。

⓫：柯尼斯堡（Königsberg），位於但澤東方的大港都。

⓬：賴斯托克（Anton Wilhelm von L'Estocq，一七三八～一八一八），普魯士騎兵隊將軍。

⓭：波森（Posen），於普魯士東部，當時屬華莎公國。

⓮：恩格（D'Enghien，一七七二～一八〇四），法國王子。

第十六章

小城堡乃由紅磚建成，年代已久，滿布戰爭的痕跡，尋找建材的鄉下人將之解體，雨雪蝕去稜角。此時，它只剩下殘破的外殼，由一面牆支撐著半頹的塔樓，兩側有窗戶面向田野。但他們仍慶幸能有地方棲身。無畏縮著藏進破牆圍成的方形空地，其餘的人在一條狹窄的走廊安頓下來，走廊上滿是紅磚土和粉碎的泥灰。

隔天早上，勞倫斯說：「我們再待一天。」與其說這是他的決定，不如說這是觀察的結果，無畏累得憔悴無力，其他人也沒好到哪兒去。他找志願者去打獵，最後派出馬丁和杜恩。

鄉間除了一堆法國的巡邏隊，還有波蘭的。波蘭巡邏隊的龍來自普魯士養殖場，他們在十年前瓜分波蘭時就被關起來。那些年中，許多隊長在普魯士囚禁下死亡或因老病過世，失去隊長的龍滿懷怨恨，輕而易舉便成爲拿破崙的工具。他們沒有隊長或隊員，或許不夠守紀律，無法用於戰爭中，用來偵察卻很有用，而且即使他們自己攻擊倒楣的普魯士脫隊士兵也無傷大雅。

普魯士軍這時不過是一個個脫隊士兵，所有人零零落落地向普魯士北方最後的要塞前進。勝利無望，將軍討論的只是如何守住一點地位，穩住談判桌上顫抖的手。勞倫斯只覺得瘋狂，他暗自懷疑可能連談判的機會都沒有。

拿破崙派了他的軍隊加速越過波蘭泥濘的道路，不受半輛馬車拖累，所有補給都由龍隻載運，他賭的是自己能在食物吃盡、人和動物開始挨餓前，打敗俄國人。他孤注一擲，結果贏了。沙皇的大軍排成一列沿路走向華沙，未料會遭攻擊，於是三天內打了三仗，被一一擊破。拿破崙倒是小心避開路上的普魯士軍，這下他們才曉得，自己成了讓俄軍加速離開邊界的餌。

而法國大軍團的巨顎將向他們咬下最後一口。普軍在絕望中湧向北方，全營的人同時逃離，勞倫斯看到大砲彈被棄置路上，補給馬車旁鳥兒圍繞，享用餓漢搶食時撒出的穀粒。賴斯托克傳令到掩蔽所，派龍軍到下一站的十哩外小村落。勞倫斯揉起手中的公文，任公文落到地上，踩進泥裡，接著要部下帶著所有找到的補給上龍，讓無畏盡力北飛。

如此徹底的戰敗，對柏林有什麼影響，不在他顧慮之中。他只有一個目標：帶無畏、部下和那兩顆龍蛋回國。他們的戰力在那裡看似弱得可憐，但可以幫助英國建立防禦，抵抗一心征服更多地方的歐洲之帝。如果他能重回那座山丘，待在那叢灌木中，拿破崙就在數呎之外，勞倫斯不曉得他會怎麼做。失眠的夜裡勞倫斯有時會納悶，他當初阻止巴登豪爾動手，巴登豪爾是否怪他。

從前戰敗時，有時會感到消沉或憤怒，但他這次只感覺與現實脫離。他靜靜地對部下和無畏說話，他設法至少做出一張到波羅的海的路線圖，幾乎所有的時間都花在研究如何繞過城鎮，有時巡邏隊逼他們躲離路徑，躲在暫時安全的地方，他們還得找回原來的路線。無畏移動的速度雖然遠比步兵快，但也容易被發現，躲躲藏藏之下，他們向北前進的進度，並未遠遠超過其餘軍隊。鄉間沒什麼東西好搜刮，他們已將能省下的一切食物都給無畏，因此所有人都餓了。

此時此刻，城堡廢墟中的人睡了。馬丁和杜恩半小時後回來，帶了一隻小羊。小羊頭上俐落地射穿了。杜恩說：「長官，抱歉用了步槍，只是很怕牠會跑走。」

「我們沒看到任何人。」馬丁緊張地說，「牠獨自在那兒，應該是和羊群走散了。」

勞倫斯不太在意地說：「各位，那是不得已的。」即使他們惹了麻煩，也沒必要責備他們。

勞倫斯原想直接把羊拿給無畏，但鞏肅連忙說：「先給我。我來做，多點用處。有水，我幫大家做湯。」

葛蘭比聽了他的建議，猶豫地輕聲說：「沒多少餅乾了。有湯可以讓大家嘗點肉味，振作起來。」

最後，勞倫斯下了決定：「我們不能冒險在戶外升火。」

鞏肅指著塔樓說：「不是在戶外，我在裡面升火，煙從這裡慢慢飄出來，像燻製房一樣。」他說著，敲敲他們身旁牆上磚頭間的裂隙。

眾人離開密閉的走廊，鞏肅每次只能進去攪拌幾分鐘，便一臉黑麻麻地咳著跑出來。不過只漏出一道道細而薄的煙圍覆在磚牆上，沒有明顯的煙柱。

勞倫斯繼續研究地圖。地圖攤在桌子大的破牆上，他判斷再幾天就能看到海岸線，那時就該下決定了——向西到但澤可能碰上法軍，東方的柯尼斯堡幾乎能確定還在普魯士手中，不過，那兒離家更遠。他很高興當時見到柏林的大使館書記，得知了此刻顯得珍貴無比的情報——海軍正在波羅的海集結。無畏只要飛到這些船那兒，他們就安全了。追擊的兵力不會跟著他們飛進海軍大砲的銳齒中。

他正在計算距離，算到第三次時，營地裡有點騷動，他抬頭皺起雙眉。風向轉變，朝他們吹來，風中帶了微弱的歌聲，歌聲並不悅耳，不過女孩的聲音清晰投入，片刻後，她的身影出現在牆邊。她只是農家女，因運動而神采煥發，頭髮整齊地編在頭巾下，拎的籃子裡滿是胡桃、紅莓和滿覆黃色、琥珀色葉片的樹枝。她轉過牆角，發現了他們。歌聲愕然中止，她仍半張著嘴，驚訝地張大眼睛盯著他們。

勞倫斯的手槍擱在他前方，用來壓住地圖邊，他坐起身，杜恩、哈克萊和李格斯正在塡裝彈匣，因此步槍都在手中，大個子的軍械士普拉特靠在牆邊，離女孩只有一臂之遙，只要一聲令下，大夥就能抓住她。勞倫斯伸出手探向手槍，冰冷的金屬刺痛肌膚，他猛然納悶方才自己在做什麼。

他感到一陣顫慄由肩膀傳到腰間，又傳至肩頭。轉眼間他恢復自覺，完全回到軀殼內，爲知覺的轉變訝異不已。他隨即感到痛苦難忍的飢餓，女孩這時則拚命跑下山丘，籃子落在一堆金黃樹葉中。

他繼續原先的動作，將手槍裝回腰帶上，捲起地圖，輕鬆地說：「好啦，她馬上會驚動十哩內的所有人。聳肅，把那鍋東西拿出來，上路之前，至少可以喝一口。無畏可以趁我們收拾的時候吃。羅蘭、戴爾，你們去收集胡桃，撬開殼來。」

兩名傳令兵蹦蹦跳跳來到牆後，開始撿拾農家女籃裡撒出的東西，普拉特和助手布萊斯則進城堡裡幫忙抬出大湯鍋。勞倫斯說：「葛蘭比先生，來安排一下行動吧。派個守望員到那座塔上。」

「是，長官。」葛蘭比一躍起身，和菲利斯開始挖起一個個懶散的隊員，在塔邊以破碎的石頭磚塊堆成台階。大家累到發顫，工作進行得不快，但至少讓他們振作起來。塔不高，不久他們便丟了條繩子到城垛上，由馬丁爬上去站崗。他邊爬邊喊：「你們這些傢伙，別連我那份也吃了！」這點玩笑話，卻引來哄堂大笑。湯鍋小心地抬出，沒灑出半滴湯，大家則急著去拿錫杯錫碗。

勞倫斯撫摸著無畏的鼻子，說：「抱歉這麼快就要出發。」

無畏特別有勁地蹭著他說：「沒關係。勞倫斯，你還好嗎？」

勞倫斯驚覺他古怪的心情這麼明顯，有點羞愧，答道：「沒事。我這麼消沉，真不好意思。抱歉你一直自己承受這一切，真不該答應讓我們捲入這件事。」

「可是我們不知道會輸啊。」無畏說，「我不後悔嘗試幫忙，要是逃走，會覺得自己是懦夫。」

鞏肅舀出小份的稀湯，每人分得半杯，菲利斯則發下餅乾，城堡在兩座湖之間，因此至少茶要喝多少有多少。他們不由得慢慢吃，每口都做兩口品嘗，接著羅蘭和戴爾帶著意外的怪點心穿梭眾人間。胡桃有點生，略帶苦味，但十分可口。他們覺得紫色的莓果太酸，但無畏把籃裡的莓果舔出來，一口吞個精光。大家都吃完自己那份之後，勞倫斯派索耶接替馬丁的位置，讓那位見習官下來吃他這餐。然後鞏肅將羊去皮的帶骨肉一塊塊撈出鍋裡，直接送入無畏迫不及待的嘴中，不讓熱湯流出來浪費掉。

無畏也細細咀嚼，但才剛吃完羊頭和一隻腳，索耶便伏身大喊，爬下繩子喘著說：「長官，空中巡邏，有五隻中型龍飛來。距離約五哩——」勞倫斯沒料到會這麼危急。巡邏隊想必在附近村裡休息，而女孩直接跑去找他們。

吃完一頓，眼前又有立即的威脅，他們全都有了衝勁。不過片刻，裝備便打包上龍，他們前幾次撤退時拋棄無畏的裝甲，因此只抬出輕型鎖鍊甲。無畏正張嘴讓鞏肅把最後幾口肉倒入嘴巴，凱因斯突然說：「看在老天份上，剩下的肉別吃了。」

無畏問道：「爲什麼？我還很餓啊。」

凱因斯說：「該死的蛋要孵化了。」他正拉扯著蛋的絲質襁褓，拋開一張張閃亮的綠、紅與琥珀色絲布。「別站在那兒發楞，來幫忙啊！」凱因斯罵道。

葛蘭比和其他上尉急忙上前幫忙，勞倫斯則趕緊派人將包好的另一顆蛋裝回無畏的腹帶，那是最後一件行李了。

龍蛋正活力充沛地左右滾動，他們還得用手固定，免得蛋直直滾過地上，無畏對龍蛋說：「別現在出來！」

勞倫斯對葛蘭比說：「去準備好鞍具。」他代替葛蘭比抓住蛋。蛋殼堅硬透亮，摸起來出奇的燙，因此他先戴起手套。菲利斯和李格斯站在另一側，兩手輪流縮開。

無畏又對蛋說：「我們得立刻離開，你不能現在孵化，反正現在幾乎沒東西吃。」這話似乎沒效，只換來殼裡一陣猛烈的敲擊聲。無畏委屈地說：「他完全不理我。」他坐回後腿上，悶悶不樂地看著鍋裡剩的食物。

費羅斯早就用鞍具柔軟的碎皮拼成一只幼龍的裝備，卻和其他皮革塞在他們行李深處。他們好不容易挖出來，葛蘭比的手幾乎顫抖著翻開鞍具，打開扣帶，加以調整。費羅斯輕聲說：「沒問題的。」其他軍官拍拍他的背，低聲鼓勵。

凱因斯壓低聲音說：「勞倫斯現在最好盡量把無畏帶遠一點，他不會喜歡的。我該早點想到才對。」

勞倫斯問道：「什麼？」但這時，無畏說話了，語中帶了一絲怒意：「你在做什麼？葛蘭比為什麼拿著鞍具？」

勞倫斯甚為驚恐，原以為無畏對龍戴鞍具有意見，沒想到無畏固執地說：「可是葛蘭比是屬於我的隊員啊。」這番抗議下，當場誰也沒資格了，除非他還沒和巴登豪爾或其他幾名普魯士軍官培養出感情。他又說：「我不懂為什麼要給你我的食物，還要把葛蘭比讓給你。」

這時蛋殼開始裂開，幸好沒太遲。巡邏隊為了小心起見，放慢接近的速度，或許認為英國人既然沒逃，應該打算在城堡牆後展開防禦。但謹慎不能拖延多久，再過不久，其中就會有龍快速衝過他們上空偵察敵情，接著馬上集體進攻。

勞倫斯退到一段距離外，試著讓無畏分心，不再把注意力放在孵化中的龍蛋：「無畏，想想看，小龍會很寂寞，而且你已經有很多自己的隊員了。這不公平，懂嗎？小龍誰也沒有。」他靈機一動，說：「而且，他不像你，連珠寶也沒有，他一定很不開心。」

「噢。」無畏說著，頭垂到勞倫斯身旁，小聲提議，「把艾倫給他呢？」說著，他瞥了眼身後笨拙的少尉。艾倫正偷偷摸摸用指頭揩著鍋子邊，舔去幾滴羊肉湯。

「嘿，怎麼可以這樣！」勞倫斯責備道，「而且葛蘭比會升官，他有這個權利，你不會不讓他升職吧？」

無畏低聲發著牢騷，最後沒禮貌地說：「唉，要就讓他去吧。」說完蜷起身子生氣，以前爪抓起藍寶石胸飾在臉上擦亮。

幸好他即時同意，殼破掉時噴出一團蒸氣，所有人身上都噴到碎蛋殼和蛋汁。無畏不滿地掃去黏在龍皮上的碎塊，說道：「我才沒弄得這麼混亂。」

小龍向四周吐著蛋殼，發出悶悶的聲音低聲嘶叫。她幾乎是喀西利成龍的縮小版，身上覆滿閃亮的棘刺，體色鮮紅，腹部有閃亮的紫色護甲，就連特別的龍角也有了，只不過尺寸較小，全身缺的只有綠色的豹紋。龍寶寶以閃爍的黃眼怒瞪他們，眼神激憤，咳了兩聲，接著吸口氣，腹側脹得像顆氣球。絲絲的蒸氣突然噴出棘刺，嘶嘶作響，她張開口，噴出約五呎長的一小道火焰，最靠近她的人不禁嚇得往後跳。

「噢，這就對了。」她開心地坐下來，「這樣好多了，拿肉來給我吃吧。」

葛蘭比曬黑的臉蒼白不已，走向她時，努力讓聲音保持平靜。他右手掛著鞍具，讓她清楚看見，不打算馬上拿給她。他開口道：「我叫約翰．葛蘭比，我們很樂意——」

她插嘴說：「鞍具啊，好，好。無畏跟我說過了。」

勞倫斯轉頭看著無畏，無畏有點愧疚，裝作忙著擦去胸飾上的刮痕。勞倫斯開始納悶，他照顧兩顆龍蛋快兩個月，還教了龍蛋什麼。

這時候，小龍探頭嗅了嗅葛蘭比，她左右側著頭，上下端詳，像在問資料般地質問道：「你是無畏的大副嗎？」

「是的。」葛蘭比慌張地說，「妳要不要自己的名字？有名字不錯喔，我很榮幸給妳一個名字。」

「噢，我已經想好了。」她這話讓葛蘭比和其他空軍都大驚失色。「我要叫依希珂，就是女孩子歌裡的那個名字。」

勞倫斯馴養無畏並非事先安排，而是意外，之後也沒看過龍孵化的過程。他不太清楚這過程應該如何，不過照他部下的表情來看，這並非常態。喀西利龍寶寶又說：「我還是想要你做我的隊長，戴上鞍具打仗，保衛英國也可以，可是要快點，我非常餓了。」

可憐的葛蘭比大概從七歲當軍校生時，就夢想著這天，規規矩矩地計畫每個細節，早就選好名字，他楞了片刻，接著突然大笑出聲：「好，就叫依希珂吧。」他瀟灑地恢復鎮定，遞出鞍具的頸帶。「請妳把頭放進來吧。」

她心甘情願地合作，只是他還急忙扣上最後幾個釦子，她便不耐煩地探頭向鍋子。好不容易鬆開她，她頭和前腳都鑽進燙人的鍋裡，吞下無畏吃剩的午餐。根本用不著催她吃快點，鍋裡食物瞬而消失，舔乾淨後，她放著鍋子在地上滾動。她又抬起頭，小犄角上滴著湯：「很好吃，不過我還想再吃。我們去打獵吧。」她試著拍拍翅膀，柔軟的雙翅還貼在她背後。

「可是現在不行，我們得離開了。」葛蘭比說著，小心抓緊她的鞍具，一陣振翅的風襲來，巡邏隊終於有隻龍飛來看他們在牆後做什麼。無畏坐起身大吼，那隻龍匆忙向後飛開，但木已成舟，他開始呼喚同伴了。

「所有人直接上龍！」勞倫斯喊著，隊員急忙撲上鞍具。「無畏，你要載依希珂，把她放上你的背好嗎？」

依希珂說道：「我可以自己飛。要打仗了嗎？開始了嗎？在哪裡啊？」她還真飛離地面一點，但葛蘭比努力抓住她鞍具，結果她只能跳來跳去。

無畏說：「不行，我們不會打仗。而且妳太小，也不能作戰。」他低下頭，將她咬在嘴中，他鋒利的前齒與後齒間有空隙，能輕鬆含住她。他不顧她憤然尖叫抗議，叼起她放到自己肩後。勞倫斯幫葛蘭比撐腿爬上鞍具，好直接爬向她，自己也跟著爬上去。所有隊員都上龍後，無畏一躍升空，巡邏隊加速衝向牆邊，無畏則吼著飛向他們之中，將他們像保齡球一樣撞開。

依希珂想躍入空中，殘暴無比地說：「噢！噢！他們在攻擊我們！快點，殺了他們吧！」

「不行，幫幫忙，別這樣！」葛蘭比拚命抓著她，另一手努力把鐵鎖皮帶拉到她身上，將她的鞍具穩穩扣上無畏的鞍具。我們飛的速度比妳能想像的快多了，耐心點！再過一陣子，我們會讓妳飛個夠。」

「可是現在有仗要打耶！」她扭著轉過身，想看見敵方龍隻。她身上長著突出的棘刺，很難抓住，而她用爪抓著無畏的頸部和鞍具。爪子雖軟，由無畏哼著搖頭晃腦的樣子看來，顯然很癢。

「別動！妳這樣我很難飛。」無畏回頭喊著，他利用敵方龍隻暫時的混亂，猛然加速，快速飛向北方厚厚的雲牆，希望躲進其中。

「可是我不想待著不動！」她尖聲說道，「回去，回去啦！要打架是往那邊！」她爲了強調，又噴出一道火焰，差點燒到勞倫斯的頭髮。她焦躁不安，挪著步子跳來跳去，葛蘭比則盡力抓住她。

巡邏隊在身後急追，即使雲朵藏起無畏，仍繼續飛行，減緩飛行速度，在霧中呼喚彼此，確定位置。小喀西利龍不喜歡濕冷，在葛蘭比胸膛和肩上捲成一圈取暖，幾乎快勒死他，棘刺還差點戳到他。

她不停喃喃抱怨他們居然逃走，葛蘭比撫摸著她說：「別生氣，我的小乖乖。妳會暴露我們的位置，現在像在玩捉迷藏一樣，要保持安靜。」

「我們去擊敗他們就不用安靜了，也省得待在這冷冷的臭雲裡。」她雖這麼說，最後仍讓步了。

追兵的聲音終於消失，而他們也大膽溜出雲裡，然而，這時新的問題來了——得餵依希珂吃東西。勞倫斯說：「我們要冒個險。」他們謹愼地飛離濃密的樹林和湖泊，飛近農地，以望遠鏡搜索地面。

不一會兒後，無畏渴望地說：「那些牛看起來眞不錯。」勞倫斯連忙將望遠鏡轉向遠方，看到一群肥美的牛安詳地在山坡吃草。

「謝天謝地。」勞倫斯說，「無畏，降落吧，我想那塊空地應該可以。」他指著下方，「我們等天黑再抓牛。」

「什麼？抓牛？」無畏一邊降落，一邊困惑地回頭問，「可是，勞倫斯，牠們不是別人的財產嗎？」

「喔，是啊，應該沒錯。」勞倫斯有點慚愧，「可是在這狀況下得破例了。」

無畏追問道：「目前狀況和阿爾喀迪跟其他龍抓伊斯坦堡的牛，有什麼不一樣？那時候他們很餓，現在我們很餓，沒什麼不同嘛。」

「那時，我們的身分是客人。」勞倫斯說，「而且認爲土耳其是我們盟友。」

無畏說：「所以，如果不喜歡擁有財產的人，做那種事就不算偷竊了？可是——」

「不，不對，」勞倫斯預料以後會有不少問題，趕緊說，「可是現在——在戰爭的緊急狀態——」他笨拙地思考解釋，無力地沉默了。此舉當然有如偷竊，雖說這裡在地圖上至少還是普魯士的領土，叫徵用還算合理，但徵用和偷竊的分界似乎不易解釋，勞倫斯也不打算告訴無畏，上星期他們吃的食物都是偷的，軍隊絕大部分的補給品亦然。

稱之爲厚顏無恥的賊也好，或講得比較好聽也好，他們仍得抓牛。小龍太幼小，不瞭解挨餓的嚴重性，卻更需要進食。無畏第一星期快速成長時怎麼吃東西，勞倫斯記得很清楚。他們也有此需要——需要她安靜點。吃飽的話，出生頭一星期，她很可能每餐間都在睡覺。

他們等待夜晚降臨，依希珂打起盹兒來。葛蘭比慈愛地摸著她光亮的龍皮說：「天啊，她眞嚇人，對吧。從蛋裡吐出火來，要馴養她還眞恐怖。」不過聽他的語氣，他似乎不以爲意。

無畏說道：「喔，希望她快點變理智。」他先前生的氣還沒消盡，她指控他們懦弱，要求調頭迎戰，他本能也希望如此，不過明白並不實際。雖然和她有志一同，但他心情沒有改善。大體來說無畏對龍蛋很投入，怪的是沒見了小龍就喜愛。當然，或許只因爲食物被搶才這樣。

勞倫斯摸著無畏鼻子說：「她是珍貴的小龍耶。」

無畏說：「我即使剛孵出來時也沒那麼蠢。」勞倫斯對此識相地不予置評。

日落後一小時，他們由下風處悄悄爬上坡，準備偷襲。原來的計畫如此，但依希珂興奮地發狂，抓斷固定她的鞍具皮帶，越過畜欄撲上一隻睡得毫無防備的牛。牛驚恐地大吼，和牛群一起拔腿逃開，但小龍仍攀在牠身上，朝四面八方噴出火焰，就是沒瞄對地方。整件事看起來不像打劫，倒像馬戲。房裡亮起燈，農場工人手執火把和老毛瑟槍衝出來，以爲受狐狸或狼隻攻擊。他們在畜欄邊止步，目瞪口呆，這也難怪——那隻牛弓著背瘋狂跳躍，但依希珂的爪子深深插入牠頸部那圈脂肪中，一邊興奮又沮喪地尖叫，因爲她的牙齒還小，猛咬著牛卻徒勞無功。

「就跟你說了，瞧瞧這下她幹了什麼好事。」無畏理直氣壯地說著，躍入空中，一爪抓住小龍和她的牛，一爪又抓了隻牛。他盤旋著說：「抱歉吵醒你們，我們拿走你們的牛，可是我們在打仗，所以不算偷竊。」下面一小群蒼白凍僵的人盯著他巨大駭人的身軀，他們茫然的主因並非語言不通，而是出自恐懼。

勞倫斯內疚不已，急忙掏著錢包，丟下幾枚金幣。「無畏，你抓住她了嗎？拜託趕快走，他們會讓全國都來追捕我們。」

無畏的確抓住她了，因爲剛升入空中，下方便傳來她勉強能辨的模糊叫聲：「那是我的牛！我先抓到的！是我的！」這對他們躲藏的機會沒什麼助益。勞倫斯回頭看見整個村子像黑暗中的一大座烽火，房舍接連亮起，方圓數哩內一目了然。

勞倫斯埋怨道：「倒不如大吹喇叭開場，在光天化日之下去抓牛。」在他看來，他們的行爲根本是偷竊。

他們在不遠處絕望地停下，希望餵飽伊希珂讓她靜下來。她的牛被無畏爪子刺穿，已經死透了，她幾乎咬不開牛屍開始享用，卻不願放開，不停咕噥著：「這是我的。」最後無畏才說：「安靜點！他們只是爲了幫你剖開，快放開牛。反正我若要妳的牛，會直接搶走。」

「你敢就試試看！」她說完，猛然低下頭向他咆哮，她尖叫著跳進葛蘭比懷中，將他撞倒在地。她憤憤不平地說：「你好討厭！欺負我這麼小！」

無畏還算禮貌，有點羞愧，以安撫的口吻道：「其實我自己也有一隻牛，不會搶走妳的。可是，妳還那麼小，要禮貌一點。」

她生氣地說：「我現在就要長大。」

葛蘭比說：「讓我們好好餵妳，才會長大。」他這番話瞬時引起小龍的注意。他又說：「來看我們幫你準備食物，這樣行嗎？」

「好吧。」她不情願地說，讓他抱回牛屍旁。鞏肅剖開牛腹，先切下牛心和牛肝，鄭重地拿給她說：「最好的第一餐，小龍吃了會長大。」她說：「喔，眞的嗎？」說著兩爪抓來津津有味地吃了，她左一口、右一口撕咬吞下，嘴旁濺出鮮血。

除此之外，她拚命塞下一條腿肉便吃撐了，倒下來睡死，大家都鬆了口氣。無畏吃完自己那隻牛，鞏肅則迅速將另一隻牛的殘骸大卸數塊，裝進鍋裡，他們降落二十分鐘左右便再次起飛，沉重的小龍在葛蘭比懷中睡得不省龍事。

然而，此刻遠方燈火通明的村子上空有龍隻盤旋，他們起飛時，有一隻轉頭看他們，發亮的白眼閃閃生輝。那是夜之花，稀有夜行性龍隻裡的一種。勞倫斯憂心地說：「向北。無畏，直直向北飛，飛向海邊，越快越好。」

他們飛了整晚，夜之花低沉奇異的叫聲有如銅管樂音，身後跟隨的中型龍以較高頻的聲音回應。無畏載了所有地勤人員、補給，還加上依希珂，負擔比追兵重，勞倫斯覺得已看得出依希珂長大了。無畏仍勉強保持領先，但無法擺脫他們，夜空寒冷晴朗，月近正圓。

一哩哩飛逝，他們下方的維斯杜拉河[1]向大海展開，河面漆黑，時而閃耀波光。他們爲槍枝上膛，準備好閃光彈，費羅斯和他的鞍具員則一吋吋掙扎爬上無畏身側，拿了張用剩的方型鍊甲蓋到依希珂身上保護她。他們將鍊甲披到她身上，勾上小鞍具的扣環，她則在睡夢中喃喃自語，向葛蘭比懷裡依偎。

勞倫斯起初以爲距離還很遠，敵軍已經開始向他們射擊，但聲音再度響起，他才分辨出來——那不是步槍響，而是遠方的砲聲。無畏立刻調頭向西飛去，遼闊黑暗的波羅的海在他們前方開展，普魯士的砲火正防禦著但澤的城牆。

譯註：

❶：維斯杜拉河（Vistula River），今日波蘭境內最長的河流，流經華沙，於但澤入海。

第十七章

卡爾克羅伊特將軍遞給勞倫斯一瓶上好的波特酒，說道：「抱歉讓你跟我們一起關進這籠子裡。」勞倫斯嘗得出是好酒，不過喝了一個月的淡茶和摻水蘭姆酒，只覺得這酒對他遲鈍的味覺而言太浪費了。

在那之前好幾小時，他們都在吃東西和睡覺，更令人安心的是，無畏能盡情進食了。城裡還沒開始限制配給，倉庫是滿的，城牆強化過，駐軍身強體壯，訓練精良。他們不會輕易被餓到投降，或因士氣低落而棄守。圍城可能持續很久，而法軍似乎也不急著正式圍攻。

「知道嗎，我們眞是個方便的捕鼠器。」卡爾克羅伊特說著，帶勞倫斯到面南的窗口。漸暗的天色下，勞倫斯看見法軍的營地鬆散圍在城外，遠離砲火射程，橫越河流和道路兩旁。「每天我都看著我們的人，賴斯托克那一師的殘兵由南方而來，乾淨俐落地落入他們手中。到目前爲止，他們應該至少俘虜了五千人。抓到士兵只拿走毛瑟槍，要他們宣誓投降後讓他們回家，免得還要餵他們，但他們會把軍官留下。」

勞倫斯試著數帳棚，問道：「他們有多少人？」

「你想突圍嗎？我也想過。」卡爾克羅伊特說，「但他們距離太遠，可以從軍隊和城之間截斷我們。等他們決定認眞圍城，靠近點，或許能有所行動，不過未必有用，現在連俄國人也談和了。」

他看到勞倫斯驚訝的表情，說：「是啊，沙皇終於決定在浪費了爛軍隊以後，不要再浪費好軍隊，或許他只是不想在法國監牢裡度過餘生，俄法休戰，雙方在華沙討論談條約，兩個皇帝就像最好的朋友一樣。」他哈哈笑了幾聲，「懂了吧，他們不急著把我們弄出去，到這月底，我自己也可能變成法國公民。」

他因爲接獲信差傳令，到但澤守衛要塞，抵擋圍城，因此由剛剛大敗的霍恩洛厄親王的軍團逃過一劫。「不到一星期後，他們便毫無預警地出現在我門前。」他說，「不過在那之後，我要的情報應有盡有，那位該死的元帥有夠傲慢，總是送來他的公文謄本，而我的信差過不去，甚至沒辦法把公文丟到他臉上。」

無畏自己也好不容易才飛過城牆，大部分參與封鎖的法國龍，當時都在但澤城的另一端，阻隔城裡與海岸，由於出其不意，他們才沒受砲兵攻擊。然而，那天早上法國砲裡出現了胡椒砲，四周也埋起長距離的迫擊砲，他們這下有如甕中之鱉。

城牆內的要塞離海港約五哩，卡爾克羅伊特的窗邊能看見維斯杜拉河最後一道閃亮的河灣。入海處河道開闊，波羅的海冰冷的深藍海面則綴著英國海軍的白帆。勞倫斯甚至能用望遠鏡一一算出——兩艘六十四門砲船艦，一艘掛著寬大三角旗的七十四門砲船艦，還有幾艘護航的小巡防艦，這些船全都離海岸一段距離，在戰艦砲火的保護下，港內停了一艘笨重的運輸艦，等著去載俄國援軍回來，但援軍再也不會來了。法軍的大砲與空軍相隔其間，五哩有如天涯。

勞倫斯放下望遠鏡，說道：「他們現在一定知道我們在這裡，沒辦法過去。昨天法軍造成那麼大的騷動，他們很難不注意到我們進城。」

「追著我們來的那隻夜之花才是大麻煩。」葛蘭比說，「不然的話，我們不如等到沒月亮時衝過去，不過那傢伙一定等著我們一試。我們還沒飛離城牆，他就會帶其他所有龍撲上來。」說得不錯，那一夜，他們看見那隻深藍色的大龍，他的身影襯著月亮照亮海面，警覺地蹲坐在法軍掩蔽所中，淡色的巨眼凝視城牆，幾乎眨也不眨。

「你眞是好主人。」勒菲弗元帥[1]開心地說著，毫無議異地接受放進盤裡的另一隻乳鴿。他食指大動吃起乳鴿和那堆燉馬鈴薯，沒有堂堂法國元帥的樣子，倒像個侍衛——這也難怪，因爲他是磨坊主人之子，軍旅生涯原本就始於侍衛一職。他又說：「我們這兩星期已經開始煮草葉和烏鴉配餅乾了。」

勒菲弗圓圓的農人臉頂著頭未撲粉的灰色鬈髮。他派來密使希望雙方談判，毫不猶豫便誠摯接受卡爾克羅伊特嘲諷的回應。卡爾克羅伊特邀請他進被圍的城裡用餐，討論投降事宜。他只有五名騎兵護衛，騎馬來到城門口。一位普魯士軍官不客氣地說他有種，他不停地笑著說：「爲了吃這樣一頓，我願意冒險。把我關在地牢只會惹哭我可憐的老婆，不會有長遠的好處，法皇的劍簍裡還有不少劍呢。」

他掃光一道道菜，用麵包抹淨盤裡最後一點湯汁，大家斟波特酒時，他正好坐著打起盹兒來，在他面前放杯咖啡，他才醒來。他連灌下三杯咖啡，說道：「啊，眞讓人活過來了。」接著迅速地說，「好啦，你看起來很明理，像個好軍人，難道非得繼續拖下去嗎？」

卡爾克羅伊特深受其辱。他並未眞的有意投降，因此冷冷地說：「但願我會帶著尊嚴在這職位上，直到接獲陛下與之相違的命令。」

「這個嘛，不可能收到的。」勒菲弗若無其事地說，「他被關在柯尼斯堡，跟你的處境一樣。投降沒什麼可恥。我不自以爲是拿破崙，不過或許能在二賠一的賠率下，用足夠的攻城砲拿下這座城。不過我寧可省下我們雙方的人命。」

「我可不是英格斯雷本上校，不鳴一槍便讓我的駐軍投降，我們這些堅果，可能比你想像的還難消化。」卡爾克羅伊特指的是立刻就交出斯德丁要塞的那位先生。

勒菲弗無意受激怒：「我們會讓你風風光光的出城。只要承諾十二個月內不與法國交戰，你和你的軍官就能自由離開。當然你的士兵也是，不過我們會拿走他們的毛瑟槍。我只能做到如此，至少比被殺或被虜他媽的好多了。」

「多謝你慷慨的提議。」卡爾克羅伊特說著起身，「但我拒絕接受。」

「眞可惜。」勒菲弗看來不以爲意，跟著站起來，配起先前隨意掛在椅背後的配劍。「這條件可能會變，但此後的日子，還希望你多加琢磨。」他轉身轉到一半，看見餐桌旁的勞倫斯便停下來，又說道：「不過，我說的不適用於你這兒任何英國士兵。」他對勞倫斯說：「不好意思，法皇對你們英國已經打定主意了，而且我們有針對你的命令。你是那天飛過我們頭頂那隻中國大龍的隊長吧。哈！給你逮到我們上茅房了。」

他自得其樂笑著，吹著口哨步出去，帶著護衛騎回城牆外，留下大家因他的好心情而沮喪。勞倫斯那整晚都在想像，龍天蓮說服拿破崙對無畏的命運下了哪些可怕的命令。

隔天早上，卡爾克羅伊特召他一起用早餐，向他保證道：「隊長，要知道我無意接受他的提議。」

勞倫斯平靜地說：「長官，相信我有充分的理由，擔心自己成爲法國人的階下囚，不過我不會要求犧牲一萬五千人來救我，而且，天曉得平民會死多少人。即使加以拖延，他們遲早會架好迫擊砲的砲台。這座城不投降，就會化爲殘磚碎瓦，那時候，我們照樣不是被殺，就是被俘。」

「在那之前的路還很漫長。」卡爾克羅伊特說，「土地凍結了，城門外是寒冷危險的冬天，圍城的工作進展會很慢，你也聽到他說的補給狀況了。我敢說，他們在三月之前不會有進展，這麼長一段時間，很多事都可能發生。」

一開始，他推測的似乎沒錯。這裡的土地靠近河流，十分潮濕，早冬便已凍得硬梆梆，勞倫斯由望遠鏡看著法國士兵無精打采地挖掘地面，工具老舊生鏽，地面堅硬，幾無進展。風帶由海上帶來一堆堆雪，黎明前，白霜爬上窗格和他洗臉盆的邊緣。勒菲弗自己似乎不著急，他們有時能看到他在剛開挖的淺戰壕裡來回走動，身後帶著幾名副官，噘著嘴吹口哨，十分愜意。

不過，進展這麼慢，不是所有人都滿意。勞倫斯和無畏到城裡不到兩星期，龍天蓮就來了。

她傍晚才由南方飛來，背上沒騎士，只有兩隻中型龍和一隻信差龍護衛，才降落不到半小時，便又奮力振翅飛離侵襲城裡和軍營的冬日暴風前緣。只有城中的守望員看到她，暴風雪持續了漫長的兩天，白雪遮蔽了他們視線中的法國軍營，勞倫斯抱著微弱的希望，但願是守望員看錯，然而，隔天天氣晴朗，他聽到她駭人咆哮的可怕迴音，心臟怦怦跳著醒來。

天氣很冷，城牆旁積雪及踝，還未清掃，但他穿著睡衣睡袍就跑出去，黃色的陽光閃閃照耀著白茫茫大地和龍天蓮大理石白的龍皮。她立在法軍陣線前緣，靠近檢查土地。他和看傻眼的守衛們注視著她，她深深吸氣後飛入空中，接著朝結凍的地面大吼。

雪片如大風雪般飛散，但真正的破壞之後才顯現。法國兵小心翼翼地帶著鶴嘴鋤和鏟子繼續工作，而她的辛勞讓土地鬆動了幾呎深，超過了結霜的深度，因此他們的速度加快不少。有白龍在那裡敦促，不到一星期，法軍便追過先前的進度。龍天蓮時常在前線來回踱步，監視士兵有無懈怠，眾人則瘋狂挖掘。

法國龍幾乎每天都嘗試突襲城裡的守備，主要目的是引開普魯士人和砲火注意，讓步兵挖掘戰壕，架設砲台。城牆上的砲盡力阻擋法國龍，但有時會有龍試圖在射程外高高飛過，在城市的防禦工事上丟下炸彈。由高空投彈很少擊中目標，通常掉在街道房舍上，破壞慘重。居民裡日耳曼人少，大多是斯拉夫人，對戰事不太熱中，此時便開始希望他們遠在天邊。

卡爾克羅伊特每天給部下定額的砲彈回敬法軍，法軍距離仍遠，成效不大，卻能提振士氣。偶爾他們走運地擊中大砲，炸飛幾名掘土的士兵，有一次甚至擊中旗杆，上面戴冠鷹旗隨之傾倒。那晚，卡爾克羅伊特下令每人多發一分酒，宴請軍官用餐。

風向與潮汐許可時，海軍會由他們那側悄悄靠近，試著砲擊法國軍營的後方。但勒菲弗不是笨蛋，他的警戒隊都不會在射程內。勞倫斯和無畏有看到港口處有小規模戰鬥，由一小群法國龍轟炸運輸艦，不過戰艦都迅速以榴霰彈或胡椒砲猛攻趕走他們。雙方都無法占明顯的優勢。只要有充足的時間，法軍建置的砲座或許足以驅走英國船，但他們真正的目標是奪城，不能過度分心。

無畏盡力阻擋空中攻擊，但他勢單力薄，城裡除了他，只有幾隻迷你的信差龍和那隻小龍，他的力氣和速度都不是萬能。法國龍整天悠哉地輪番在城四周一圈圈飛行，無畏稍有疏忽或砲兵守衛懈怠，他們都趁機衝過來，搞點小破壞後飛走。同時士兵像鼴鼠一樣忙碌，壕溝漸漸加寬擴展。

龍天蓮並未參與襲擊，頂多停下來坐著，蜷起身大眼不眨地觀看，她只負責讓挖戰壕的工作迅速進行。她當然能用神風痛宰城牆上的人，但她不屑親自參戰。

「說實話，我覺得她眞是懦夫。」無畏藉機向她的方向哼了一聲。「朋友在打仗，我才不會像她一樣，讓人把我藏起來。」

「我才不是懦夫！」依希珂這時醒來片刻，正好清醒到能注意周圍的狀況。誰也不能否認她的話，爲了阻止她去和二十倍大的成年龍隻打架，他們用的鍊子越來越粗，而她和大龍的體型差距也日益縮短。她的成長是另一個隱憂，她雖長得快，仍不能有效率地飛行或打鬥，若考慮逃走，不久便會成爲無畏的重擔。

這時，她氣憤地搖動新換的鍊子說：「放開我！我也要打仗！」

「等妳長大點，像她那麼大的時候才能。」無畏緊接著說，「快吃妳的羊。」

她憤恨地說：「我有長大啊，大很多了。」但解決那隻羊後，她很快又沉沉睡著，終於重拾暫時的安靜。

勞倫斯可不那麼樂觀。看龍天蓮與無畏在紫禁城相鬥，就知道她藝高膽大。中國禁止天龍參戰，她目前或許還能受約束，但勞倫斯懷疑她不能直接戰鬥，她的狡猾卻恰巧轉爲指揮能力——法軍完全鞏固了戰線，而她其實彌足珍貴，不值得為一點小事冒險。

她日日展現對其他龍的權威，而且能靠直覺瞭解如何運用龍隻，勞倫斯的想法也獲得證實——她得到如此不尋常的職位，有實質上的益處。在她指揮下，龍隻組成適於輕型戰鬥的編隊，未出戰時，他們便加入挖掘工作，進一步加快興建戰壕。士兵和龍隻這麼靠近，當然不安，但勒菲弗表現自己不在意的樣子給他們看，在工作中的龍隻之間走動，拍拍他們身旁，大聲和他們隊員開玩笑。不過，有一次他對龍天蓮依樣畫葫蘆，她訝異地看著他，彷彿高貴的女爵被農夫戳一下臉頰。

法軍的優勢是他們屢戰屢勝，士氣高昂，還有很強的動機——在寒冬來襲之前進城。無畏清晨打鬥一陣後，降落至庭院稍事休息，勞倫斯匆忙吃著奶油麵包，對葛蘭比說：「但重點是，不只在龍之間長大的中國人能習慣龍隻，法國人也已經習慣了。」

「是啊，這些普魯士的好傢伙跟無畏、依希珂擠在一起也習慣了。」葛蘭比說著拍拍依希珂肚子。她躺在他身旁，腹部正像風箱一樣起伏。她沒醒來，只睜開一眼，對他發出愛睏的咕噥，棘刺噴出幾道蒸氣，又閉起眼來。

「怎麼不會習慣呢？」無畏咬碎嘴中幾顆腿骨，彷彿在壓碎胡桃殼。「除非他們太笨，不然現在應該認同我們，知道我們不會傷害他們。」他有點遲疑，又說，「不過依希珂倒是可能不小心誤傷。」她養成一種麻煩的習慣，有時吃肉前會先把肉烤焦，卻不太留意身旁有沒有別人。

卡爾克羅伊特不再說可能發生什麼事，也不再談漫長的等待，他部下正每天操演，準備攻擊來犯的法軍。「等他們一進入砲火的射程，我們就趁夜突襲。」他嚴肅地說，「即使徒勞無功，至少也能引開他們注意，讓你們有機會逃走。」

勞倫斯說：「長官，謝謝您，在下萬分感激。」拚死一搏之下，所有參與者都要冒非死即傷的危險，但至少強過乖乖呈上他自己和無畏。勞倫斯很確定龍天蓮來這裡是因為他們，法國人只在意奪下要塞，因此願意慢慢來，但她有不同的計畫。拿破崙和她不論有什麼讓英國大敗的計畫，勞倫斯仍能推想他們最可怕的命運，是成為無助的階下囚，而無畏想必會判處死刑。任何下場都比落入她手中好。

他又說：「長官，但願你們別為了幫我們而冒不必要的險。照這樣看來，他們的勝利是遲早的事，你們那麼做，他們可能氣到撤回條件，不讓你們保住有尊嚴的投降條件。」

卡爾克羅伊特並未否認，只搖搖頭說：「那又怎樣？我們接受勒菲弗的提議以後，即使他放我們走又如何？——遣散所有人，解除他們武裝，軍官受投降條件約束，一年內一隻手都不能抬。保有尊嚴遭釋放，而不是無條件投降，有什麼好處？無論如何，軍團都會和其他軍隊一樣解散。他們已經摧毀了所有普魯士軍隊，每個營都遭驅散，軍官一網打盡——甚至沒剩什麼能重建了。」

他沮喪地由地圖上抬頭，向勞倫斯投以苦笑。「懂了吧？爲你堅守並不是什麼了不起的事，我們即將一敗塗地了。」

他們開始準備工作，誰也沒提起將瞄準他們的排砲，或是會設法攔阻他們的三十多隻龍，他們對這些畢竟無能爲力。突襲的日期訂於新月之夜的二日後，黑暗應能隱藏他們的身影，只有夜之花看得見。普拉特將銀盤釘於護甲上，卡洛威則在彈殼裡倒入閃光粉。爲了避免他們的計畫有跡可循，無畏照常在城上盤旋，結果他們的計畫與辛苦眨眼便被推翻，無畏突然指著海上對他說：「勞倫斯，又有龍飛來了。」

勞倫斯展開望遠鏡，瞇眼逆著烈日，勉強看看接近的隊伍，飛行中的龍群約有二十隻龍，快速地低飛過海面。沒什麼好說的，他帶著無畏降回庭院，警告駐軍將有龍來襲，並在要塞砲火下掩蔽。

依希珂正在庭院裡熟睡，葛蘭比不經意聽到勞倫斯的喊聲，焦急地站在她身旁。他和勞倫斯一同爬上城牆，借了勞倫斯的望遠鏡一看，說道：「這下毀了，加上另外兩打龍，沒希望通過——」

他倏然住口。空中的幾隻法國龍對新來的龍隻擺出防禦姿態。無畏以後腿立起，撐著城牆站起來看清楚，駐守上面的士兵閃躲他的巨爪，大爲不滿。他興奮異常地說：「勞倫斯，他們在打架耶！是我們朋友嗎？是巨無霸和百合嗎？」

「天啊，時機眞巧！」葛蘭比欣喜地說。

勞倫斯說：「不可能吧。」但他記起英國承諾的二十隻龍，胸中突然燃起了希望，他不懂他們怎麼來的，爲何選中但澤，而非其他地方——總之，他們由海上而來，而且的確與法國龍相鬥，他們不呈編隊，只是一般打鬥，不過眞的是在交戰——

法國小龍全無防備，混亂地逐漸退向城牆，其餘法國龍還來不及相助，新來的龍隻便衝破了他們陣線。一群龍急衝而來，在要塞大庭院滾成一團，揚起一陣歡喜的號叫，亂成一團的翅膀和斑爛體色降於無畏面前，還有自鳴得意的阿爾喀迪，正神氣活現地揚起頭。

無畏問道：「你們在這裡幹嘛？」說完又用度爾撒語問了一次。阿爾喀迪立即開始滔滔不絕地解釋，其他野龍不時插嘴進來，大家顯然都希望顯示自己有貢獻。衆龍聲音嘈雜，彼此開始爭吵，咆哮、嘶叫、毆打，更火上加油，即使空軍也因他們的噪音大感困擾，而可憐的普魯士兵才剛習慣守規矩的無畏和睡不停的依希珂在身邊，快忍受不住了。

一陣較微弱的聲音讓勞倫斯拋開混亂轉身：「我們不會不受歡迎吧。」站在他面前的竟然是薩基，他被風吹得狼狽不堪，不過微微譏諷的表情依舊，似乎常這樣現身。

勞倫斯問道：「薩基？當然歡迎你，他們是你帶來的嗎？」

「沒錯，不過跟你保證，我完全得到教訓了。」薩基揶揄道，「我自以爲這主意絕頂聰明，飛過兩個國家以後才發覺並非如此。飛過這趟，我們到得了這裡眞是奇蹟。」

「不難想像。」勞倫斯說，「所以你才離開嗎？你提也沒提。」

「我覺得不太可能成功。」薩基說著聳聳肩，「不過，反正普魯士人要二十隻英國龍，我就想也可以抓他們來湊數。」

「他們願意來啊？」葛蘭比盯著野龍問，「成年的野龍願意讓人馴服，我從沒聽過這種事。你怎麼說服他們的？」

薩基說：「靠他們的虛榮和貪心。我跟阿爾喀迪說的是可以『拯救』無畏，我想他樂意得很，其他龍呢——他們覺得在山上只能吃到瘦山羊和豬，比起來他們更愛蘇丹的肥牛。我向他們保證，爲你效力，他們每隻龍每天都能得到一隻牛。希望爲你許的承諾不會太過分。」

「換來二十隻龍嗎？就算答應每隻龍能得到一群牛都行。」勞倫斯說，「可是你怎麼會來這兒找我們？我們好像已經跑了大半個地球。」

「我也這麼覺得。」薩基說，「要是我在途中失去聽覺，都是我旅伴的功勞。我們在耶拿失去你們的蹤跡，在鄉下到處嚇人，幾星期後在柏林找到一個銀行家。他見過你，說你還沒被虜的話，應該和殘軍在這兒或柯尼斯堡，所以我們就來了。」

他揮手比了比野龍，五顏六色的龍這時在庭院裡搶了最好的位置，挨著彼此。幸好依希珂在騷動中都在睡，占了軍營廚房牆邊溫暖舒適的位置，阿爾喀迪的一位副官低下頭想將她拱開。「噢，不好了。」葛蘭比緊張地衝向通往庭院的樓梯，卻是多此一舉，依希珂正好醒來片刻，向大灰龍的鼻子上噴出火舌警告，大灰龍驚吼一聲，向後跳開。她個子雖小，其他龍見狀，馬上尊敬地給她寬敞的空間，慢慢找其他方便的位置安頓下來，像是屋頂上、庭院裡、城裡的露天平台，令居民放聲尖叫，十分不滿。

葛爾妮正平靜地睡在她的陽台上，她尖長的尾巴由門口探入，橫在房間地上，偶爾抽搐或拍打地面。卡爾克羅伊特望著小葛爾妮，問道：「二十隻？他們會聽話嗎？」

「會，他們多少會聽從無畏和他們的首領。」勞倫斯不太確定地說，「不過進一步的情況，我就不敢保證了。總之，他們只聽得懂自己的語言，或是土耳其方言拼湊出的話。」

卡爾克羅伊特沉默下來，把玩著桌上的拆信刀，用刀尖挖鑿打亮的木頭桌面，不顧造成的損傷。最後他終於說道：「不行。那樣只會拖延無可避免的結果。」

勞倫斯靜靜點頭，過去幾個小時，他都在思索如何利用新的空軍軍力突襲，將法軍趕離但澤。但他們在空中仍然是二打三，以寡擊眾，而且不能信任野龍能執行任何戰略。他們可以單獨打鬥，但將他們當成有紀律的士兵，必是災難一場。

卡爾克羅伊特又說：「可是，隊長，希望他們夠安全護送你和你屬下離開。光這一點，我就很感謝他們。你能幫的都幫了，祝你一帆風順。」

勞倫斯說：「長官，我只遺憾沒辦法做更多。謝謝您。」

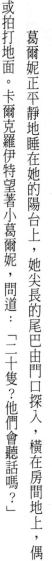

他離開時，卡爾克羅伊特仍垂頭坐在他書桌後。勞倫斯回去後，靜靜對地勤官說：「費羅斯先生，來幫他們做護甲吧。」接著對菲利斯說：「等天黑就離開。」

隊員默默工作，他們都不願在這樣的情況下離開。要塞裡有二十隻龍，不難認爲這樣的軍力值得用於防禦。原先出於絕望，計畫自己冒險逃亡，此時要帶這些龍走，顯得自私。

無畏突然說：「勞倫斯，等等，爲什麼我們得這樣拋下他們？」

「親愛的，很抱歉必須這樣。」勞倫斯沉重地說，「可是這裡守不住，不論我們做什麼，要塞終究會淪陷。我們留下來和他們一起被俘，對他們也沒好處。」

無畏說：「我不是這個意思。現在我們龍數衆多，何不帶士兵一起走？」

「眞的可行嗎？」卡爾克羅伊特問。他們飛快計算出這鋌而走險之計的數據。勞倫斯判斷，港裡的運輸艦剛好夠擠進所有士兵，不過從貨艙到擋水板的每個角落都會塞滿人。

「我們突然冒出來降落下去，會讓那些水手嚇一跳。」葛蘭比猶豫地說，「希望他們別把我們射下來。」

「他們還有頭腦的話，一定知道攻擊不會來得這麼慢。」勞倫斯說，「我們先帶無畏到船艦那兒警示他們，至少他能在半空停留，讓乘客用繩子爬下去，其他龍就得降落在甲板上。幸好他們體型都不太大。」

貴族雅致的家中，每張絲質帷幕和亞麻桌巾都有違主人的希望，成爲這件事的犧牲品，城裡所有女裁縫都被迫加入工作，擠入將軍寬敞的臥房，由費羅斯依直覺指導她們縫製運送用鞍具。「長官，不好意思，可是我不敢保證這些鞍具支撐得住。」他說，「我不清楚這些東西在中國是怎麼裝備的，至於我們在做的，坦白說好了，無論龍穿的、人乘坐的，有史以來沒這麼怪的東西了。」

「盡力而爲。」卡爾克羅伊特乾脆地說，「不想走的人大可以留下來變戰俘。」勞倫斯說：「我們當然不能帶馬和砲了。」

卡爾克羅伊特說：「救人就好，馬和砲還能取代。我們要載幾趟？」

他們這時在庭院裡討論，因此無畏能發表意見。無畏說：「不戴任何護甲的話，我確定至少能載三百人。不過小隻的龍不能載這麼多。」

他們帶來第一只運送用鞍具，給龍試戴。阿爾喀迪不安地退開，但無畏尖銳地批評幾句，轉身調整自己鞍具的帶子。野龍首領看了便昂首挺身而出，不再找麻煩，只不過還轉身數次，努力想看清他們在對他做什麼，害幾名鞍具員摔下來。裝備妥當，阿爾喀迪立刻開始在他同袍面前揚揚得意地走動，他看起來實在很蠢，身上鞍具有部分是用花紋的絲布做的，顯然來自某位女子的香閨。

但是讓士兵自願爬上他就不容易了。最後卡爾克羅伊特嚴厲地責罵衆人懦弱，自己爬了上去，他的副官急忙跟著他，甚至為誰該先上去起了點爭執。有了榜樣，原先不情願的士兵羞愧不已，於是也一起爬上龍，薩基看到整個過程，嘲弄地評論說，人和龍在某些方面其實沒那麼不同。

阿爾喀迪是因個人特質成為領袖，而不以體型取勝，因此不是最大隻的野龍。一百人掛在身上，他還能輕易起飛，或許還能載更多人。實驗完畢，勞倫斯說：「他們所有龍可以載將近兩千人。」他將石板交給羅蘭和戴爾，要他們加總，確定他算的數目沒錯，他們大為沮喪，覺得在如此特殊的情況下還得做功課，很不公平。勞倫斯補充道：「不能冒險讓他們超載。要是飛到一半被發現，他們要能逃開才行。」

葛蘭比說：「要是不解決那隻夜之花，就會被發現。何不今晚和他一戰？」

勞倫斯搖搖頭，雖未否決，卻仍遲疑：「他們很小心不讓他受攻擊。要靠近他，勢必得接近他們砲火，直接飛入他們之間。我們到達以來，還沒看到他離開掩蔽所。他乖乖保持距離，只從戰壕看我們。」

薩基指出：「要是我們特地引他一隻出來，他們明晚不用夜之花，也知道我們在做什麼。最好趁我們快開始前對付他。」

沒人反對，不過猜出意思後，大家都焦慮了一會兒。他們只能演出調虎離山之計，以小型龍隻轟炸法軍前線，烈火會遮蔽火之花的視線，同時其他龍則溜向南方，繞一大圈飛向海上。

葛蘭比說：「可是拖延不了多久，接著就得對付全部的龍，還要加上龍天蓮。無畏身旁掛著三百人，不能跟她打。」

「而且這種攻擊會驚動整個軍營，遲早有人會發現我們。」卡爾克羅伊特附和道，「至少會比立刻響起警報，多爭取一點時間。救半個軍團，至少好過救不了半個人。」

無畏反對道：「可是繞遠路會多花許多時間，沒辦法載那麼多人走。如果安靜快速地殺了他們，或許，他們還沒發現我們在做什麼，就能逃掉，至少給他一個重擊，他就不會注意——」

勞倫斯斷然說：「我們其實只需要讓他安靜不來礙事，對他下藥如何？」在思索的沉默中，他補充道：「戰爭期間，他們都餵龍吃下了鴉片的牲畜，要是我們偷偷給他一隻餵飽鴉片的，他很可能嘗不出有異，即使發現也來不及了。」

葛蘭比說：「他的隊長不太可能讓他吃一隻還會兜著圈走路的牲畜。」

勞倫斯說：「如果士兵已經煮草來吃，龍也不能隨心所欲進食了吧。要是晚上發現有隻牛，他應該寧可偷吃，也不會徵求同意。」

薩基自願處理這件事，說：「幫我找件紫花布棉褲和寬大的上衣，給我個食物籃放東西。跟你們保證，我一定能大搖大擺走過營地，要是有人攔我下來，我會跟他們說一堆洋涇濱的話，重複某個高級官員的名字。最好給我幾瓶下藥的白蘭地，給他們拿走，沒道理不讓值更的餵自己鴉片酊。」

葛蘭比問：「可是你要怎麼回來？」

「用不著回來。」薩基說，「畢竟我們的目的是出城去。他們那些小船的生意興旺得很，我走到港口找艘船載我出去的時候，你們應該還沒卸完人。」

卡爾克羅伊特的副官四肢著地，趴在庭院地上用粉筆畫色彩繽紛的地圖，大到野龍能看清楚，而且有趣得能吸引他們注意。他們以河流的藍色條帶作指標，河流穿過城牆，蜿蜒向港口，路徑通過法軍軍營。

勞倫斯說：「我們呈一列縱隊，沿著河上飛。」他擔心地對無畏說：「請確認他們知道要非常安靜，就像他們埋伏攻擊機警的動物一樣。」

「我會跟他們強調。」無畏承諾完，輕輕嘆口氣，然後低聲吐露心事，「我很高興他們來，他們畢竟沒受過教養，還算很聽我的話。不過，要是巨無霸和百合在這裡，甚至殲滅也在，那有多好。他們一定知道怎麼做才對。」

「一點也沒錯。」勞倫斯說。除了管理方便的考量外，巨無霸是體型特大的皇銅龍，應該能獨立載起至少六百人。他頓了會兒，猶豫地問，「你願不願意告訴我，你還在心煩什麼？你怕他們送命嗎？」

「喔，不是那回事。」無畏說完低下頭，戳了戳吃剩的午餐，然後劈頭問道：「我們要逃跑了，對不對？」

勞倫斯意外地說：「這不叫逃跑吧。」他原以為無畏十分滿意他們的計畫。他們打算帶著普魯士駐軍一起走，自認為此舉若成功，值得表揚。「撤退以保留實力，待更有機會得勝時再戰，並不可恥。」

無畏說：「我的意思是，如果我們放棄，那拿破崙就眞的贏了。他打算征服我們，因此英國還要打很久的仗。那我們就不能要求政府為龍改變了，只能照我們收到的命令做，直到他被打敗。」他雙背微微垂下，又說：「勞倫斯，我能理解，我也保證我會盡責，不一直抱怨。只是覺得遺憾。」

勞倫斯由無畏得體的話中聽出了尷尬，於是告訴無畏他的觀點變了，聽到無畏一一吐露自己先前的異議，也覺得尷尬。

勞倫斯努力為他和自己龍的觀念辯駁：「我的原則應該沒改變，只是理解的不同。拿破崙讓全世界看到，人和龍密切合作，對現代軍隊有很大的好處，我們回英國，不只重拾職務，也將這重大的情報帶回去，因此我們促進類似的改變，不只是為自身利益，更是我們的責任。」

無畏不太需要多加安撫，他生性開朗，勞倫斯慚愧地看著他馬上開心起來，結果又得不停警告他。先前所有的阻礙當然都還在，勞倫斯心裡清楚，他們會受到最強烈的反對。

「別人可能不在乎，而且需要很久的時間，不過我不在意。」無畏說，「勞倫斯，我好高興，眞希望已經到家了。」

* * *

那天整晚和隔天，他們都繼續製作鞍具。他們不久便去打劫製革工的商店，搶了騎兵的馬具支解使用。天色暗下，費羅斯仍和他部下匆忙地在龍身上爬來爬去，用剩下的皮革、繩子、編起的絲帶縫上更多運送用鞍具，最後龍隻似乎戴滿絲帶、蝴蝶結和荷葉邊。菲利斯說：「跟禮服一樣華麗呢。我們應該直接飛回倫敦，將他們引介給王后。」分配的酒已傳了下去，大家聽了他的話，強忍著笑。

夜之花照平常時間來到指派位置，蹲坐著守夜。夜漸漸深了，他夜藍色的輪廓逐漸隱入四周黑暗，最後只剩一雙餐盤大的乳白眼睛映著營火。他偶爾動一下，有時轉頭向大海看一眼，眼睛暫時消失，但總是再度出現。

薩基幾小時前便溜出去了。他們焦急地看著，在近乎無止境的等待裡數著心跳，沙漏已翻轉兩次。龍隻全排列成行，第一批人上了龍，隨時準備出發。勞倫斯輕聲說：「會不會沒成功。」然而，此時蒼白的眼睛眨了一下又一下，閉起的時間長了點，又眨一次，接著，眼皮漸漸闔上，同時眼睛緩慢疲倦地落下向上，最後窄窄的細縫也消失無蹤。

下方著急的副官準備了沙漏，勞倫斯向他們喊著：「記錄時間。」然後無畏躍起，因負重而較為辛苦。勞倫斯意識到這麼多人在龍上，無數陌生人擠在身邊，感覺很怪。雙方緊張的感覺，像鞭子一樣加快他們的呼吸，喃喃的咒罵和驚呼因身旁的人而停止，身軀和體溫緩和了螫人的風勢。

無畏隨河道飛出城牆，他們沿河飛，讓奔流入海的汩汩水聲掩飾振翅聲。繫在河岸的船隻窸窣響，繩索也嘎吱作響，港口起重機有如禿鷹，探頭在水上沉思。身下的河流平緩黑暗，微微發亮，法國軍營的營火在粼波投上閃爍的黃光。

法軍軍營在他們兩側盤據河岸，燈光處處照出龍的身軀、摺起的翅膀，藍色鐵質的凹凸砲管。地上一塊塊凸起，是睡在粗陋營地的士兵，他們挨著彼此，蓋著粗毛毯、大衣甚至草蓆而眠。無畏好似無力地緩緩拍著翅膀，他們滑行過軍營時，勞倫斯耳中心臟的鼓動聲太響亮，聽不見營地裡是否有聲響。

待營火與燈光落於身後，他們才喘過氣來。他們安全通過軍營邊緣，離海岸還有一哩的柔軟濕地，前方海浪聲響起，無畏熱切地加速，風開始呼嘯過他的翅膀。勞倫斯聽到下方有個吊在鞍具的人吐了。他們來到海面上，沒有月亮與之競爭，船的提燈刺眼地閃爍著召喚著他們。他們飛近時，勞倫斯看到其中一艘船的船尾船內，立著一座枝狀燭台，照出船尾的金色字體。那是先鋒號，七十四門砲的船艦，勞倫斯傾身向前，指給無畏看。

小透納爬上無畏肩頭，拿出夜間信號燈放到醒目的位置，提燈口以薄薄的方布遮住變換顏色，向前打出友善的信號。一道長藍光，兩道短紅光，接著用三道短白光要求無聲回應，隨著他們越飛越近，透納重複了一次。回應遲了，守望員沒看到嗎？信號太舊了嗎？勞倫斯快一年沒看新的信號書了。

就在此時，快速的藍、紅、藍、紅閃向他們回應，他們下降時，更多燈光移向甲板。勞倫斯雙手圈著嘴喊道：「喂，船吻！」

輪值的軍官模糊地回答：「喂，龍吻！」聲音微弱難辨。「你們是誰啊？」

無畏小心地停在空中，他們拋下長長的打結繩索，繩索末端落在甲板，發出空洞的聲響，士兵開始掙扎鬆開鞍具，急著爬下去。勞倫斯趕忙說：「無畏，叫他們小心一點。鞍具禁不起粗魯，等一下會換他們的同袍上龍。」

無畏隆隆地向他們說著德文，但下去的速度只緩和了點，直到有個人沒抓牢，鬆了手，放聲叫著翻落，叫聲直到他的頭傳來瓜類碰撞的濕潤聲音才扼然中止。之後，其他人爬下時小心多了。下方的船上，他們的軍官開始要他們退到欄杆邊，讓路出來，軍官沒喊出命令，只開始用手和木杖將他們推開。

無畏問勞倫斯：「大家都下去了嗎？」他背上只剩幾名隊員，勞倫斯點點頭，無畏便謹慎地降下，滑入船邊水中，幾乎沒濺起水花。甲板上，船員和士兵焦急地以各自的語言講話，徒勞無功，但喧嘩聲漸起，軍官在擁擠的人群中又無法接近彼此，船員提燈的燈光四現。

無畏頭探過船舷，嚴厲地對他們說：「安靜！把燈熄掉。我們得安靜點，明白嗎？」他又說：「別因爲我是龍就尖叫，或者不聽我的話，小心我把你抓起來丟下船，看你聽不聽。」

他們乖乖聽從了，勞倫斯向一片寂然的船上喊道：「艦長呢？」

「威爾？是威爾．勞倫斯嗎？」說話的男人身穿睡衣、睡帽靠在欄杆旁，驚訝不已。「天啊，老兄，你那麼想念海，把你的龍變船啦？他是哪級的船艦？」

勞倫斯笑著說：「傑瑞，幫我個忙，派你所有的船出去通知其他船，我們要把駐軍帶出來，要在早上之前全上船，否則法軍會讓這片鄉間容不下我們。」

史都華艦長說：「什麼，所有駐軍嗎？總共有多少人？」

勞倫斯說：「一萬五千左右。」史都華聽了開始氣急敗壞地抗議，但勞倫斯說：「得想辦法塞下他們，至少帶他們去瑞典。他們是英勇的戰士，我們不能拋下他們。我得回去載人了，天曉得他們發現之前我們還有多少時間。」

回城裡的路上，阿爾喀迪正載著自己的乘客，與他們擦身而過，這隻野龍首領咬了他族裡年輕成員的尾巴，制止他們偏離路徑。雙方交會時，他對無畏搖搖尾尖，無畏使出渾身解數，盡速安靜飛行。庭院亂中有序，各營的人照遊行次序，一一列隊到指定的龍隻旁，盡量壓低聲音上龍。

他們用石板地上的記號計算龍飛的速度，記號已被爪子與靴子模糊了。無畏落入他的大角落，士官和軍官開始趕他們部下爬上，他們由腹側爬上來，把頭和手臂套入最高的空圈環裡，以手抓住鞍具，或抓著自己上方的人，努力在鞍具上落腳。

鞍具員溫斯頓喘著氣跑過來問道：「長官，需要修理什麼嗎？」一聽到不需要，他立即跑向下一隻龍。費羅斯和他幾名手下同樣匆忙地跑來跑去，修理鬆脫或破損的鞍具。

無畏又準備好了。勞倫斯喚道：「記錄時間。」

戴爾尖銳的聲音回喊道：「長官，一小時又一刻鐘。」這比勞倫斯預期的糟，許多龍這時還在他們身旁，準備載第二批乘客離開。

無畏堅決地說：「繼續下去，速度會加快。」勞倫斯回道，「對，盡快吧，走了——」他們隨即升入空中。

他們在港裡一艘運輸艦卸下第二批乘客時，薩基找到了他們，他不知怎麼上了船，正與下龍的士兵相反方向，一節節攀著打結的繩索爬上來，爬到勞倫斯身邊後，急忙說：「夜之花吃了羊，但沒吃完，剩的一半藏了起來。半隻羊未必能讓他睡整晚。」

勞倫斯點點頭，沒辦法了，他們只能盡可能繼續。

東方浮現朦朧的顏色，城裡大街小巷仍擠滿了等著上龍的人。阿爾喀迪在危急時表現優異。他催促野龍動作快，自己則已經載了八趟。無畏載的人多，需要較久時間載人和卸載，才載著第七批人升空，阿爾喀迪已飛來載第九批乘客。其他野龍也勇敢堅持，雪崩時凱因斯包紮的那隻雜色小龍特別投入，堅定快速地來回載運他少少的二十名乘客。

無畏降落時，各船甲板上共有十隻龍在卸載，大多是體型較大的野龍。勞倫斯看著朝日心想，再載一次城就要空了，這將是場千鈞一髮的競賽。

正當此時，法軍掩蔽所升起一小道帶著煙霧的藍光，勞倫斯驚恐地看著火花在河上爆開。運送途中的三隻龍警覺地嘎嘎叫，躲開突如其來的閃光，數人由運送用鞍具上尖叫著墜入河中。

「跳下去！用跳的，混蛋！」勞倫斯對正在爬下無畏鞍具的人喊道。「無畏！」

無畏用德文喊出，但幾乎是多此一舉。所有龍身上的人都跳下龍身，許多人落入水中，船員慌亂地撈他們起來。還有幾個人仍攀著繩子，或卡在鞍具上，但無畏不等了，別的龍跟在無畏身後躍入空中，一群龍穿過法軍軍營的叫喊與盞盞提燈，衝回城裡。

無畏最後一次降落到庭院，勞倫斯用擴音器喊著：「地勤人員登龍！」城外，法國砲首次發出猶豫的咆哮。普拉特懷裡抱著最後的龍蛋，蛋已用碎布和防水布包好，塞入無畏的腹布鞍具中，費羅斯和他手下則抛下修復鞍具的工作。全體地勤人員早已熟練攀爬，輕鬆爬上龍，迅速固定至鞍具上。

菲利斯由無畏背上遠處喊著：「長官，隊員到齊。」他得用擴音器才能讓人聽見。他們頭上的城牆傳來砲聲，榴彈砲發出陣陣短促空洞的砲聲。迫擊砲呼嘯落下，庭院中，卡爾克羅伊特和他副官喊著指揮最後幾營的士兵登龍。

無畏叼起依希珂，將她向後拋上肩頭。她打著呵欠，愛睏地抬起頭。「我的隊長呢？噢！我們在打仗了嗎？」她目不轉睛，瞪著他們頭頂上大砲如雷的隆隆聲。

「別急，我在這兒。」葛蘭比喊著，爬完最後一段距離，才及時抓住她的鞍具，免得她又跳下龍背。

「將軍！」勞倫斯叫著，卡爾克羅伊特向他們揮手，拒絕離開，但他的副官抓住他身子，抬他上龍，眾人放開抓住鞍具的手，將他抬向前，最後放在勞倫斯隔壁。他氣喘吁吁，上龍時假髮掉了，稀薄的頭髮散亂。鼓手鳴鼓撤退，城牆上的人棄砲跑下，有些人甚至直接由塔樓上跳落龍背，盲目抓住東西支撐。

陽光由東側城牆後升起，黑夜化爲一道道雪茄似的細長藍色捲雲，邊緣全染上火紅的橘，他們沒時間了。勞倫斯喊著：「升空！」無畏發出震耳欲聾的吼聲，後腿奮力一蹬升空，大家都懸在他的鞍具上。有人滑了下去，在空中亂抓一陣，叫喊著落到下方庭院裡。所有龍都跟在他身後升空，叫聲紛雜，龍翼起落。

法國龍由掩蔽所飛來追擊，隊員仍七手八腳備戰，無畏猛然慢下，讓其他野龍超越他，然後回頭說：「好啦，這下子你可以對他們噴火了！」依希珂歡喜地尖叫，扭過頭，由無畏背上向追逐者臉上釋出一大股火焰，逼得他們猛然退縮。

「走，快點！」勞倫斯喊著，他們贏得一點距離，但龍天蓮飛來了，由法軍軍營吼著命令，升入空中。龍上騎士慌亂，法國龍原來兜著圈子，此時立刻列於她身後。她看到他們即將逃走，不再克制自己，奮力振翅急飛，甩開所有的龍隻，連信差龍也拚了命才跟得上她。

無畏竭盡全速飛行，他四肢收緊，頭冠平貼頸上，翅膀如船槳般在風中划動。他們迅速飛越大地，龍天蓮漸漸拉近距離，船上有長管砲在前方，以禦敵的舷砲齊發、召喚他們飛去。刺鼻的細煙開始飄上他們的臉，雙方尚有距離，龍天蓮已伸出爪子，小信差龍則飛到他們身旁發狂地試圖攻擊，以爪抓下數人。依希珂興奮地向他們噴火反擊。

他們眼前倏然一黑。無畏衝進一片黑色塵霧中，飛出來時，勞倫斯眼淚汩汩流出。他們已飛過軍營，繼續快速前進。每次振翅，城市與城中暗去的燈火便在他們身後縮小，他們低低衝出港口，最後一批人落下水，被接上運輸艦。大砲鼓聲般隆隆巨響，他們身後，密如冰雹的霰彈咻咻飛去，阻止法國龍追趕。

龍天蓮衝過炙鐵的彈雨，試圖追向他們，但法國的小信差龍尖叫著抗議，有些撲到她背上抓著她，努力將她拖出射程。她奮力拉高，抖開他們，正要繼續飛，但有一隻小龍叫著拚命撲到她身前。原先會擊中她的霰彈射穿他肩膀，他溫熱的黑血濺到她胸前。她奮戰的狂怒不再，終於停下了來，抓住即將墜落的小龍。

龍天蓮和焦急護衛她的信差龍撤退了，在射程外堆雪的沙灘上方盤旋呼嘯。那陣嘯聲滿是失望與沮喪，聲音震天。她的嘯聲追著無畏離開岸邊後仍不罷休，陰魂不散地在他們耳中迴響。但前方的天空湛藍無雲，是風與大海無盡的路途。

前鋒號的桅杆飛舞著一面信號旗。他們飛過船艦時，透納說道：「長官，一路順風。」勞倫斯迎向寒冷的海風，海風新鮮而刺骨，掃入無畏腹側凹處，吹去積在那兒的滾滾黑煙，在他們身後散出灰色的軌跡。李格斯下令步槍手停火，杜恩和哈克萊清著槍管，收起彈藥筒，一邊習以為常地互相笑罵。

前方的路還很長，他們逆風飛行，又領著那麼多小龍，得飛上一個星期，但勞倫斯覺得似乎已能看見蘇格蘭的粗石海岸，枯掉的紫褐石南，綠丘後的山巒斑白。他無比渴望著那些山丘和巍然聳立的山巒，收割後寬大方正的田地，圓胖蓬鬆準備過冬的綿羊，還有掩蔽所裡無畏空地四周的松樹與白楊的雜木叢。

阿爾喀迪飛在他們前方，開始唱起類似進行曲的歌謠，其他野龍附和他的歌詞，嗚聲越過空中傳向彼此，無畏也加入合唱，小依希珂搔抓著他的頸子問：「他們在說什麼？什麼意思啊？」

「我們要飛回家了，」無畏翻譯道，「我們要飛回家了。」

譯註：

❶：**勒菲弗（Marshal Lefevre，一七五五～一八二〇），拿破崙手下之元帥。**

〈附錄〉

下文摘自一八〇六年四月皇家學會《哲學會刊》發表之信件

皇家學會會員尊鑒：

由本人提筆向貴學會提出艾德華．豪爾爵士近日對於龍數學能力的論文，實在誠惶誠恐。在下是外行的無名小卒，要回覆表現傑出的權威，一定顯得有些自負，因此十分擔心冒犯這位實至名歸的先生及其眾多支持者。若非有無法反駁的證據，本人完全尊崇爵士，爵士的經驗遠勝於本人，原本有所顧忌，不敢對他的判斷有異議，但本人眞心相信此論點屬實，並且憂心龍學研究的方向嚴重扭曲，雖不情願，仍決定將此論點提交貴學會。對於本文而言，在下的資格並不重要。個人需爲教區服務，研究博物學的時間不幸受制，故只能以在下的論述服人，無法利用個人影響力，或提出重要的參考文獻……

筆者絕對無意貶抑文中提及的高貴生物，也無意與欣賞牠們的人爭論，牠們的優點有目共睹，尤其天生脾氣好，接受人類引導時並非被迫（當然不太可能強迫牠們），而是出於對人類的喜愛。這個特點和更溫馴也更爲一般人熟悉的動物——狗，十分相似。狗不喜群聚，愛黏在主人身邊，因此是唯一不屑與優秀同類爲伍的動物。龍主要因爲自身關係，也有同樣的情形，而且無可否認，龍的確有其他動物無可比擬的理解力，因此算是最珍貴也最有用處的家畜……

不過，數年前便有不少傑出的人士不以上述的讚美滿足，似乎有志一同、步步爲營地對世人傳達他們的理念，最終將引導到的結論是：龍比所有動物優秀——龍完全不輸人類，也擁有理性與思維能力。這類暗示眾多，毋需列舉……

這些學者至今最重要的論點，即龍是唯一懂語言的禽獸，而且能在說話時表現出感情與自由意志。然而，他們的論點毫無說服力，遑論眞假。鸚鵡也能說人類的各種語言，狗和馬經過訓練，也能了解一些零散的字詞。如果狗和馬像鸚鵡一樣，能輕易發聲，牠們難道不會對我們說話，懇求我們更關心牠們嗎？至於其他的論點呢？只要聽過遭遺棄的狗哀嚎，誰能否認動物也有感情？要馬跳過矮籬的人，誰能否認禽獸也有自由意志？而且不幸地常與主人的意志牴觸！除了這些動物界的例子以外，我們還能由開普崙❶及佛康森❷著名的研究得知，可以由小小的錫塊、銅片造出不可思議的機器人，雖然只不過是發條和齒輪裝置，卻能用幾個控制桿就能發出說話聲，甚至能模仿有智能的行動，讓不知情的人信以爲眞，覺得那擬眞裝置栩栩如生。別誤以爲這些笨拙模仿智能的東西或機械行爲，那並不是眞正的理性，理性是人類獨占的特質……

我們確認這些論點無法證實龍有智慧，接著再來看看艾德華‧豪爾爵士近期的論文，其中的論點沒那麼容易駁斥了：他提出龍有數學計算的能力。這樣的能力讓不少受過教育的人也爲之失色，在動物世界中更是絕無僅有，即使機械也無法模仿。然而，進一步細察之後，發現……我們準備承認的這些能力，支持的證據其實不足——那是龍隊長與他手下親愛的軍官同伴的證詞，而艾德華‧豪爾爵士私下檢查數小時，便證實他們的說法。由於本領域有其他較不模稜兩可的先驅，這樣的證據對部分的讀者可能足夠了，這篇論文也因而顯得較爲可靠。不過，容在下指出，不少早期的研究也是以脆弱的證據爲基礎……

讀者有權知道他們爲何能有意或無意地做出如此宣稱。爲此，在下將不做任何指控，猜測可能（而非確實）的動機，不過只考慮算得上公正的案例。諸位切莫臆測，我完全無意暗示其中有卑鄙的陰謀。獵人當然愛獵狗，認爲牠們無知的奉獻，隱含人類才有的親近，認爲牠們吠叫聲和閃耀的眼神意味著更複雜的溝通能力。獵人因爲感性才會有這種幻見，由此可見，獵人仍不過是牲畜的看守者而已。在下相信空軍部軍官和他們的龍有如此的交流，但即使矢口否認，這種交流靠的還是人類一方……而所有喜愛這些高貴動物的人，必定希望能改善牠們的境狀，因此若能讓人認可這些動物有人性，我們便會因此比從前更善待牠們。這就是他們善良的動機……

行文至此，在下只對他人研究提出疑問。至於反證，只需要思考野龍的情形便能明白。在下和照顧潘依凡❸繁殖場的牧人深談過，他們日常工作需和野龍爲伍，自己也是粗人，不會以浪漫的眼光看這些動物。野龍在那裡不用戴鞍具，無拘無束，卻也看得出天生狡黠，具有動物的智能，但僅此而已。牠們不使用語言，只會像一般動物哼叫或嘶叫，而且彼此間未形成社會，沒有文明的關係。牠們沒有藝術或技藝，不會製造器具或遮風避雨的工具。即使最荒僻的地方，最野蠻的人類，也不止於此。龍所知更高深的事物，全都是跟人類學來的，而學習並不是牠們種族的天性。如果還需要證據證明人與龍的確不同，這就是證據……

上述論點如果仍不足以說服，我得說，他們的結論太不可思議，而且不顧所有紀錄、《聖經》的權威，以及許多與之相左的觀察，這樣的結論非眞即僞。即使可能是眞的，也需要由公正的觀察者取得更有力的證據，加以證實，並且經過更嚴格的檢驗，而不只是在下求好心切，卻僅能以微薄之力在此做出質問。嘗試提出異議，是希望能喚起更有能力的人來質疑，也希望能引發新的研究。在下的看法或描述方式可能冒犯人，在此謹對任何受冒犯者鄭重道歉。

容在下以無上的崇敬，敬祝

鈞安

D・薩爾康　謹上

一八〇六年三月三日，於威爾斯・布雷肯市

譯註：

❶：開普崙（Baron von Kempelen，一七三四～一八〇四），匈牙利作家與發明家，聲稱發明會下棋的機器，後來證實是騙局。

❷：佛康森（M. de Vaucanson，一七〇九～一七八二），法國發明家，發明世界第一個眞正的機器人及紡織機。

❸：潘依凡（Pen Y Fan），位於南威爾斯，是威爾斯最高的山峰。

The Eurasian Publishing Group
圓神出版事業機構
用心與你對話・視野無限寬廣
圓神出版社
Eurasian Press

http://www.booklife.com.tw inquiries@mail.eurasian.com.tw

當代文學 073

戰龍無畏3——荒漠奇航

作　　者／娜歐蜜・諾維克（Naomi Novik）
譯　　者／周沛郁
發 行 人／簡志忠
出 版 者／圓神出版社有限公司
地　　址／台北市南京東路四段50號6樓之1
電　　話／（02）2579-6600・2579-8800・2570-3939
傳　　真／（02）2579-0338・2577-3220・2570-3636
郵撥帳號／18598712　圓神出版社有限公司
總 編 輯／陳秋月
主　　編／沈蕙婷
責任編輯／方非比
美術編輯／劉語彤
行銷企畫／吳幸芳・王軫鈞
印務統籌／林永潔
監　　印／高榮祥
校　　對／周文玲・方非比
排　　版／陳采淇
經 銷 商／叩應有限公司
法律顧問／圓神出版事業機構法律顧問　蕭雄淋律師
印　　刷／祥峰印刷廠
2009年6月　初版

BLACK POWDER WAR

定價 300 元　　ISBN 978-986-133-287-1

Printed in Taiwan

每一本書，都是有靈魂的。
這個靈魂，不但是作者的靈魂，
也是曾經讀過這本書，與它一起生活、一起夢想的人留下來的靈魂。
——《風之影》

國家圖書館出版品預行編目資料

戰龍無畏3：荒漠奇航／娜歐蜜．諾維克（Naomi Novik）著；周沛郁 譯
-- 初版. -- 臺北市： 圓神，2009.6
336面 ；14.8×20.8公分. --（當代文學；73）
譯自：BLACK POWDER WAR
ISBN：978-986-133-287-1（平裝）

874.57 98006291